EVA REICHL

Mühlviertler Gift

DAS LETZTE MAHL In Bad Kreuzen wird der Manager Roland Petrovsky tot auf der Parkbank vor der Kirche aufgefunden. Die Obduktion ergibt, dass das Opfer mit dem Blauen Eisenhut vergiftet wurde. Kurz darauf haben Chefinspektor Oskar Stern und Gruppeninspektorin Mara Grünbrecht mehrere Verdächtige, allen voran die als Kräuterhexe bekannte Katharina Wunderfall, die sich mit Pflanzengiften bestens auskennt. Doch auch die frisch gebackene Witwe Gloria Petrovsky und deren Mutter sowie Schwester geraten ins Visier von Oskar Stern, der vor seinen Kollegen nicht verheimlichen kann, dass ihm eine der Verdächtigen besonders gefällt. Als er erfährt, dass das Opfer seine Frau zu Lebzeiten brutal geschlagen, misshandelt und vergewaltigt hat und die Frauen keinen Hehl daraus machen, froh über das Ableben des Managers zu sein, traut er ihnen den Mord durchaus zu. Doch was hat der auskunftsfreudige Altbauer Karl mit der Sache zu tun? Und wieso wurde neben dem Manager auch noch eine Katze mit Blauem Eisenhut vergiftet?

Eva Reichl wurde in Kirchdorf an der Krems in Oberösterreich geboren und zog wenige Jahre später mit ihrer Familie ins Mühlviertel, wo sie bis heute lebt. Neben ihrer Beschäftigung als Controllerin schreibt sie überwiegend Kriminalromane und Kindergeschichten. Mit ihrer Mühlviertler Krimiserie verwandelt sie ihre Heimat, das wunderschöne Mühlviertel, in einen Tatort getreu dem Motto: Warum in die Ferne schweifen, wenn das Böse liegt so nah?

EVA REICHL

Mühlviertler Gift

KRIMINALROMAN

GMEINER

Personen und Handlung sind frei erfunden.
Ähnlichkeiten mit lebenden oder toten Personen
sind rein zufällig und nicht beabsichtigt.

Immer informiert

NEWSLETTER

Spannung pur – mit unserem Newsletter informieren wir Sie regelmäßig über Wissenswertes aus unserer Bücherwelt.

Gefällt mir!

Facebook: @Gmeiner.Verlag
Instagram: @gmeinerverlag
Twitter: @GmeinerVerlag

FSC
www.fsc.org
MIX
Papier | Fördert gute Waldnutzung
FSC® C083411

Besuchen Sie uns im Internet:
www.gmeiner-verlag.de

Im Ehnried 5, 88605 Meßkirch
Telefon 07575/2095-0
info@gmeiner-verlag.de

1. Auflage 2022

Lektorat: Katja Ernst
Herstellung: Mirjam Hecht
Umschlaggestaltung: U.O.R.G. Lutz Eberle, Stuttgart
unter Verwendung eines Fotos von: © Eva Reichl
Druck: CPI books GmbH, Leck
Printed in Germany
ISBN 978-3-8392-0288-3

Für Zwergi,
den großartigsten Kater

PROLOG

Im Schatten seines Glanzes welkte Gloria wie eine Blume, die man besser in die Sonne gepflanzt hätte. Sie bekam zwar so viel Licht ab, dass sie nicht starb, doch um ihre Blüten prächtig entfalten zu können, reichte es nicht.

Glorias Ehemann war mächtig und wurde von allen respektiert. Zu Veranstaltungen lud man ihn gern ein und nannte seinen Namen bei der Verkündung der anwesenden VIPs noch vor jenem des amtierenden Bürgermeisters. Er hieß Roland Petrovsky und war der Werbebeauftragte des beschaulichen Kurortes Bad Kreuzen. Seine Kontakte reichten bis in die höchsten Ebenen der oberösterreichischen Landesregierung, mitunter sogar bis nach Wien in die dort regierende Politprominenz.

Roland Petrovsky war aber nicht nur der Liebling der Mühlviertler Wirtschaft und Presse, er war ebenso ein Schläger. Brutal und ohne Gewissen. Seine Fausthiebe trafen Gloria in den Magen, bis ihr die Luft wegblieb. Selten schlug er sie ins Gesicht. Der Rest ihres Körpers war ihm hilflos ausgeliefert. Sie lag auf dem Boden und krümmte sich, während er sie in den Bauch trat, als kickte er einen Fußball quer durchs Stadion. Mit den Armen schützte Gloria ihren Kopf und zählte die Sekunden zwischen den Treffern.

Eins … zwei … drei …

Ob er sie dieses Mal töten würde?

Seit sieben Jahren waren sie verheiratet. Sieben verdammt lange Jahre, die ihr vorkamen wie ein ganzes Leben.

Eins … zwei … drei …

Wenn sein nächster Tritt ihren Kopf zertrümmern würde, wäre ihr Leid vorbei. Dieser Gedanke drängte sich in ihr Gehirn wie ein Verdurstender an eine Quelle und bot ihr für einen Augenblick Hoffnung.

Eins … zwei … drei …

Ob sie die Arme öffnen und dadurch seine Hiebe auf ihren Schädel lenken sollte? Wenn es ihr dann noch gelänge, ihn anzulächeln, würde er ausrasten und weitaus härter zuschlagen. Ihr Leben wäre endlich zu Ende und sie erlöst.

Eins … zwei … drei …

Ihr Überlebensdrang verhinderte jedoch, dass sie sich ihm freiwillig auslieferte, egal, wie sehr sie es sich wünschte. Es ging nicht.

Eins … zwei … drei … vier … fünf …

Die Abstände zwischen den Tritten wurden größer, demnach war Roland erschöpft. Entkräftet und ausgepowert, weil er sich an ihr abreagiert hatte. Weil das Essen nicht heiß genug gewesen war, als sie es auf den Tisch gestellt hatte. Weil die Kartoffeln mehlig anstatt speckig gewesen waren. Weil die Post zu weit von ihm weg gelegen hatte und er die Briefe und Prospekte nicht hatte erreichen können, ohne aufzustehen. Einfach weil sie da gewesen war, während er seine Ruhe gewollt hatte. Ihre bloße Existenz war schuld an seiner Grausamkeit, warf er ihr dann jedes Mal vor, wenn es über ihn kam und er mit Fäusten auf sie eintrommelte und mit Füßen nach ihr trat, als wäre er von Sinnen. So wie jetzt. Wie vor einer Woche und eine Woche davor.

Eins ... zwei ... drei ... vier ... fünf ... sechs ... sieben ...

Er keuchte. Gloria vernahm es trotz heftiger Schmerzen. Ein gutes Zeichen. Er war nicht trainiert und schnell außer Puste. Endlich ließ er von ihr ab und ging ins Badezimmer, um sich frisch zu machen. Um den Schweiß von seiner Stirn zu wischen. Das war ihre Chance, in den Keller zu flüchten und sich dort zu verstecken. Ihre Blessuren zu lecken wie ein waidwundes Tier. Bis er sich beruhigt hatte. Wenn genug Zeit verstrichen war, würde sie nach oben schleichen und den Abwasch erledigen, als wäre nichts passiert. Wenn sie Glück hatte, würde er sich vor den Fernseher setzen und bis spät in die Nacht hinein irgendwelche Sendungen über Menschen anschauen, die sie nicht interessierten. Wenn sie aber Pech hatte, dann ...

Daran mochte sie nicht denken.

Sie verkroch sich im Keller und betrachtete ihren Körper. Der Bauch war rot gefärbt und übersät mit blauen Flecken, dasselbe galt für ihre Arme und Beine. Sie würde sich etwas Langes anziehen müssen, damit niemand die Spuren der Misshandlungen sah. Damit niemand mitbekam, welches Arschloch ihr Mann war.

Wie lange würde sie das noch verheimlichen können? Schließlich war Sommer, da fiel es auf, wenn sie von Kopf bis Fuß verhüllt einkaufen ging.

Andererseits hatten sich die Bad Kreuzener an ihre seltsame Erscheinung längst gewöhnt, denn es wäre nicht das erste Mal, dass sie bei unerträglicher Hitze bis zu den Händen und Knöcheln bedeckt herumliefe. Sie pflegte dann immer zu sagen: »Was gegen Kälte hilft, hilft ebenso gegen Hitze. Die Beduinen in der Wüste tragen auch solche Sachen, also mache ich das wie sie.« Damit erstickte sie genaueres Nachfragen im Keim.

Aber wahrscheinlich wussten ohnehin alle Bescheid, was sich bei ihnen zu Hause abspielte. Die Blicke, die ihr die Menschen auf der Straße, in den Geschäften, ja sogar im Bus zuwarfen, ließen sie das annehmen.

Er hatte ihr ein Büschel Haare ausgerissen, das verknotet in ihren zerzausten braunen Locken festhing. Sie zog es heraus und warf es zu Boden, brachte ihre Frisur halbwegs in Ordnung, indem sie mit den Fingern ihre Haare kämmte, und ging anschließend die Kellertreppe hinauf. Oben blieb sie stehen und lauschte. Es war ruhig, nur der Fernseher lief. Wenn Roland vor der Glotze hockte, konnte sie in der Küche sauber machen. Dann war sie sicher.

Oder beinahe sicher.

Nur einmal hatte er einen erneuten Wutanfall bekommen, sie von der Spüle weggezerrt und geschlagen, dass die Töpfe mitsamt dem Abwaschwasser über den Boden geschlittert waren. Als sie auf Knien die Sauerei hatte beseitigen wollen, hatte er sie von hinten genommen. Hart und brutal. Er hatte ihr die Kleider vom Leib gerissen und war in sie eingedrungen, dass sie aufgeschrien hatte, weil sie gedacht hatte, sie würde explodieren. Ihr Unterleib würde zerfetzt. Doch je mehr sie geschrien hatte, umso grober war er geworden. Als es endlich vorbei gewesen war, hatte sie geblutet und er sich zufrieden die Hose hinaufgezogen. Sie hatte geweint, er gelacht. Das war nun mehrere Wochen her.

Gloria konnte nicht sagen, in was es begründet lag, aber es schien, als würde ihr Leid Roland nähren. Als würde er sie aussaugen wie ein Parasit seinen Wirt. Wenn er sie demütigte, erstrahlte er anschließend, verließ das Haus und trieb große Projekte erfolgreich voran. Wenn er sie nach einem harten Arbeitstag schlug, wirkte er danach entspannt und zufrieden. Manchmal wollte er dann Sex, so wie dieses eine Mal auf dem Küchenboden. Am nächsten Tag hatte er jedoch behauptet, dass es nie mehr auf so brutale Weise geschehen würde. Anscheinend hatte er bemerkt, dass er zu weit gegangen war, was Gloria erstaunlich fand, da ihm das normalerweise nicht auffiel. Für Roland existierte nur er selbst und sonst niemand. Er nahm sich alles, von dem er glaubte, dass es ihm zustand. Er tat, was er für richtig hielt, unabhängig, ob andere darunter litten oder dadurch gar zu Schaden kamen. Für ihn waren negative Auswirkungen auf Menschen, die nicht Roland Petrovsky hießen, akzeptable Kollateralschäden.

Aus dem Wohnzimmer hörte Gloria die Nachrichten, die von den Moderatoren des »Zeit im Bild«-Studios präsentiert wurden. Ansonsten war es ruhig. Auf Zehenspitzen schlich sie den Flur entlang, damit er sie nicht hörte. Damit sie ihn nicht störte und auf sich aufmerksam machte.

In der Küche sammelte sie das Geschirr vom Tisch, schob die Essensreste in den Abfalleimer unter der Abwasch und steckte Teller, Besteck und Gläser in die Spülmaschine. Die Töpfe würde sie von Hand reinigen, ebenso die Pfanne, in der sich zu viel Fett befand, um sie in den Geschirrspüler zu geben. Das hatte Roland ihr eingebläut, nachdem sie das neue Gerät gekauft hatten und sie alles, auch das Geschirr zum Kochen, darin eingeräumt hatte. Und eingebläut war keinesfalls untertrieben! Noch heute spürte sie die Schläge, wenn sie daran dachte.

Es war eines der wenigen Male gewesen, dass er ihr ins Gesicht geschlagen hatte und ihre rechte Seite blutunterlaufen gewesen war, als hätte sie einen Boxkampf verloren. Verloren hatte sie tatsächlich, aber keinen Kampf, sondern ihre Zuversicht, je ein normales Leben führen zu dürfen. Denn obwohl sie die Spuren der Brutalität ihres Ehemannes für alle gut sichtbar herumgetragen hatte, hatte niemand die von so vielen Frauen benutzte Ausrede, sie sei gegen eine offene Tür gelaufen, hinterfragt. Alle hatten die Erklärung akzeptiert. Ohne nachzuhaken und wahrscheinlich in der Hoffnung, dann nichts unternehmen zu müssen.

Das war vor sechs Jahren gewesen.

Seither wusch sie die Töpfe und Pfannen mit der Hand. Sie nahm sie vom Herd, stellte sie in das Spülbecken und ließ heißes Wasser einlaufen.

»Du Schlampe bist ja immer noch nicht fertig«, sagte Roland plötzlich hinter ihr in der Tür stehend.

Die Nachrichten waren vorbei. Gloria hatte ihn wegen der Geräusche, die das einlaufende Wasser verursachte, nicht kommen hören. Nun wurde die Wettervorhersage im Fernsehen gezeigt. Sonnenschein oder Regen, Gloria bekam es nicht mit. Es war ihr auch egal. Für sie war nur von Bedeutung, dass sich erneut ein Gewitter in dem schmucken Einfamilienhaus mitten in Bad Kreuzen zusammenbraute. Dass es diesmal heftig ausfallen würde, erkannte Gloria in Rolands Augen.

Er sah sie lüstern an. Zweifelsohne wollte er Sex. Nicht gewöhnlichen Beischlaf. Er wollte sie sich nehmen, gegen ihren Willen. Er wollte sie besitzen, sie demütigen und mit ihr machen, was immer er wollte.

Gloria konnte nicht ausschließen, dass er dieses Mal zu weit gehen würde. Dass er sich nicht im Griff haben würde, wenn es über ihn kam und sich nicht gleich dieses Hochgefühl einstellte, nach dem ihn so dürstete. Irgendwann würde es ihm nicht mehr genügen, sie zu erniedrigen und ihr wehzutun. Irgendwann bräuchte er einen weiteren Kick. Hoffentlich war das nicht heute.

Langsam ging er auf sie zu, öffnete den Reißverschluss seiner Hose. Sein Gesicht drückte Abscheu aus für die Frau, die er vor sieben Jahren angeblich aus Liebe geheiratet hatte und die heute lediglich dazu diente, sein Selbstwertgefühl zu stärken. Doch eines Tages würde auch das vorüber sein. Und was dann?

»Roland, bitte nicht …«, wimmerte Gloria.

»Sei still!«, herrschte er sie an, packte sie an den Haaren und riss sie herum. Mit der einen Hand drückte er ihren Oberkörper über die Spüle, mit der anderen schob er ihren Rock in die Höhe, riss an ihrem Slip, bis er zu Boden fiel, und drang ihn sie ein.

Gloria würgte und übergab sich in das Abwaschwasser. Tränen schossen ihr in die Augen und sie zitterte am ganzen Körper. Doch all das bemerkte ihr Mann nicht oder es war ihm egal. Sie hatte keine Ahnung, an was er in so einem Moment dachte.

Gloria jedenfalls dachte daran, wie es wäre, frei zu sein. Diesen Demütigungen nicht mehr länger ausgesetzt sein zu müssen. Ein ganz normales Leben zu führen, ohne die

Angst, geschlagen und verletzt zu werden. Eines Tages umgebracht zu werden. Am Abend zu Hause mit einem Glas Wein in der Hand auf dem Sofa zu sitzen und eine Serie zu schauen. In einer kurzen Hose hinaus auf die Straße zu gehen und ein T-Shirt zu tragen …

An all das dachte Gloria. Und dass es einen Weg gab, dieses Leben zu erreichen, daran dachte sie auch.

1. KAPITEL

Gruppeninspektorin Mara Grünbrecht lag auf der Couch in ihrer Linzer Wohnung und starrte die Decke an. Das Begräbnis war sieben Wochen her, aber es fühlte sich an, als wäre Edwin erst gestern gestorben. Als hätte ihn die Kugel vor wenigen Stunden aus ihrem Leben gerissen.

Seit der Schießerei in dem alten Bauernhof hatte sie zahlreiche Tränen vergossen, doch jetzt weinte sie nicht mehr. Die innere Leere fraß sie auf. Sie drehte sich zur Seite und nahm den ausgeschalteten Fernseher ins Visier. In dieser Stellung würde sie so lange ausharren, bis ihre Schulter zu schmerzen anfing und sie dadurch genötigt wurde, die Position zu wechseln. Der körperliche Schmerz war im Augenblick ihre einzige Antriebskraft, sich zu bewegen, daran vermochten auch die Psychopharmaka, die ihr der Arzt verschrieben hatte, nichts zu ändern.

Edwin und sie hatten vorgehabt zu heiraten. Der Traum war geplatzt, ohne Vorwarnung. Seither verließ sie die Couch nur noch, um auf die Toilette zu gehen oder ihren Freunden, die sie täglich besuchten und nach ihr sahen, die Tür zu öffnen. Familie hatte sie keine mehr, die war mit Edwin gestorben. Ihre Mutter lag seit Jahren unter der Erde, und wo sich ihr Vater herumtrieb, wusste sie nicht. Interessierte sie auch nicht. So wie er sich nie für sie interessiert hatte. Geschwister hatte sie keine.

Ihr Magen knurrte, Appetit hingegen stellte sich nicht ein. Die Gruppeninspektorin hatte in den letzten Wochen vier Kilo abgenommen. Bei der ohnehin schlanken Figur keine Kleinigkeit, hatte Oskar Stern, ihr Chef, erst gestern verkündet und ihr eine Schale mit frischem Obst hingestellt, da er ihre Leidenschaft für gesundes Essen kannte.

Für Grünbrechts Katze hatte er verschiedene Schälchen Futter mitgebracht. Romy hatte sich sogleich gierig auf das Fressen gestürzt, das ihr Stern in einen Napf, der zuvor blitzblank sauber ausgeleckt gewesen war, gefüllt und hingestellt hatte. Die Gruppeninspektorin brachte nicht die Kraft auf, die grau-braune Tigerin regelmäßig zu füttern, oder sie vergaß es einfach, wie sie ebenso nicht daran dachte, für sich selber zu sorgen. Während Stern bei ihr gewesen war, hatte sie weder die Bananen noch die Mühlviertler Bioäpfel oder die Marillen aus der Wachau angerührt. Nach einer Stunde war Stern gegangen, seither lag Grünbrecht wieder auf der Couch. In Klamotten, die längst gewechselt und gewaschen gehörten.

Die Frage, die sie im Augenblick beschäftigte, war, ob sie jemals in der Lage sein würde, in den Dienst zurückzukehren. Schließlich war ihr Verlobter während eines Einsatzes getötet worden, und kaum schloss sie die Augen, sah sie ihn vor sich, wie er sterbend mit dem Rücken an die Wand gelehnt in dem alten Bauernhaus am Boden saß und sie fragte, ob sie seine Frau werden wolle.

Sie hatte ja gesagt.

Stern hatte ihnen seinen Ehering gegeben und Edwin Mirscher ihr diesen an den Finger gesteckt. Nun baumelte der Ring an der Kette um ihren Hals – sie hatte bislang nicht die Kraft aufgebracht, ihn kleiner machen zu lassen. Vor dem Gesetz waren sie zwar nicht verheiratet, aber Grünbrecht fühlte sich durch diese Geste so tief mit Edwin Mirscher verbunden, dass sie meinte, die Hochzeitszeremonie tatsächlich erlebt zu haben.

Wie erwartet, begann ihre Schulter zu schmerzen. Grünbrecht setzte sich auf und Romy nutzte die Gelegenheit, um auf ihren Schoß zu springen und die in letzter Zeit so selten gewordenen Streicheleinheiten einzufordern. Die Gruppeninspektorin vergrub ihr Gesicht im Fell der Katze, als könnte sie sich darin verstecken. Doch irgendwann musste sie ins Leben zurückkehren.

Wann würde dieser Zeitpunkt sein?

Würde sie spüren, wann es so weit war? Oder würde sie abgleiten an einen dunklen Ort, weil sie den Schmerz ihres Verlustes nicht länger ertrug? In Depressionen versinken, weil sie mutterseelenallein auf diesem Planeten war? Hatte ihr Leben noch einen Sinn? Und was zum Teufel war überhaupt der Sinn des Lebens?

Das auf dem Wohnzimmertisch liegende Handy vibrierte. Sie hätte es gänzlich ausschalten sollen, doch aus Gewohnheit wollte sie zumindest wissen, wenn jemand versuchte, sie zu erreichen. Ihr Gesicht tauchte aus dem Fell der Katze auf und ihre Augen lugten auf das Display. Es war Stern. Bestimmt wollte er erfahren, wie es ihr ging.

Natürlich beschissen! Wie jeden Tag.

Aber wenn sie nicht abhob, würde er hier aufkreuzen. Ebenfalls wie jeden Tag.

Wenn er verhindert war, schickte er die Kollegen. Meist Gruppeninspektor Hermann Kolanski. Oder Dominik Weber, den Gerichtsmediziner. Oder beide zusammen, auch das war schon vorgekommen.

Grünbrecht rang sich durch, das Gespräch entgegenzunehmen und fröhlich zu klingen. Sie streckte den Rücken gerade und beugte sich nach vorn, um das Handy zu erreichen, worüber Romy nicht sonderlich begeistert war und anklagend miaute. Die Gruppeninspektorin ergriff das vibrierende Gerät und wischte über das Display.

»Hallo, Oskar.«

»Mara, schön, dass du rangehst. Wie fühlst du dich heute?«, fragte Stern hörbar erleichtert, die Stimme seiner Kollegin zu vernehmen.

Grünbrecht überlegte, ob sie ihrem Chef die Wahrheit sagen sollte, dass sie über den Sinn des Lebens nachgegrübelt hatte, bis er angerufen hatte. »Es geht schon«, blieb sie vage.

»Und was meint der Arzt? Ist der auch dieser Meinung?«, hakte Stern nach. »Du warst doch heute beim Arzt, oder?«

Grünbrecht blickte auf die Tabletten, die ihr Dr. Schuster verschrieben hatte und die ihr helfen sollten, die erste schlimme Zeit nach Edwins Tod zu überstehen. Die leere Blisterpackung lag auf dem Couchtisch. Antidepressiva – für die Momente, wenn sie sich nicht gut fühlte, hatte der Arzt gesagt. Seit Edwins Tod fühlte sie sich aber permanent nicht gut, sie fühlte sich miserabel. Mit oder ohne die Tabletten.

»Er meinte, dass ich die Tabletten nehmen soll«, antwortete Grünbrecht.

»Und? Tust du das?«

Seit Tagen war die Packung leer und Nachschub hatte Grünbrecht nicht besorgt. Das Rezept steckte in irgendeiner Tasche, in welcher, vermochte sie im Augenblick nicht zu sagen. Und den Termin heute hatte sie vergessen, redete sie sich ein. In Wahrheit hatte sie sich nicht dazu aufraffen können. Doch das verschwieg sie.

»Mir geht es gut, Oskar«, sagte sie erschöpft. Das Gespräch zog sich jetzt schon in die Länge.

»Das freut mich zu hören.« Zweifel schwangen in Sterns Worten mit, dann breitete sich Schweigen in der Leitung aus. Es war eine Stille, die nicht unangenehm war. Da sie alle durch Edwins Tod viel durchgemacht hatten, war zwischen ihnen in den letzten Wochen so etwas wie Trost im Einfach-da-Sein entstanden. Ohne etwas sagen zu müssen.

»Hast du Lust, mit uns an einem Fall zu arbeiten?«, nahm Stern das Gespräch wieder auf. »Oder … Was ich dich eigentlich fragen will, ist: Bist du schon so weit, dass du arbeiten kannst?«

»Mh …« Grünbrecht überlegte, ob sie das überhaupt wollte. Wieder im Polizeidienst arbeiten.

»Ich dachte, es täte dir vielleicht gut, wenn du mal aus der Wohnung und auf andere Gedanken kommst. Nicht an das denkst, was gewesen ist, sondern den Blick nach vorne richtest. Du weißt, was ich meine«, legte Stern unbeholfen nach.

»Ja, ich weiß, was du meinst«, antwortete Grünbrecht. »Aber ich kann dir nicht sagen, ob ich schon so weit bin.«

»Dann probiere es aus, Mara! Wenn es dir zu viel wird, bringt dich Kolanski nach Hause«, bot Stern ihr die Dienste des Kollegen an, der bestimmt, ohne zu zögern, bereit wäre, ihr zu helfen.

Grünbrecht antwortete nicht.

»Wir fahren gleich nach Bad Kreuzen ins untere Mühlviertel. Ein Jogger hat dort einen Mann tot auf einer Parkbank vor der Kirche gefunden, die Meldung kam eben rein«, erzählte Stern.

»In Bad Kreuzen …«, wiederholte Grünbrecht. »Wie ist er denn gestorben?«

»Das ist noch unklar. Wenn du willst, hole ich dich von zu Hause ab und wir finden es gemeinsam raus.«

Grünbrecht lachte auf. »Das ist nicht dein Ernst, oder? Hast du inzwischen Fahren gelernt?«

In der Leitung herrschte Stille.

Grünbrecht biss sich auf die Lippen. Sie hatte nicht auf Sterns mangelnden Fahrfähigkeiten herumreiten wollen, dafür war jetzt nicht der richtige Zeitpunkt. Sie vergaß manchmal, dass sie alle gerade eine schwere Zeit durchmachten und Stern ihr nur helfen wollte. »Chef, ich hab einen anderen Vorschlag«, sagte sie reuig. »Ich hole dich ab. Ich denke, es würde mir guttun, mal wieder hinterm Steuer zu sitzen.«

»In Ordnung«, antwortete Stern und Grünbrecht glaubte, dass er dabei lächelte. Mit Recht, denn er hatte ihr Interesse geweckt und sie aus ihrer Lethargie gerissen. Und sie hatte es zugelassen, sonst hätte er keine Chance gehabt.

»Wo bist du?«, fragte sie.

»Zu Hause. Ich hab meinen Kaffee erst halb getrunken und muss noch rasch unter die Dusche. In 25 Minuten bin ich fertig.«

Die letzten Tage waren außerordentlich heiß gewesen, der Sommer hatte das Land fest im Griff. Temperaturen zwischen 30 und 35 Grad ließen Menschen und Tiere unter der Hitze stöhnen, von der Vegetation ganz zu schweigen, die vielerorts vertrocknet und dürr war und an südländische Verhältnisse erinnerte. In Grünbrechts Wohnung hatte es sogar morgens schon an die 27 Grad. Selbst in der Nacht kühlte es nicht ab. Da die Gruppeninspektorin selber noch duschen musste, erhob sie gegen Sterns Vorschlag keinen Einspruch. »Ich werde da sein«, sagte sie und legte auf.

2. KAPITEL

Grünbrechts BMW hielt vor dem Gebäude in der Herrenstraße, in dem Sterns Wohnung im 2. Stock lag. Die Gruppeninspektorin ließ den Motor laufen.

Der Chefinspektor hatte schon auf sie gewartet und steuerte auf sie zu, das Sakko unter den Arm geklemmt. Gleichzeitig fixierte er Grünbrecht mit seinem Blick wie die Schlange das Kaninchen, weil er wissen wollte, wie es um ihr seelisches Wohlbefinden bestellt war. Sie hatte am Telefon zwar verkündet, dass alles in Ordnung sei, aber das hieß noch lange nicht, dass sie einsatzfähig war. Er öffnete die Beifahrertür und ließ sich neben ihr auf den Sitz fallen.

»Guten Morgen, Mara. Wie …?«

»Mir geht es gut, Oskar!«, unterbrach Grünbrecht ihren Chef und fuhr los. »Das hast du mich schon am Telefon gefragt. Und gestern auch sowie vorgestern und die Tage davor.« Ihre dunkelbraunen Locken hatte sie zu einem Pferdeschwanz gebunden, und ihre haselnussbraunen Augen richteten sich nach vorn auf den Stadtverkehr.

»Ich mache mir halt Sorgen.«

»Ich weiß und das ist lieb von dir. Aber mit mir ist wirklich alles in Ordnung. Und diese Abwechslung tut mir gut, da hast du recht. Danke, dass du mich angerufen hast.« Grünbrecht schaltete in den vierten Gang und jagte die Rudigierstraße in Richtung Mozartkreuzung hinunter, sodass sich Stern am Griff über der Tür festklammerte. An ihrem Stil, ein Auto zu steuern, hatte sich während ihrer Auszeit wegen Mirschers Tod nichts geändert, dachte er und wusste nicht, ob er das als positiv werten sollte.

»Okay, dann ist ja alles gut«, japste er, als sie vor der Mozartkreuzung wegen einer roten Ampel abrupt anhielten und es ihn nach vorn in den Gurt drückte.

»Hast du eine Adresse, wohin wir müssen?«, fragte Grünbrecht. Dabei wippten ihre zusammengebundenen Locken im Nacken fröhlich, als wäre nie etwas Schreckliches passiert.

»Man hat mir gesagt, dass wir das gar nicht verfehlen können. Direkt vor der Kirche in Bad Kreuzen ist eine Parkbank und auf der sitzt der Tote«, wusste Stern.

»Er sitzt?«, wiederholte Grünbrecht und warf einen Blick zu ihrem Chef hinüber. »Bist du dir sicher, dass er nicht liegt oder lümmelt?«

»So wurde es mir gesagt«, erwiderte Stern. »Genaueres weiß ich nicht, aber wir werden es ja bald sehen.«

Die Ampel schaltete auf Grün und Grünbrecht gab Gas. Stern wagte nicht, wegen des zu hohen Tempos, mit dem sie durch die Landeshauptstadt rasten, zu meckern. Immerhin klemmte Grünbrecht bei der nächsten roten Ampel das Blaulicht auf das Autodach und schaltete es ein. Außerdem war es gut möglich, dachte Stern, wenn seine Kollegin weiterhin wie eine Formel-1-Fahrerin den Fuß auf das Gaspedal niedersinken ließ, dass sie dann vor Dominik Weber, dem Gerichtsmediziner, am Einsatzort einlangen würden. Denn auch wenn sich seit dem letzten Fall zwischen Weber und ihm so eine Art Männerfreundschaft entwickelt hatte, war dieser kindische Wettstreit, wer als Erster an einem Tatort eintraf, nicht gänzlich vom Tisch. Die Aussicht, dass er heute gewinnen könnte, ließ ihn die Raserei leichter ertragen.

Die Kriminalbeamten jagten die Bundesstraße 3 bis nach Baumgartenberg hinunter und bogen in Untergassolding Richtung Klam bei Grein ab. Im Seitenfenster zog die Burg Clam an ihnen vorbei, auf der in den Sommermonaten Konzerte mit bekannten Musikern veranstaltet wurden. Soviel Stern wusste, war die Burg nach wie vor bewohnt, dennoch war es möglich, sie zu besichtigen. Er nahm sich vor, mit seinen Enkeln Tobias und Melanie mal einen Ausflug hierher zu machen. Vor allem der zehnjährige Tobias würde sich darüber freuen, da er alles mochte, was mit Rittern und Burgen zu tun hatte. Melanie hingegen würde gelangweilt mit eingestöpselten Kopfhörern hinter ihnen her trotten und auf ihr Handy starren. Die 13-Jährige steckte mitten in der Pubertät, was es oftmals schwer machte, an sie ranzukommen.

Nach weiteren acht Kilometern erreichten sie Bad Kreuzen. Der an die 2.300 Einwohner zählende Ort wartete ebenfalls mit einer Burg auf, die umgeben von einer imposanten Mauer auf einer Anhöhe ein wenig außerhalb des Zentrums lag.

»Wusstest du, dass es im Mühlviertel an die 40 Burgen, Schlösser und Ruinen gibt?«, fragte Stern seine Kollegin, als sie die letzte Anhöhe hinauffuhren und der Kirchturm der Marktgemeinde bereits gut zu sehen war. Dorthin mussten sie, das war ihr Einsatzort.

»Nein, das wusste ich nicht«, antwortete Grünbrecht, bog nach links ab, lenkte den Wagen viel zu schnell durch die schmale Straße und nahm bei der nächsten Kreuzung die rechte Abzweigung.

»Ja, und eine davon ist in Bad Kreuzen. Wir sind vorhin an der Zufahrt vorbeigefahren …«

»Schön«, antwortete Grünbrecht knapp.

Aufgrund einer Ansammlung von Menschen und der hiesigen Polizei, die den Bereich um den Leichenfundort zwischenzeitlich abgesperrt hatte, wussten sie, dass sie hier richtig waren. Direkt vor der Kirche stellte die Gruppeninspektorin den BMW ab.

Stern, der während der Fahrt mehrmals versucht hatte, mit Grünbrecht ein Gespräch zu führen, das nichts mit Edwin Mirschers Tod zu tun hatte, war froh, am Ziel angelangt zu sein. Es fiel ihm nicht leicht, bedeutungslose Konversation zu treiben, aber er hatte Grünbrecht auf andere Gedanken bringen wollen. Die Inspektorin ließ sich jedoch nicht in die Karten schauen, ob ihm das gelungen war. Sie stieg aus und steuerte auf das Gotteshaus zu. Davor stand besagte Parkbank, auf der eine leicht nach hinten gelehnte Gestalt mit gesenktem Haupt saß.

Stern folgte Grünbrecht und blickte sich um, von Dominik Weber war nichts zu sehen. Kurz freute er sich darüber, doch dann wurde ihm schmerzlich bewusst, dass dies der erste Mordfall ohne Edwin Mirscher war. Der Kollege, der Mirscher nachfolgte, war noch dabei, seine Wohnung in Linz zu beziehen, und würde erst morgen zum Team stoßen. Bei diesem Gedanken legte sich eine Schwere auf Sterns Gemüt, die er in den letzten Wochen oftmals gespürt hatte. Wie musste es da erst Grünbrecht gehen, schoss es ihm durch den Kopf und er blickte zu ihr hinüber. Würde es ihr nicht vorkommen, als nähme der neue Kollege Mirschers Platz ein? Und er hatte sie vorhin gefragt, ob sie wisse, wie viele Burgen und Schlösser es im Mühlviertel gebe. Jetzt fühlte er sich wie ein unsensibler Vollidiot.

»Wer ist der Tote?«, fragte er den Uniformierten, der neben der Leiche Position bezogen hatte und aufpasste, dass ihr niemand zu nahe kam und etwaige Spuren vernichtete. Währenddessen stellten Kollegen eine mobile Sichtschutzwand auf, damit der Tote nicht von Neugierigen begafft werden konnte.

»Roland Petrovsky«, antwortete der Polizist. »Er ist in Bad Kreuzen für die Werbung und den Tourismus zuständig. Neben seiner Tätigkeit in der Gemeinde betreibt er eine Werbeagentur im Ort und betreut Persönlichkeiten aus Sport und Wirtschaft aus ganz Österreich.«

»War er erfolgreich?« Stern witterte das erste mögliche Motiv. Wenn es Petrovsky gelungen war, eine Person aussichtsreich am Markt zu positionieren, bedeutete das unter Umständen, dass jemand anders in deren Schatten gestanden hatte. Jemand, der die zweite Geige hatte spielen müssen.

»Angeblich war keiner besser als er«, berichtete der Uniformierte, was sich die Leute erzählten.

»Wer hat ihn gefunden?«, wollte Grünbrecht wissen.

»Ein Jogger. Als er seine Runde gelaufen und bei der Kirche vorbeigekommen ist, hat er ihn gegrüßt, aber Petrovsky hat nicht geantwortet. Das hat ihn stutzig gemacht, weil Petrovsky sonst immer freundlich reagiert, wenn sie sich begegnen. Deshalb ist er stehen geblieben und hat nachgesehen.« Der Polizist deutete auf einen

Mann, dessen Kleidung ihn als besagten Finder verriet. Kurze Hose, Laufschuhe, verschwitztes Shirt. Mit verschränkten Armen stand er im Schatten eines Baumes und schaute zu ihnen herüber.

Stern war es ein Rätsel, wie jemand bei solchen Temperaturen freiwillig Sport betreiben konnte, und sagte: »Demnach kann er uns nicht helfen. Nehmt seine Daten trotzdem auf, falls sich Fragen ergeben. Ansonsten kann er weiterlaufen.« Anschließend blickte er sich um. Neben der Parkbank entdeckte er Erbrochenes. Entweder hatte es in der Nacht jemand zu bunt getrieben oder der Tote hatte sich übergeben. Um den richtigen Schluss ziehen zu können, müsste Stern jedoch die Todesursache kennen. »Wo bleibt Weber eigentlich so lange?«

»Ist bestimmt auf dem Weg hierher«, antwortete die Gruppeninspektorin.

»Dann schauen wir uns die Leiche halt selber mal an.« Stern beugte sich nach vorn, um dem Sitzenden ins Gesicht zu sehen. Dessen Augen waren starr zu Boden gerichtet. Zweifelsohne war der Mann tot, um das zu erkennen, brauchte er keinen Gerichtsmediziner. Aber der Chefinspektor machte keine Wunde aus, die für den Tod verantwortlich sein könnte. Weder war der Mann erschossen noch erstochen worden. Möglicherweise war er einem Herzinfarkt erlegen, die Hitze der letzten Tage hatte schon viele Todesopfer gefordert. Bei derart hohen Temperaturen war Kreislaufversagen nichts Ungewöhnliches. Oder der Tod war eingetreten, weil das Opfer krank gewesen war, vielleicht Krebs im Endstadium gehabt hatte. Um das festzustellen, bedurfte es nun doch der Expertise des Gerichtsmediziners.

»Dass der Sensenmann einen ausgerechnet auf der Parkbank vor der Kirche holt, ist wirklich ein makabrer Zufall«, sagte Stern mit Blick auf das vierjochige spätgotische Bauwerk, neben dem sie sich befanden.

»Aber nicht unmöglich«, erwiderte Grünbrecht.

»Der Weg zur Kirche ist dann schon mal ein kurzer, wenngleich der Verstorbene noch ein paar Umwege einlegen muss, um tatsächlich dorthin zu gelangen. Ich bin mir sicher, dass Weber ihn in der Gerichtsmedizin …« Stern wurde vom Aufheulen eines Motors unterbrochen. Er wandte den Kopf in die Richtung, aus der der Lärm zu ihnen drang.

Zwischen den Häusern tauchte der Wagen des Gerichtsmediziners auf und scheuchte die Menschen, die sich vor der Kirche versammelt hatten, zur Seite. Mit blockierenden Rädern hielt er vor dem Absperrband, der Motor erstarb. Die Fahrertür wurde aufgerissen und Weber sprang aus dem Auto. Als er den Chefinspektor bemerkte, erlahmten seine hektischen Bewegungen und seine Gesichtszüge erschlafften.

»Wenn man vom Teufel spricht«, murmelte Stern und freute sich innerlich. Immerhin hatte er diesen kindischen Wettbewerb zwischen ihnen beiden, wer als Erster am Tatort war, gewonnen. »Na, auch schon da?«, konnte er sich eine Stichelei nicht verkneifen.

»Ich bin gefahren wie der Teufel, als die Meldung von dem Toten einging. Dass du bereits da bist, Oskar, kann eigentlich nur eines bedeuteten …«, kombinierte Weber scharfsinnig und ließ den Satz vorerst offen. Lächelnd ging er an Stern vorbei.

»Ja? Was denn?« Der Chefinspektor sah ihm enttäuscht

hinterher, da sich der Gerichtsmediziner nicht zu ärgern schien.

»Dass Grünbrecht gefahren ist!« Dominik Weber umarmte die Gruppeninspektorin. »Mara, schön, dich zu sehen.« Er wusste, dass Grünbrecht seit Mirschers Tod nicht im Dienst gewesen war und dies heute ihr erster Einsatz sein würde. Alle im Team wussten es.

»Schön, wieder hier zu sein«, antwortete Grünbrecht.

Daraufhin wandte sich der Gerichtsmediziner der Leiche auf der Parkbank zu. »Na, was haben wir denn?« Geräuschvoll ließ er den Koffer aufschnappen, zog Thermometer, Diktiergerät und Handschuhe heraus und streifte Letztere über. Vor dem Toten ging er in die Knie. »Es ist ungewöhnlich, dass er in dieser Position gestorben ist. Sitzend, das hatte ich noch nie.«

»Hätte er nicht umkippen müssen?«, wollte Stern wissen, denn auch ihm mutete die Haltung des Toten seltsam an. Als hielte er bloß ein Nickerchen auf der Bank.

»Normalerweise ist das so. Aber in diesem Fall war der Körper wohl im Gleichgewicht, als das Leben aus ihm gewichen ist.«

»Kannst du uns sagen, ob er eines natürlichen Todes gestorben ist?«, fragte Stern. »Herzinfarkt oder Kreislaufversagen? Wenn dem so ist, können wir zusammenpacken und nach Hause fahren. Dann ist das kein Fall für die Kriminalpolizei, sondern einer für den örtlichen Bestatter.«

»Es könnte schon ein Herzinfarkt gewesen sein«, murmelte Weber, während er den Hemdkragen des Opfers zur Seite drückte und den Hals betrachtete, um ihn auf Würgemale zu überprüfen. Anschließend suchte er den

Torso nach augenscheinlichen Verletzungen ab. »Vielleicht hat auch etwas anderes zum Tod geführt.« Weber stand auf und wies auf das Erbrochene neben der Parkbank. »Das zum Beispiel könnte, wenn es vom Toten stammt, ein Hinweis auf eine Vergiftung sein.«

»Die Spusi soll das eintüten und im Labor untersuchen lassen«, sagte Stern zu Grünbrecht und deutete auf die halbverdauten Speisereste, die ihm auch schon aufgefallen waren.

»Ja, möglichst viel davon«, verlangte Weber. »Sollte er oral Gift aufgenommen haben, befinden sich in dem Erbrochenen gewiss Reste von dem Toxin, das er geschluckt hat. Freiwillig oder durch Fremdeinwirkung sei mal dahingestellt.«

»Wer vergiftet sich denn selbst?«, entgegnete Stern. »Das ist doch ein äußerst schmerzhafter Tod.«

»Nicht alle Gifte lassen einen elendig krepieren. Es gibt welche, da schläfst du seelenruhig ein und bekommst gar nicht mit, dass es mit dir zu Ende geht. Manche Tabletten zum Beispiel«, dozierte Weber.

»Wenn er Tabletten geschluckt hat, ist es Selbstmord und kein Fall für uns«, brummte Stern.

»So schnell lass ich euch nicht vom Haken«, erwiderte Weber und untersuchte den Toten weiter. »Vielleicht wurde ihm etwas injiziert? In diesem Fall finde ich Einstichwunden, und dann ist es auf alle Fälle Mord.«

»Also kein Herzinfarkt?« Stern wischte sich über seine feuchte Stirn, da die Temperaturen rasant zulegten. Es würde wieder ein heißer Tag werden, und er sehnte sich nach den klimatisierten Räumlichkeiten des Landeskriminalamtes in Linz in der Nietzschestraße.

»Ich bin mir ziemlich sicher, dass er keines natürlichen Todes gestorben ist«, ließ Weber verlauten. Sein Gesicht war jetzt jenem des Opfers so nahe, dass dessen Poren wie Krateröffnungen wirken mussten. »Ob er freiwillig Gift genommen hat, kann ich zwar nicht sagen …«

»Das wäre ja auch zu schön gewesen«, murmelte Stern.

»… aber die Haut des Toten spricht meines Erachtens sehr dafür, dass er durch Gift gestorben ist. Sie ist blass bis fahl und leicht marmoriert«, redete Weber weiter, stand auf und zog die Handschuhe aus. »Sobald ich ihn obduziert und ein paar Tests gemacht habe, wissen wir mehr.«

Damit schmolz Sterns Hoffnung, schnell ins klimatisierte Landeskriminalamt zurückfahren zu können, gänzlich dahin wie ein Eislutscher in der Hand eines Kindes im Hochsommer. »Todeszeitpunkt?«

»Irgendwann in der zweiten Nachthälfte«, meinte Weber. »Die Totenstarre hat bei den Augenlidern, den kleinen Gelenken, dem Hals und im Nacken bereits eingesetzt. Ich würde sage, dass der Zeitpunkt des Dahinscheidens zwischen vier und sechs Stunden her ist.«

»Wo ist eigentlich Kolanski?«, fragte Stern und wischte dieses Mal mit einem Taschentuch über seine Stirn.

»Ich ruf ihn an.« Grünbrecht wählte die Nummer des Kollegen.

»In Bad Kreuzen gibt es eine wunderbare Schlucht, die Wolfsschlucht, kennt ihr die? Dort kann man natürlich kneippen.« Weber ließ seinen Koffer zuschnappen. Er war mit der Vorortbeschau fertig. »Und da ich schon mal hier bin, werde ich dort hinfahren und mich ein bisschen abkühlen. Bei dieser Hitze ist es das Beste, was man tun kann. Ich brauche unbedingt ein paar Minuten Auszeit, bevor ich …«

»Das glaube ich jetzt nicht«, blaffte Stern den Gerichtsmediziner an. Wenn er sich in dieser Affenhitze abmühen musste, konnte Weber doch nicht so zeitig in der Früh schon Feierabend machen!

»Wieso nicht? Er ist ohnehin tot. Und Tote laufen nicht weg«, antwortete Weber gekränkt. »Bis der in der Gerichtsmedizin ist, bin ich längst …«

»Aber Täter tun es! Täter flüchten über alle Berge, wenn wir nicht schnell sind«, rief Stern aufgebracht, verstummte dann jedoch, weil ihnen die Umstehenden neugierige Blicke zuwarfen. Mittlerweile hatten sich etliche Schaulustige rund um den Fundort der Leiche versammelt. Sogar Reporter mit Kameras und Aufnahmegeräten standen hinter der Absperrung und hofften sicherlich darauf, Fotos von dem Toten machen zu können oder zumindest einen Kommentar von einem der Polizisten zu erhalten. »Ich will so schnell wie möglich wissen, ob unser Opfer tatsächlich vergiftet wurde, und wenn ja, durch welches Gift der Mann gestorben ist«, redete Stern mit gesenkter Stimme weiter.

Weber griff nach seinem Koffer und verließ wortlos den Platz vor der Kirche.

»Ich meine …« Stern war für einen Augenblick sprachlos. »In diese Wolfsschlucht kannst du später ja auch noch gehen!«, rief er dem Gerichtsmediziner hinterher, bemüht, dadurch die Wogen zu glätten. Dass Weber eingeschnappt war und nicht mehr mit ihm redete, hatte er natürlich nicht gewollt. Aber eigentlich hatte er nicht darüber nachgedacht. Vielleicht hätte er nicht so harsch reagieren sollen, allein schon deswegen, weil Edwin Mirscher nicht mehr bei der Aufklärung ihrer Fälle mithelfen würde, was jeder im Team verkraften musste, auch Weber.

Doch der Gerichtsmediziner ging ohne zu reagieren weiter, sperrte seinen Wagen auf, setzte sich hinein und ließ sämtliche Fenster nach unten gleiten, damit die aufgeheizte Luft entweichen konnte. Danach legte er den Rückwärtsgang ein, fuhr ein Stück zurück und entschwand aus Sterns Sichtfeld. Ihre Männerfreundschaft wurde wohl gerade auf die erste Probe gestellt.

»Der ist mächtig sauer auf dich«, fasste es Grünbrecht zusammen.

Stern brummte und nahm sich vor, sich später bei Weber zu entschuldigen. Er hätte ihn nicht wie einen dummen Schuljungen zurechtweisen sollen, das tat ihm jetzt leid.

»Kolanski ist gleich hier. Er war joggen, als die Nachricht über den Fall einging«, erklärte Grünbrecht ihrem Chef, warum der Kollege bislang nicht am Tatort erschienen war.

»Noch einer, der bei der Hitze freiwillig Sport macht«, erwiderte Stern, dem der Schweiß literweise aus den Poren schoss, wenn er nur daran dachte. Extrabewegung bei solchen Temperaturen kam für ihn nicht infrage. Viel lieber saß er in einem Gastgarten und trank ein kühles Bier. Das war seine Vorstellung von Aktivität bei einer derart unerträglichen Hitze.

»So ist Kolanski eben«, meinte Grünbrecht.

»Ja, so ist er.« Stern fragte sich, wie sich Kolanski mit dem neuen Kollegen wohl verstehen würde. Martin Heinze hieß dieser, und Stern hatte ihm, obwohl er offiziell erst morgen seinen Dienst antrat, wegen des Toten in Bad Kreuzen vor ihrer Abfahrt in Linz eine Nachricht geschickt. Er hatte gedacht, dass es nicht schaden konnte, wenn Heinze vorgewarnt war, dass ihn bereits an seinem ersten Arbeitstag im Landeskriminalamt Oberösterreich ein Mordfall erwartete.

Der uniformierte Polizist, der zuvor vor dem Fundort der Leiche eine mobile Barriere aufgebaut hatte, näherte sich den Kriminalbeamten. In der Hand hielt er einen Zettel, den er ihnen entgegenstreckte. »Dort hat der Tote gewohnt. Ich nehme an, Sie wollen seine Frau persönlich über das Ableben ihres Ehemannes informieren.«

»Ja, danke.« Stern griff nach dem Papier und faltete es auf.

»Das ist nicht weit von hier.« Der Polizist deutete in die Richtung, in der besagte Adresse lag. »Wenn Sie da lang gehen, erreichen Sie es locker in fünf Minuten.«

»Zu Fuß?« Stern wollte wissen, ob er den Kollegen richtig verstanden hatte. Nicht, dass er sich kilometerweit bei brütender Hitze durch die Straßen von Bad Kreuzen schleppte, obwohl er ebenso in einem klimatisierten Wagen hätte fahren können.

»Ja, zu Fuß«, bestätigte der Uniformierte.

»Dann gehen wir natürlich«, fällte Grünbrecht die Entscheidung für sie beide. »Ein bisschen Bewegung tut immer gut.«

»Bei der Hitze …«

»Wenn Kolanski joggen kann, werden wir wohl die wenigen Meter zu dem Haus der Petrovskys laufen können«, erwiderte Grünbrecht und marschierte los.

Stern wollte ihr gerade folgen, als erneut ein tiefes Grollen zu hören war. Es näherte sich und wurde lauter.

Der Chefinspektor dachte für einen Augenblick, dass Weber vielleicht zurückkäme, weil er eingesehen hatte, dass seine Reaktion überzogen gewesen war, doch da erkannte er das gleichmäßige Hochdrehen eines Zweizylindermotors. Es bewegte sich durch Bad Kreuzen und würde im nächsten Augenblick in Form eines Motorrades um die Ecke biegen. Zwei Sekunden später erschien tatsächlich eine Harley-Davidson, die direkt auf die Einsatzkräfte zurollte. Ihr Chrom blitzte im Sonnenlicht. Dort, wo zuvor Webers Wagen gestanden hatte, erstarb ihr Motor. Der Biker löste die Fixierung seines Helms und nahm ihn ab. Mit der rechten Hand fuhr er durch seine lockigen blonden Haare, hängte den Helm an den Ape-Hanger-Lenker und stieg ab.

»Wer ist das?«, fragte Grünbrecht, die genau wie Stern auf den Typen in Jeans und Lederjacke starrte.

»Martin Heinze, der Neue.« Der Chefinspektor beobachtete den Kollegen mit gemischten Gefühlen, das musste er zugeben. Das Auftauchen von Heinze führte ihnen wieder schmerzhaft vor Augen, dass Edwin Mirscher nicht mehr am Leben war.

»Ich dachte, der fängt erst morgen an.« In Grünbrechts Stimme lag Verwunderung.

Oder war es Abneigung?

Für sie musste es besonders schwer sein, den neuen Kollegen als das zu akzeptieren, was er war: der Nachfolger von Edwin Mirscher. Auch wenn es niemand aussprach.

»Ich hab ihm eine Nachricht geschickt, dass wir hier in Bad Kreuzen aller Voraussicht nach einen Mordfall haben«, erklärte Stern. »Was Weber inzwischen ja bestätigt hat. Anscheinend hat sich der Kollege entschlossen, schon heute den Dienst anzutreten.« Das war gut, dachte Stern, er schätzte Einsatzfreude und Tatendrang bei seinen Mitarbeitern. Andererseits änderte es nichts daran, warum der Kollege überhaupt ein Teil des Teams wurde. Aus diesem Grund blieb ein zufriedenes Gefühl bei Stern vorerst aus, doch er nahm sich vor, es Heinze auf keinen Fall spüren zu lassen.

»Heinze eilt ein guter Ruf voraus. Die Kollegen vom Landeskriminalamt Wien, wo er bislang gearbeitet hat, haben nur Gutes über ihn berichtet. Dass er ehrgeizig ist, dass es ihm leichtfällt, sich in die Psyche von Verbrechern hineinzuversetzen. Dass er gerne mal unkonventionelle Methoden einsetzt, um einem Täter auf die Spur zu kommen. Außerdem, dass er geschieden ist und eine sechsjährige Tochter hat«, erzählte Stern, was er über Martin Heinze wusste, während dieser auf sie zu ging.

Grünbrecht erwiderte nichts, sie schien abzuwarten, wie der Mann sich ihnen gleich selbst präsentieren würde.

»Guten Morgen! Es freut mich, Sie heute schon zu sehen«, begrüßte Stern den Wiener, verzichtete aber darauf, ihm die Hand zu reichen. Seit der Corona-Pandemie wurde dieses vor allem in westlichen Ländern übliche Begrüßungsritual unterschiedlich gehandhabt. Während die einen darauf beharrten, war es für andere zu einem No-Go geworden.

»Guten Morgen, Chef!«, grüßte Heinze seinen neuen Vorgesetzten mit strahlendem Lächeln. Sie hatten einander erst einmal persönlich getroffen, als die Versetzung vom Landeskriminalamt Wien nach Linz genehmigt worden war. Damals war Heinze für ein Gespräch in die Nietzschestraße angereist.

»Eine heiße Maschine haben Sie da«, sagte Stern und deutete auf die Harley-Davidson.

»Ist brandneu!« Heinzes Lächeln wurde noch breiter. Jedoch richtete sich sein Blick nicht auf das Motorrad, sondern auf Grünbrecht, die sich im Hintergrund hielt. Sein Grinsen sollte wohl unwiderstehlich wirken, und seine blauen Augen hefteten sich auf die Gruppeninspektorin, als erwarteten sie eine ebenso erfreute Reaktion.

»Guten Morgen«, murmelte Grünbrecht, nahm ihrem Chef den Zettel mit der Adresse der Ehefrau des Toten aus der Hand und ging in jene Richtung davon, in die der Polizist vorhin gedeutet hatte.

»Ich hoffe, das liegt nicht an mir«, sagte Heinze der entschwindenden Gruppeninspektorin hinterherschauend.

»Nein, das liegt nicht an Ihnen«, Stern klopfte dem Mann auf die Schulter, »sondern daran, dass Grünbrechts Verlobter bei unserem letzten Fall getötet worden ist und Sie quasi sein …« Der Chefinspektor scheute sich davor, es laut auszusprechen.

»Ich hab davon gehört«, antwortete Heinze.

»Wer hat das nicht?«, erwiderte Stern. Jeder Österreicher wusste, was bei dem Polizeieinsatz in Freistadt schiefgelaufen war, die Presse hatte ausführlich darüber berichtet. Er eilte Grünbrecht hinterher und drehte sich nach ein paar Schritten noch einmal um. »Ihr Partner wird gleich hier sein!«, rief er Heinze zu. »Er heißt Hermann Kolanski! Warten Sie auf ihn und sagen Sie ihm, dass Grünbrecht und ich inzwischen bei der Witwe sind.« Stern war sich sicher, dass Heinze das schon irgendwie auf die Reihe und nicht in den falschen Hals kriegen würde, dass er ihn jetzt allein ließ. Immerhin hatte der neue Kollege bereits ein paar Jahre Erfahrung bei der Kripo in Wien gesammelt, wenn auch nicht direkt bei der Mordgruppe, und wusste, wie solche Untersuchungen abliefen. Zeit, um sich ausführlicher zu unterhalten, würden sie später genug haben.

Stern selbst bereitete sich innerlich auf das vor, was vor ihm lag: Er musste einer Frau mitteilen, dass ihr Mann ermordet worden war. Zuvor aber wollte er mit Grünbrecht darüber reden, wie sie mit all dem zurechtkam, schließlich war sie vor nicht allzu langer Zeit in einer ähnlichen Situation gewesen.

Er vermochte nicht einzuschätzen, welches Gespräch ihm schwerer fallen würde.

3. KAPITEL

»Wie geht es dir, Mara? Ich meine, wie geht es dir mit dem neuen Kollegen, dass er …? Du weißt schon …« Stern hatte Grünbrecht endlich eingeholt, nun schritten sie nebeneinander her durch den Kurort Bad Kreuzen. Ihr abruptes Aufbrechen zur Witwe des Opfers und ihre Zurückhaltung Martin Heinze gegenüber hatten ihn alarmiert. Er fürchtete, dass sie dem Ganzen vielleicht doch noch nicht gewachsen sein könnte und zu früh zum Dienst erschienen war. Da er ihr diesen Vorschlag unterbreitet hatte, fühlte er sich verantwortlich.

»Passt schon«, antwortete Grünbrecht, ohne ihn dabei anzusehen.

»Ich weiß, dass es …«

»Ich will nicht darüber reden, Chef! Lass uns einfach nur zu dieser armen Frau gehen und ihr sagen, dass sie Witwe ist. Alles andere ist im Augenblick Nebensache. Glaub mir, ich weiß, wovon ich rede.«

Das bezweifelte Stern nicht. Niemand im Team konnte so gut wie Grünbrecht nachvollziehen, was in den nächsten Minuten über die Ehefrau des Toten hereinbrechen würde. Jedoch erachtete er das Wohlbefinden der Gruppeninspektorin als mindestens genauso wichtig, wie dass die Ehefrau so schnell wie möglich vom Tod ihres Mannes erfuhr. Dennoch respektierte er Grünbrechts Wunsch, nicht darüber zu reden.

Am Haus des Toten drückte Stern auf eine Messingklingel. Ein helles Läuten ertönte. Im Inneren des Gebäudes waren Schritte zu hören. Stern wappnete sich für das Bevorstehende. Er hasste es, jemandem sagen zu müssen, dass eine nahestehende Person gestorben war. Die Betroffenen reagierten sehr unterschiedlich. Während die einen zusammenbrachen, fielen andere in eine Art Schockzustand und sagten nichts, weil der Prozess der Wahrnehmung ein ganz anderer war. Bei Letzteren wusste man nie, was passieren würde, wenn sie erst einmal begriffen hatten, dass sie den geliebten Menschen nie mehr in ihre Arme würden nehmen können. Manch einer war dann zu allem fähig.

Die Tür ging auf und eine Frau Mitte 30 stand vor ihnen. Stern bemerkte sofort, dass sie trotz der prognostizierten 32 Grad ein Shirt mit Ärmeln und eine lange Hose trug. Bereits jetzt war es dafür viel zu warm, fand er. Unter seinen Achseln hatten sich längst dunkle Flecken gebildet.

»Gloria Petrovsky?«, fragte er und hielt seinem Gegenüber den Dienstausweis hin.

»Ja?« Vom Gesicht der Frau war Überraschung abzulesen, ebenso Neugierde. »Ist etwas passiert?«

»Chefinspektor Oskar Stern, das ist meine Kollegin Gruppeninspektorin Mara Grünbrecht. Wir sind vom Landeskriminalamt in Linz. Es tut uns leid, Ihnen mitteilen zu müssen, dass Ihr Mann tot ist«, antwortete Stern und ließ die Frau nicht aus den Augen. Es konnte ja sein, dass sie in Ohnmacht fiel oder sich auffällig verhielt, was

Rückschlüsse darauf zuließe, ob sie darüber Bescheid wusste, was mit ihrem Mann geschehen war.

Die Witwe reagierte nicht, sondern verharrte unbewegt in der Tür, als müsste sie überlegen, ob das, was der Chefinspektor gerade geäußert hatte, überhaupt Realität sein konnte.

»Frau Petrovsky, haben Sie verstanden, was ich gesagt habe?«, hakte Stern nach.

»Äh … ja«, antwortete die Witwe, ohne einen Anflug von Trauer oder Entsetzen erkennen zu lassen. Sie stand einfach nur da und blickte die Kriminalbeamten an, als hätten die ihr mitgeteilt, dass in Perg beim Supermarkt ein Fahrrad gestohlen worden war.

Grünbrecht schien die distanzierte Haltung ebenfalls aufzufallen. »Dürfen wir reinkommen und Ihnen ein paar Fragen stellen?«, bat sie.

»Natürlich.« Die Frau trat zur Seite und gab den Weg ins Haus frei. Stern und Grünbrecht folgten ihr in das Esszimmer zu einer freistehenden und gemütlich aussehenden Ledersitzgruppe in dunklem Beige. Ein eierschalenfarbenes Tischtuch bedeckte den rustikalen Holztisch, darauf war mittig eine Vase mit unterschiedlichen Schnittblumen platziert. Die Möbel waren zweifelsohne nicht billig gewesen, und auch der Rest des Hauses zeugte von kostspieligem Geschmack. »Bitte nehmen Sie Platz.« Gloria Petrovsky deutete auf die Ledermöbel. »Darf ich Ihnen zu trinken anbieten? Kaffee? Tee? Oder was Stärkeres?« Sie setzte sich nicht, sondern wartete auf eine Antwort.

»Sie brauchen uns nicht zu bewirten …«

»Das macht mir nichts aus«, sagte Petrovsky. »Ich möcht' ohnehin einen Espresso, und wenn ich die

Maschine schon einschalte, kann ich Ihnen genauso eine Tasse anbieten.«

»Danke, für mich bitte auch einen«, antwortete Stern, der gespannt war, wie die Frau ihre Gefasstheit erklären würde.

»Für mich nicht, danke«, winkte Grünbrecht ab.

Die Frau verschwand in der angrenzenden Küche. Wenig später war das Surren einer Kaffeemaschine zu hören.

Stern sah zu Grünbrecht hinüber. Er konnte nicht sagen, wie sich die Gruppeninspektorin im Augenblick fühlen musste. Während sie selbst bei der Nachricht von Mirschers Tod zusammengebrochen war, erlebte sie nun mit, wie jemand anders völlig emotionslos in einer ähnlichen Situation reagierte.

»Alles in Ordnung?«, fragte er, obwohl Grünbrecht ihm vorher unmissverständlich zu verstehen gegeben hatte, dass sie nicht darüber reden wollte.

Die Gruppeninspektorin nickte.

»Ich schau mal, was die Frau in der Küche macht«, sagte Stern leise. »Man weiß ja nie.«

»Alles klar«, erwiderte Grünbrecht.

Stern folgte den Geräuschen der Kaffeemaschine. Er wollte sich einen Überblick über die häuslichen Gegebenheiten verschaffen, schließlich war das Opfer nach Webers erster Einschätzung vergiftet worden. Das konnte auch hier passiert sein. In der Küche sah er die Witwe gerade die gefüllten Tassen auf ein Tablett stellen, sonst war alles fein säuberlich zusammengeräumt. Kein schmutziges Geschirr auf der Anrichte, es lag nichts herum, was irgendwie verdächtig wirkte. Keine Kräuter. Keine Döschen. Keine Tabletten.

»Wie ist er denn g'storben?«, fragte Gloria Petrovsky und ging mit dem Tablett, auf dem zwei Tassen Espresso, Milch und Zucker sowie ein Teller mit Keksen standen, vor Stern zurück ins Esszimmer und stellte es auf den Tisch. Anschließend reichte sie dem Chefinspektor eine Tasse und platzierte den Keksteller gleich neben der Blumenvase.

»Wahrscheinlich ist eine Vergiftung die Todesursache. Eine Bestätigung dafür fehlt aber noch. Genaueres wissen wir erst nach der Obduktion«, antwortete Stern. Das distanzierte Verhalten der Frau irritierte ihn.

»Wurde er ermordet?«, fragte die Witwe.

»Das lässt sich zum jetzigen Zeitpunkt nicht mit Gewissheit sagen. Wir ermitteln in alle Richtungen.«

Gloria Petrovsky ging noch einmal in die Küche und kehrte mit drei Gläsern und einer Karaffe Wasser wieder. Als alle saßen und sie das Wasser eingeschenkt hatte, fragte sie: »Wo haben Sie ihn denn g'funden?« Dann nippte sie an ihrem Kaffee, als wären sie zu einem Kaffeekränzchen zusammengekommen und würden den neuesten Tratsch und Klatsch von Bad Kreuzen austauschen.

»Auf der Bank vor der Kirche.«

Die Witwe stellte ihre Tasse auf den Tisch und schob den Teller mit den Keksen in Richtung der Kriminalbeamten. Stern warf einen Blick darauf und fragte sich, ob das Gebäck möglicherweise vergiftet war und das Opfer davon gegessen hatte. Wie er jetzt darauf kam, wusste er nicht, wahrscheinlich war das kühle Verhalten der Frau schuld.

Weder er noch Grünbrecht griffen zu.

»Ein ungewöhnlicher Ort für Roland, um abzutreten«, sinnierte Gloria Petrovsky. »Er war nämlich net gläubig, und die Kirche hat er g'mieden wie ein Pollenallergiker einen Birkenwald.«

»Noch viel ungewöhnlicher finde ich Ihre Reaktion, Frau Petrovsky. Die meisten Menschen weinen, wenn sie einen geliebten Menschen verlieren. Oder werden gar hysterisch und schreien sich die Seele aus dem Leib, weil sie es nicht wahrhaben wollen. Verfallen in eine Starre, sind zu keiner Regung mehr fähig. Aber Sie sind ... wie soll ich sagen?« Stern tat, als suchte er nach den richtigen Worten. Derweilen wartete er darauf, wie die Frau auf seinen indirekten Vorwurf reagieren würde. Ob sie ihr Verhalten zu erklären versuchte oder gar in eine Verteidigungshaltung verfiel. Als sie ihn jedoch nur ansah, redete er weiter: »Sie sind völlig gelassen.«

Gloria Petrovsky erhob sich, ohne den Blick von Stern abzuwenden. Sie stellte sich vor ihn hin und schob die Ärmel ihres Shirts in die Höhe. Ihre Unterarme waren mit Blutergüssen übersät. Dann raffte sie den Stoff vor ihrem Bauch zusammen und zog ihn bis unter die Brust hoch. Den Kriminalbeamten offenbarten sich zahlreiche Blessuren und unzählige blaue Flecken. Es gab keine Zweifel, diese Frau war erst jüngst schwer misshandelt worden. Ihrem Verhalten nach zu urteilen von ihrem Ehemann.

»Ist er das gewesen?«, fragte Grünbrecht, um Gewissheit zu erhalten.

Die Frau ließ den Stoff sinken und nickte. Dann setzte sie sich und nahm einen weiteren Schluck Kaffee. Stern fiel auf, dass sie jetzt zitterte.

»Seit wann ging das so?«, fragte er. Er wollte herausfinden, ob der Mann seine Frau regelmäßig verprügelt hatte oder ob die Misshandlung einmalig gewesen war. Seine Erfahrungen als Kriminalbeamter sprachen für Erstes.

»Er hat unmittelbar nach unserer Hochzeit sein wahres G'sicht g'zeigt und damit ang'fangen«, erzählte Gloria Petrovsky. Sie stellte die Kaffeetasse auf den Tisch und griff nach einem Keks. »Sieben Jahre ist es nun her. Wenn einem so etwas widerfährt, fühlt sich jeder Tag wie ein ganzes Leben an. Aber das ist jetzt vorbei.« Sie biss herzhaft in den Keks, was Stern den Schluss ziehen ließ, dass das Gebäck nicht vergiftet war. Also konnte er sich auch davon nehmen.

»Warum haben Sie ihn nicht angezeigt?«, fragte Grünbrecht.

»Weil er mich dann umg'bracht hätt'«, antwortete Gloria sich dessen gewiss. »Das hat er mir mehr als einmal g'sagt. Immer wieder hat er mir damit gedroht, und ich hab keinen Grund g'habt, an seinen Worten zu zweifeln.«

»Sie hätten sich Hilfe holen können …«

»Ja? Welche denn?« Dieser gut gemeinte Ratschlag echauffierte Gloria Petrovsky. »Hätt' ich nach Linz in ein Frauenhaus gehen und alles zurücklassen soll'n? Das Haus? Meine Mutter, die auch in Bad Kreuzen wohnt? Meine Schwester? Ich bin hier aufg'wachsen und arbeite hier. Das ist mein Leben! Er ist derjenige, der herg'zogen ist und alles verdorben hat.«

»Nun sind Sie ihn ja los«, antwortete Stern und erntete dafür von Grünbrecht einen missbilligenden Blick. Es war ihm klar, dass sein Kommentar angesichts des Martyriums, das Gloria Petrovsky durchgemacht hatte, unsensibel gewesen war. Manche Frauen bereiteten ihrem Leben sogar eher ein Ende und sprangen von der nächsten

Brücke in den Tod, statt zur Polizei zu gehen und ihren Peiniger anzuzeigen. Durch jemandes Tod eine Situation zu ändern war für ihn trotzdem keine Lösung.

»Sie haben recht«, antwortete Gloria. »Und ich kann net sagen, dass es mir leidtut, dass er tot ist. Ich hab mir viele Male g'wünscht, dass ich die Kraft aufbrächt', ihn umzubringen. Mir hat aber der Mut dazu g'fehlt.«

»Wo waren Sie gestern Abend und die letzte Nacht?«, fragte Stern. Schließlich hatte die Frau ein Motiv, auch wenn sie den Anschein erweckte, keiner Fliege etwas zuleide tun zu können. Vielleicht hatte sie es sattgehabt, so zu leben, und hatte den aus ihrer Sicht einzigen Weg beschritten, sich aus dieser Situation zu befreien: nämlich ihren Peiniger zu töten.

»Zu Hause.« Das Gesicht von Gloria verzerrte sich zu einer hässlichen Fratze. Der Abscheu, den sie für ihren Mann empfand, war davon gut abzulesen.

»Kann das jemand bezeugen?«, fragte Stern.

»Der Einzige, der das tun hätt' können, ist jetzt tot. Wobei er nur bezeugen können hätt', was er mir gestern angetan hat, bevor er das Haus verlassen hat. Was ich nachher g'macht hab, hatt' er natürlich net g'wusst.«

»Erzählen Sie uns von gestern Abend«, übernahm Grünbrecht die Befragung.

»Wollen Sie das wirklich hören?« Gloria strich mit der rechten Hand über ihren linken Oberarm, was sie verletzlich wirken ließ.

»Das müssen wir leider«, sagte Grünbrecht einfühlend.

Die Witwe lächelte die Gruppeninspektorin an, und Stern spürte, dass zwischen den Frauen eine Verbindung bestand, obwohl ihre Schicksale nicht unterschiedlicher hätten sein können. Grünbrecht war wegen Mirschers Tod in ein tiefes Loch gestürzt, Petrovsky hingegen machte keinen Hehl daraus, dass sie über das Ableben ihres Mannes heilfroh war. Trotzdem verband diese beiden Frauen das Leid.

»Wir haben zu Abend gegessen, der Roland und ich«, begann Gloria Petrovsky zu erzählen. »Er hat nur rumg'meckert, nichts hat ihm g'passt, an allem hat er was auszusetzen g'habt. Wie eigentlich jeden Tag, aber gestern ist es besonders schlimm g'wesen. Er ist auf mich losg'gangen, hat mich g'schlagen, und selbst, wie ich schon am Boden g'legen bin, hat er mich noch g'treten. Immer wieder, bis ihm die Luft ausg'gangen ist.« Gloria machte eine Pause. Ihr Blick ging ins Leere, als erlebte sie alles noch einmal, nur distanzierter. Als sähe sie von der Ecke des Zimmers aus zu. »Ich hab mich im Keller versteckt und bin erst wieder rauf, als der Roland vor dem Fernseher g'sessen ist. Dann hab ich die Küche sauber g'macht …«

Stern hörte der Witwe aufmerksam zu. Er konnte nicht glauben, welches Leid manche Frauen ertragen mussten. Dass man, nachdem man verprügelt worden war, die Küche putzte, als wäre nichts geschehen, war für ihn kaum vorstellbar. Es würde ihn nicht wundern, wenn diese Frau mit ihrem Mann mithilfe von Gift kurzen Prozess gemacht hätte.

»Was geschah dann?«, hakte Grünbrecht nach.

Es war Gloria Petrovsky anzumerken, dass es ihr schwerfiel weiterzusprechen. Deshalb griff Grünbrecht über den Tisch und legte ihre Hand auf jene der Witwe.

Dieses Mal huschte der Frau kein Lächeln ob der freundlichen Geste übers Gesicht. Dieses Mal traten Tränen in ihre Augen.

»Roland ist in die Küche g'kommen … Er hat … er hat …«

»Lassen Sie sich Zeit«, redete Grünbrecht der Witwe gut zu. »Wenn Sie wollen, können Sie mit einer Psychologin sprechen.«

»Nein, es geht schon.« Petrovsky entzog Grünbrecht die Hand und wischte sich die Tränen von den Wangen. Dann atmete sie tief durch und sah die Kriminalbeamten an. »Er hat mich vergewaltigt!«

Stern hatte bereits mit einem derartigen Delikt gerechnet. Männer, die ihre Frauen schlugen, nahmen sich, was sie wollten, auch beim Sex.

»Ich bin gerade beim Abwaschen der Töpfe gewesen, da hat er ihn mir von hinten reingerammt.«

»Es tut mir so schrecklich leid«, sagte Grünbrecht.

»Das braucht es nicht. Es ist ja jetzt vorüber.« Gloria Petrovsky hatte sich wieder gefasst. An Stern gewandt sagte sie: »Sie können sich sicher vorstellen, dass es mir egal g'wesen ist, was mein Mann hernach g'macht hat. Er hat das Haus verlassen und ist net zurückg'kehrt, bis ich ins Bett g'gangen bin. Und darüber bin ich ausg'sprochen froh g'wesen.«

»Das glaube ich Ihnen«, erwiderte Stern. Auch wenn die Frau einen guten Grund gehabt hätte, sich von ihrem Mann zu befreien, glaubte er im Augenblick nicht, dass sie ihn ermordet hatte. Sie hatte das Martyrium über Jahre hinweg ertragen. Wenn sie wirklich dazu in der Lage wäre, einen Menschen zu töten, hätte sie ihren Ehemann schon viel früher umbringen können und sich dadurch jede Menge Leid erspart.

Im Vorraum des Hauses fiel eine Tür ins Schloss. Jemand war gekommen.

»Schätzchen!«, rief eine Stimme draußen im Flur. »Hast du's schon g'hört? Der Roland ist hinüber!« Schritte waren zu hören. Dann wurde die Tür zum Esszimmer aufgestoßen mit den Worten: »Wir haben etwas zu feiern!«

4. KAPITEL

Als Hermann Kolanski bei der Kirche in Bad Kreuzen eintraf, hievten die Männer vom Bestattungsinstitut den Leichnam gerade in einen Blechsarg. Auf einer Harley-Davidson saß ein Mann und schaute auf sein Handy, dabei fielen ihm die blonden Haare ins Gesicht. Kolanski parkte den Einsatzwagen neben dem Motorrad und stieg aus. Er wusste, dass er spät dran war, aber der Ruf zum Tatort hatte ihn mitten in seiner morgendlichen Joggingrunde ereilt. Da hatte er noch gut sieben Kilometer vor sich gehabt.

»Sind Sie Kolanski?«, fragte ihn der Mann auf der Maschine, der aufgehört hatte, auf dem Smartphone herumzuwischen.

»Kommt darauf an, wer das wissen will«, antwortete der Gruppeninspektor und nahm seine Sonnenbrille ab. Von Stern und Grünbrecht war nichts zu sehen, ebenso nicht vom Gerichtsmediziner. Nur die Spurensicherer machten ihre Arbeit genau wie die Kollegen von der örtlichen Polizeiinspektion, die den Tatort abriegelten. Er steckte die Sonnenbrille in die Brusttasche seines Hemdes.

»Martin Heinze vom LKA Wien«, sagte der Angesprochene und grinste, als er seinen Fehler bemerkte. »Ab morgen natürlich vom LKA Oberösterreich.«

»Ich hab von Ihnen gehört«, erwiderte Kolanski. »Freut mich, dass Sie nun da sind.«

»Danke. Aber ich glaube, das sehen nicht alle so«, meinte Heinze.

Kolanski wusste durch das Telefonat mit Grünbrecht, dass die Gruppeninspektorin wieder im Dienst war. Aus Heinzes Aussage schloss er, dass sich die beiden bereits gegenübergestanden hatten und die Begegnung nicht gerade herzlich abgelaufen war. »Das wird schon. Grünbrecht macht im Augenblick viel durch, geben Sie ihr ein wenig Zeit. Wo sind Stern und Grünbrecht überhaupt?«

»Die sind zur Frau des Opfers gegangen …«

»Gegangen? Etwa zu Fuß?« Kolanski wollte nicht glauben, was er hörte. Er wusste, dass Stern eine Strecke ungern ohne Auto zurücklegte, wenn er sie auch fahren konnte.

»Ja, ist nur die Straße rauf.« Heinze deutete Richtung Nord-West. »Die beiden informieren die Witwe über den Tod ihres Mannes, und ich sollte hier auf Sie warten«, wiederholte Heinze Sterns Anweisung.

»Gut«, erwiderte Kolanski erleichtert. Er hasste es, Angehörigen Todesnachrichten überbringen zu müssen, das war eindeutig Chefsache. »Hat sich Weber dazu geäußert, wie das Opfer gestorben ist?«

»Wer ist Weber?«, fragte Heinze.

Kolanski wurde klar, dass es nun an ihm lag, Heinze in die hiesigen Gepflogenheiten einzuweihen. Ihm die Kollegen vorzustellen und den Mühlviertler Menschenschlag näherzubringen, wenn sie bei den Vernehmungen etwas von den Einheimischen erfahren wollten.

»Weber ist unser Gerichtsmediziner«, erklärte Kolanski.

Heinze sah sich auf dem Vorplatz der Kirche um. »Ist dieser Weber hier? Dann frag ich ihn.«

Kolanskis Blick folgte dem des neuen Kollegen. »Nein, ich entdecke ihn nirgendwo. Wahrscheinlich ist er schon weg. Am besten, wir bringen alles in Erfahrung, was mit dem Toten zu tun hat, solange Stern und Grünbrecht bei der Witwe sind.«

»Das Opfer ist Roland Petrovsky. Er war 44 Jahre alt und Werbebeauftragter von Bad Kreuzen. Außerdem hatte er eine Werbeagentur und betreute Persönlichkeiten aus Sport und Wirtschaft, angeblich aus ganz Österreich. Manche davon hat er erfolgreich am Markt positioniert«, erzählte Heinze.

»Sie waren ja richtig fleißig«, sagte Kolanski durchaus anerkennend.

»Ich wusste nicht, was ich sonst tun sollte, also hab ich mit den uniformierten Kollegen geredet. Die meisten Informationen stammen von ihnen. Aber ein wenig hab ich auch selber rausgefunden.« Heinze sah auf sein Handy. »Petrovsky war verheiratet, hatte keine Kinder und stammte ursprünglich aus Rohrbach. Laut Meldeamt ist er vor acht Jahren nach Bad Kreuzen gezogen«, las er von dem Display ab.

»Ich schlage vor, wir schauen uns die Werbeagentur mal genauer an. Vielleicht finden wir dort etwas, das uns ein Motiv für die Tat liefert. Zuvor rufe ich Weber an und frage ihn nach der Todesursache. Oder steht die auch in Ihrem Handy?«

»Leider nicht«, verneinte Heinze und grinste.

Kolanski zog sein Smartphone aus der Tasche und wählte gerade die Nummer des Gerichtsmediziners, als ihm auffiel, dass sein Handy im Gegensatz zu Heinzes uralt und klobig war. »Bekommt man diese modernen

Dinger beim LKA Wien?«, fragte er und deutete auf das Gerät in Heinzes Hand, das extra dünn, extra gerundet und gänzlich aus einem Display zu bestehen schien.

»Nein, das ist mein persönliches«, erwiderte Heinze.

»Und wo ist Ihr Diensthandy?«, hakte Kolanski nach. Polizisten durften während der Arbeit ausschließlich mit Handys der Behörde telefonieren. Diese waren mit einer speziellen Software gegen Hackerangriffe gesichert.

»Liegt vermutlich auf meinem Schreibtisch«, antwortete Heinze. »Genau wie meine Waffe und der restliche Kram. Mein offizieller Dienst beginnt erst morgen.«

»Ja?«, ertönte Webers Stimme aus dem Lautsprecher von Kolanskis Smartphone. Der Gerichtsmediziner klang gehetzt.

»Kolanski hier«, meldete sich der Gruppeninspektor. »Ist alles in Ordnung bei dir?«

»Hat Stern dir aufgetragen, mich das zu fragen?«, blaffte Weber.

Kolanski war irritiert ob der gereizten Reaktion. »Nein, sollte er denn?«

»Schon gut«, winkte Weber ab.

»Sicher?«

»Todsicher.« Es war Weber anzuhören, dass er nicht den Wunsch hegte, darüber zu reden.

»Kannst du mir vielleicht sagen, wie das Opfer in Bad Kreuzen gestorben …?«

»Mensch, Kolanski! Die Leiche liegt noch nicht einmal auf meinem Tisch!«, brauste Weber auf.

»Ist ja gut«, versuchte Kolanski, den Gerichtsmediziner zu beruhigen. Gleichzeitig fragte er sich, was Weber über die Leber gelaufen war, dass er derart unwirsch reagierte.

»Ich hab Stern am Tatort nicht mehr angetroffen, weil ich zu spät gekommen bin. Also wollte ich von dir wissen, was deine erste Einschätzung zur Todesursache ist, damit ich besser beurteilen kann, wonach wir bei unseren Ermittlungen vor Ort suchen müssen. Du weißt schon, Tatwaffe und so …«

Für einen Augenblick herrschte Stille in der Leitung.

»Weber?« Kolanski war sich nicht sicher, ob der Gerichtsmediziner noch dran war.

»Es tut mir leid«, drang es leise aus dem Smartphone.

»Kein Problem«, winkte Kolanski ab. Durch Mirschers Tod und die Hitze lagen bei ihnen allen die Nerven blank.

»Es ist nur …« Weber stockte.

»Du musst mir nichts erklären«, machte es Kolanski dem Gerichtsmediziner leichter, aus der augenblicklichen Situation rauszukommen.

»Roland Petrovsky wurde höchstwahrscheinlich vergiftet«, wechselte dieser auch sogleich das Thema. »Welches Gift verwendet wurde, werden die Blutanalysen und der Mageninhalt des Opfers ergeben. Sobald ich was weiß, melde ich mich.« Weber klang erschöpft. Oder deprimiert. Vielleicht war er beides.

»Danke.« Kolanski verabschiedete sich und strich seine an den Schläfen ergrauten Haare hinter die Ohren.

»Und?«, hakte Heinze nach, kaum dass der Gruppeninspektor das Gespräch beendet hatte. »Wie ist der Tote gestorben?«

»Er wurde vergiftet«, erzählte Kolanski, was er erfahren hatte.

Heinze stieß einen leisen Pfiff aus. »Das ist in der Tat anders als in Wien. In Wien erschießen sich die Leute oder stechen einander ab. Die Mitglieder der italienischen Mafia die Handlanger der russischen und umgekehrt. Ratzfatz und mausetot sind sie. Zumindest die meisten. Ihr Mühlviertler wollt die Sache anscheinend genießen, ein bisschen hinauszögern, damit das Opfer ein wenig mehr davon hat …«

»Oder der Täter!«, unterbrach Kolanski ihn.

»Was sehr viel wahrscheinlicher ist«, gab Heinze ihm recht. »Das ist mein erster Giftmord. Ihr tut euch wirklich eine Menge an, um mich gebührend zu empfangen. Ihr seid ein ganz schön brutaler Haufen, wenn ich das mal so sagen darf.« Heinze grinste.

»Was heißt hier wir?«, erwiderte Kolanski, lachte aber wegen der doch etwas übertriebenen Beschreibung der hiesigen Bevölkerung durch den nunmehrigen Ex-Wiener.

»Stammst du etwa nicht aus der Gegend?«, fragte Heinze. Er hatte zum Du gewechselt, obwohl Kolanski der Ältere war und es an ihm läge, seinem Kollegen dies anzubieten.

Kolanski störte das nicht. »Wie man es nimmt. Ich komme aus Linz und wohne auch dort.«

»Also bist du von hier«, erwiderte Heinze und brachte damit zum Ausdruck, dass nach seiner Meinung die wenigen Kilometer Entfernung von Bad Kreuzen zur oberösterreichischen Landeshauptstadt keinen anderen Menschenschlag hervorbringen konnten. Das war wohl aus seiner Sicht evolutionsbedingt nicht möglich.

Kolanski grinste. »Ja, und darauf bin ich stolz.«

»Wie geht's jetzt weiter?«, brachte Heinze das Gespräch auf den Fall zurück.

»Es bleibt dabei: Wir fahren zur Agentur von diesem Petrovsky und sehen uns um. Schließlich hat irgendwer den Kerl so gehasst, dass der qualvoll hat sterben müssen. Wissen wir, ob er Angestellte hatte? Wenn nicht, brauchen wir einen Schlüsseldienst, der uns die Tür öffnet …« Kolanski verstummte.

An Heinzes Zeigefinger baumelte ein Bund mit mehreren Schlüsseln. »Den hab ich dem Toten abgenommen, bevor sie ihn in den Blechsarg gehievt haben«, sagte der Kollege.

»Ein Frischling, der mitdenkt«, erwiderte Kolanski. »Ich bin beeindruckt.«

»Ich bin kein Frischling!«, begehrte Heinze auf. »Ich arbeite seit sechs Jahren beim LKA.«

»Aber nicht in Oberösterreich. Und es ist dein erster Giftmord – hast du selber gesagt. Außerdem ticken die Menschen am Land anders als in der Großstadt, glaube mir, ich weiß, wovon ich rede. Je tiefer man ins Mühlviertel reinfährt, umso mehr sind die Menschen auf Traditionen und Bräuche bedacht. Umso stärker ist der Zusammenhalt, und einem Neuankömmling wie dir sagt man erst mal gar nichts. Da musst du dich vorher beweisen.«

»Und wie stelle ich das an?«

»Das weiß ich leider nicht.« Kolanski grinste. »In all den Jahren ist es mir nicht gelungen, das herauszufinden. Es passiert einfach. Aber ich bin mir sicher, du schaffst das … irgendwann.«

»Schon klar«, schnaubte Heinze.

»Haben wir die Adresse von der Agentur?«, fragte Kolanski, der nun wusste, auf was der Kollege empfindlich reagierte. Er wollte nicht als Neuling bezeichnet werden, was einerseits verständlich war, unter den gegebenen Umständen allerdings schwierig werden würde.

Heinze bemühte wieder sein superdünnes Handy und suchte nach der gewünschten Information. Sekunden später hatte er sie parat. »Gleich dort vorne. Da ist eine Schule, und in einem der Häuser davor muss die Agentur sein.« Er hielt sein Smartphone Kolanski so hin, dass der den Google-Maps-Eintrag sehen konnte. Mitten in Bad Kreuzen war eine rote Markierung. Dort mussten sie hin.

5. KAPITEL

Eine Frau mit blond gefärbten Haaren und rot geschminkten Lippen betrat das Esszimmer von Gloria Petrovsky, in der Hand eine Flasche Champagner, die sie euphorisch in die Höhe streckte wie jemand, der ein Ski-Weltcup-Rennen in Hinterstoder gewonnen hat. Als sie die ernsten Gesichter rund um den Esszimmertisch bemerkte, erlosch ihre Fröhlichkeit. Gerade hatte sie noch etwas sagen wollen, aber die Worte verpufften unausgesprochen in ihrem geöffneten Mund.

»Das ist meine Mutter«, stellte Gloria Petrovsky die Dame den Kriminalbeamten vor.

Die Frau hatte Temperament, das erkannte Stern sofort, und sie war sichtlich über das Ableben des Schwiegersohnes erfreut.

»Mama, das sind die Herrschaften von der Polizei, die mir die Nachricht von Rolands Tod überbracht haben«, folgte die Bekanntmachung der Inspektoren. Somit war für die Mutter klar, was ausgesprochen werden durfte und was sie besser für sich behielt.

»Grüß Gott«, gab sich die Frau nun förmlich und ließ die Champagnerflasche hinter ihrem Rücken verschwinden. Ihre fröhliche Mimik verwandelte sich in einen betroffenen Ausdruck, die Stirn legte sich in Falten und die Mundwinkel sanken in die Tiefe. Doch um die trauernde Schwiegermutter zu spielen, war es zu spät. Die Inspektoren hatten längst erkannt, dass die Frau in Partystimmung war. Die Augen auf die Kriminalbeamten gerichtet, ging Glorias Mutter ein paar Schritte rückwärts und versuchte unauffällig, den Schaumwein auf die Kommode hinter sich zu stellen, was Stern amüsiert beobachtete.

»Geben Sie sich keine Mühe«, sagte er. »Wir haben die Flasche bereits gesehen.« Er erhob sich, um für jedwede Reaktion seines Gegenübers bereit zu sein, notfalls um eine Flucht zu verhindern. »Ich bin Chefinspektor Oskar Stern vom Landeskriminalamt Oberösterreich, das ist meine Kollegin Gruppeninspektorin Mara Grünbrecht.«

Nun musste sich die Blondine entscheiden. Entweder versuchte sie, ihnen weiterhin Betroffenheit und Trauer vorzuspielen, oder sie legte die Karten offen auf den Tisch – in diesem Fall in Form einer Flasche Champagner.

»Keine Angst, Mama, ich hab den Inspektoren schon g'sagt, dass der Roland ein Arschloch g'wesen ist«, kam die Tochter der Mutter zu Hilfe.

Sofort änderte sich der Gesichtsausdruck der Blondine, erhellte sich wie der Schein der aufgehenden Sonne. Sie trat näher und platzierte den Schaumwein auf dem Tisch. Also hatte sie sich für ein offenes Gespräch entschieden, dachte Stern erleichtert und setzte sich wieder.

»Dann feiern wir jetzt mal ein bisschen, wenn ihr eh Bescheid wisst!« Die Mutter lächelte charmant in die Runde. Mit ihren getuschten Wimpern klimperte sie in Richtung des Chefinspektors. »Silvia Burgstaller«, hauchte sie ihm ihren Namen entgegen und verschwand nun genauso rasch, wie sie zur Tür hereingewirbelt war, in die Küche. Dort hörte Stern sie mit Gläsern klirren. Eine Minute später kehrte sie mit vier Sektflöten zurück.

»Sie müssen verzeihen, aber ich kann es noch net glauben, dass das Elend meiner Tochter endlich vorüber ist«, sagte Burgstaller unverblümt, entkorkte den Champagner und goss die prickelnde Flüssigkeit in die Gläser, ohne die Beamten zu fragen, ob sie überhaupt Alkohol tranken. Schließlich waren sie im Dienst. »Sie können sich gar net vorstellen, was Gloria mit diesem Ungeheuer all die Jahre mitg'macht hat. Als Mutter stehst du daneben, redest auf dein Kind ein, dass es diesen Kerl endlich loswerden soll, und kannst eigentlich gar nix tun, außer reden und wiederum nur reden. Handeln muss Gloria schließlich selber«, sprudelte es aus Burgstaller heraus. Die Erinnerung an das Martyrium der Tochter ließ die Frau sich in Rage reden. Als ihr aber klar wurde, wie sich das eben angehört hatte, stellte sie rasch richtig: »Ich meine natürlich, ihn zu verlassen, und net, was sie jetzt vielleicht glauben.« Sie verschüttete ein wenig von dem prickelnden Getränk auf das eierschalenfarbene Tischtuch, das die Flüssigkeit sofort aufsaugte.

»Wir glauben gar nichts, Frau Burgstaller. Wir sichern Beweise, aufgrund derer die Verantwortlichen zur Rechenschaft gezogen werden«, erwiderte Stern.

»Ich hab genug Beweise g'sehen«, sagte Burgstaller. »Die Gloria hat immer blaue Flecken g'habt. Kaum eine Woche ist vergangen, in der der Roland sie net g'schlagen hat. Haben Sie eine Ahnung, was das in einer Mutter auslöst, wenn sie das mitanschauen muss?« Die Frau griff sich an die Brust, als müsste sie ihr Herz davor bewahren, diesen unsäglichen Schmerz erneut zu fühlen.

Stern schüttelte den Kopf. »Nein, die habe ich nicht.« Eigentlich wollte er sich das gar nicht ausmalen, denn wenn er bloß daran dachte, dass seiner Tochter Barbara Ähnliches widerfahren würde, drängten sich Gedanken in seinen Kopf, die eines Chefinspektors unwürdig waren.

Doch genau das ließ die Mutter verdächtig wirken. Hatte sie ihre Tochter aus dem Elend, wie sie es selber nannte, befreit? Hatte sie Roland Petrovsky vergiftet, weil sie es nicht mehr ausgehalten hatte, ihre Tochter derart leiden zu sehen?

Stern entschied, nicht jetzt schon nach dem Alibi der durchaus attraktiven Frau zu fragen. Er wollte noch ein wenig zuwarten, was sie ihnen alles freiwillig erzählen würde.

Grünbrecht, die natürlich nichts von Sterns Absichten wusste, fiel jedoch mit der Tür ins Haus. »Und da haben Sie Nägel mit Köpfen gemacht und Ihre Tochter aus der Tyrannei Ihres Schwiegersohnes befreit.«

Zwei ungläubige Augenpaare richteten sich auf die Gruppeninspektorin, die eben die Mutter der frisch gebackenen Witwe beschuldigt hatte, einen Mord begangen zu haben. Die vermeintliche Täterin griff nach einem der Gläser und leerte es in einem Zug. Die Tochter rieb sich nervös die Hände, weil sie Grünbrechts These vielleicht ebenso in Betracht zog. Stern bedachte die Kollegin mit einem tadelnden Blick.

»Ich würde so handeln, wenn so ein Arsch mein Kind vergewaltigt und es nach und nach zugrunde richtet«, rechtfertigte sich Grünbrecht.

»Was? Er hat dich …? Hat er dich tatsächlich …?« Die

Mutter starrte ihre Tochter ungläubig an. Anscheinend hatte sie das volle Ausmaß der Tragödie nicht gekannt.

Gloria Petrovsky fing an zu weinen.

»Oh, Schatz!« Die Mutter umarmte die Tochter, als wollte sie den Schmerz wegdrücken und sie nie mehr loslassen. Stern sah, dass die Zuneigung echt war und diese Frau wahrscheinlich alles tun würde, um ihre Tochter zu beschützen. Ob dies auch einen Mord einschloss, musste nun von ihnen geklärt werden.

»Es tut uns leid, dass Sie das durchmachen mussten«, sagte er an die Frauen gerichtet.

»Danke«, erwiderte Gloria und wischte sich mit dem Handrücken die Tränen aus dem Gesicht. Die Mutter strich ihr wiederholt über die Haare, so wie sie das wahrscheinlich getan hatte, als Gloria ein kleines Mädchen gewesen war. Dann richtete sie sich auf und fragte: »Was wollen S' wissen?« Ihre Miene spiegelte Entschlossenheit, diese Sache endgültig hinter sich zu bringen. Dabei hielt sie die Hand von Gloria fest, wodurch sie sich gegenseitig Halt zu geben schienen.

»Wo waren Sie gestern Abend?«, fragte Grünbrecht nach dem Alibi der Mutter.

»Zu Hause. Alleine. Mein Mann ist vor Jahren g'storben. Herzinfarkt. Er ist nie zur Vorsorge g'gangen. Das sei nur etwas für Schwächlinge, hat er immer g'sagt. Am Ende war er der Schwächere, der Infarkt hat ihn heimtückisch umg'bracht. Wahrscheinlich hat er einen zu hohen Blutdruck g'habt und zu hohes Cholesterin, das haben die Ärzte nachher g'meint. Und dass er g'raucht hat, hat dem Sensenmann halt auch in die Hände g'spielt. Seither lebe ich alleine. Niemand kann also bezeugen, dass ich daheim g'wesen bin, das wollten Sie doch wissen, oder? Nur der Karlo ist da g'wesen, aber aus dem werden Sie nix herausbringen. Das wäre das erste Mal.« Die Frau lächelte. »Karlo liegt bloß faul in der Gegend rum und genießt das Leben.«

»Wer ist Karlo?« Stern tippte auf einen Hund.

»Mein Kater. Rot und träge wie dieses Vieh aus dem Fernsehen in diesem Film … na, Sie wissen schon, welchen ich meine.«

»Garfield«, ergänzte Gloria und putzte sich die Nase. »Du meinst Garfield, Mama.«

»Genau den meine ich, Schatz!« Die falsche Blondine lachte. Dann fiel ihr auf, dass niemand außer sie selbst vom Champagner getrunken hatte. »Schmeckt Ihnen der leicht net?« Sie füllte ihr Glas auf und nahm einen großzügigen Schluck, den sie mit der Zunge in ihrem Mund hin und her schob. »Der ist ausgezeichnet! Net wie dieses billige Zeug vom Discounter, den hab ich bei unserem Weinhändler in Grein g'kauft. Der war net billig, das können S' mir glauben. Oder wollen S' lieber was anderes? Bier? Oder einen Schnaps?«

»Danke, wir sind im Dienst«, erklärte Stern ihre Zurückhaltung.

»Außerdem ist es viel zu früh für Alkohol«, fügte Grünbrecht an, was sich wie eine Zurechtweisung anhörte.

»Um den Tod dieses Ungeheuers zu feiern, ist es nie zu früh«, konterte Silvia Burgstaller und trank erneut.

»Sie haben kein Alibi, aber ein Motiv«, stellte Grünbrecht fest.

Stern gewann durch die Art, wie sie das sagte, den Eindruck, als könnte die Gruppeninspektorin die Mutter von Gloria nicht leiden.

»Wenn Mutterschaft für Sie ein Motiv ist, dann hab ich wohl eines«, antwortete Silvia Burgstaller und leerte das zweite Glas.

»Haben Sie eine Ahnung, wohin Ihr Mann gestern Abend gegangen sein könnte, als er das Haus verlassen hat?«, richtete Stern die Frage an die Witwe und unterbrach damit den Schlagabtausch zwischen Grünbrecht und Burgstaller.

»Was weiß ich? In die Zugbrücke vielleicht.« Die Frau zuckte gleichgültig mit den Schultern. »Das machen doch alle Mannsbilder, dass sie ins Wirtshaus gehen, wenn's zu Hause net mehr stimmt, oder?«

»Wir werden das überprüfen«, sagte Grünbrecht. »Wenn er dort gewesen ist, hat ihn bestimmt jemand gesehen.«

Stern nickte zustimmend. Sie mussten die letzten Stunden des Opfers recherchieren, damit sie den Tathergang rekonstruieren konnten. Gerade bei Vergiftungen war es notwendig zu wissen, wo sich das Opfer vor seinem Tod aufgehalten hatte und das Gift zu sich genommen haben könnte, da Gifte naturgemäß unterschiedlich wirkten. Während Kaliumcyanid bei entsprechender Dosis innerhalb weniger Minuten zum Tod führte, gab es unzählige Gifte, die ihre Opfer über mehrere Stunden, Tage oder gar Wochen dahinrafften. Nicht selten war in der Vergangenheit aufgrund eines immer schlechter werdenden Allgemeinzustandes eines Opfers nach dessen Ableben ein natürlicher Tod diagnostiziert worden, obwohl es durch die Einnahme geringer Dosen über einen längeren Zeitraum vergiftet worden war. Doch bevor sie hier genauer zu suchen begannen, benötigten sie Webers Bericht, ob

Tod durch Vergiftung tatsächlich zutraf und mit welchem Gift sie es zu tun hatten.

»Hatte Ihr Mann Feinde?«, fragte Stern. Dass Mutter und Tochter Interesse daran gehabt hatten, Roland Petrovsky loszuwerden, lag mittlerweile auf der Hand. Die beiden Frauen versuchten auch gar nicht, es abzustreiten.

»Roland hat gewiss net nur Freunde g'habt«, erzählte Gloria. »Er war ein Narzisst, und allen, die es g'wagt haben, ihn eines Fehlers zu beschuldigen, hat er das Leben schwer g'macht. Er konnte net verzeihen, er konnte net verlieren und schon gar net konnte er sich eing'stehen, selber etwas falsch g'macht zu haben. Bei allem, was er g'tan hat, hat er für sich eine Rechtfertigung g'funden.«

»Selbst für Ihre Misshandlungen?«, fragte Grünbrecht.

»Gerade für die Misshandlungen! Ihm ist immer etwas eing'fallen, wofür er mich bestrafen hat müssen.«

»Wir werden uns in der Agentur Ihres Mannes umsehen. Vielleicht stoßen wir auf Hinweise, die uns weiterhelfen, einen Verdächtigen zu finden«, sagte Stern.

»Sie meinen einen anderen Verdächtigen außer uns beide?«, fragte Silvia Burgstaller und sah dabei dem Chefinspektor tief in die Augen.

»Ja, er meint einen weiteren Verdächtigen«, antwortete Grünbrecht anstelle von Stern und verzog dabei keine Miene.

»Tun Sie, was Sie tun müssen«, beschied Gloria. »Ehrlich g'sagt, ist es mir egal, ob Sie den Täter finden oder net. Wer immer es g'wesen ist, der den Roland ermordet hat, er hat mir einen großen Gefallen g'tan.«

»Ja, mir auch«, schloss sich Burgstaller ihrer Tochter an und lächelte provokant. Auf Stern blieb ihr Blick ein wenig länger haften, was den Chefinspektor denken ließ, dass die Dame trotz widriger Umstände mit ihm flirtete. Er fand die Mutter der Witwe attraktiv, und wenn sie nicht zu den Verdächtigen gehören würde, hätte er sich schon vorstellen können, dass sie …

»Trotzdem ist es eine Straftat, jemanden selbst zu richten. So einer gehört vor Gericht, und dort erhält er seine gerechte Strafe«, riss Grünbrecht ihren Vorgesetzten mit ihrem vehement vorgetragenen Statement gegen Selbstjustiz aus den Gedanken.

Stern wusste, dass diese Aussage die Gruppeninspektorin Überwindung gekostet haben musste. Bestimmt hatte sie mehr als einmal in Gedanken durchgespielt, wie es gewesen wäre, wenn sie den Mörder ihres Verlobten eliminiert hätte, als sie die Gelegenheit dazu gehabt hatte. In dem alten Bauernhaus in Freistadt. Als dieser mit Handschellen ans Bett gefesselt gewesen war. Wie es sich angefühlt hätte, wenn sie ihn getötet hätte für das, was er Edwin Mirscher angetan hatte. Wie es wäre, mit dem Wissen, Rache verübt zu haben, durchs Leben zu gehen. All das konnte Stern von ihrem Gesicht jetzt ablesen.

Grünbrecht stand auf und eilte grußlos aus dem Esszimmer, anschließend verließ sie das Haus.

»Ist mit Ihrer Kollegin alles okay?«, fragte Burgstaller überrascht.

»Alles in Ordnung«, antwortete Stern, obwohl das natürlich nicht stimmte. »Vorerst sind wir fertig, aber wir werden sicher noch weitere Fragen an Sie haben. Verlassen Sie also nicht das Land.«

Stern verabschiedete sich von den Frauen. Als er den Flur entlang zur Haustür ging, hörte er sie im Esszimmer lachen. Herzlich und befreit. Eine ungewohnte Reaktion auf einen Todesfall, die Stern schaudern ließ. Doch jetzt hatte er keine Zeit, sich weiter damit zu beschäftigen. Er musste zu Grünbrecht. Musste ihr hinterherlaufen und sich um sie kümmern. Ihr war bestimmt nicht zum Jubeln zumute.

6. KAPITEL

Kolanski und Heinze sahen sich in der Werbeagentur des Toten um. Petrovsky hatte den Profiradrennsportler Markus Braunschmied unter Vertrag gehabt, was Kolanski respektvoll zur Kenntnis nahm, während Heinze gleichgültig mit den Achseln zuckte. Eine mannshohe Pappfigur des Sportlers stand direkt hinter der Eingangstür und strahlte jeden euphorisch an, der die Agentur betrat.

»Sag bloß, du kennst Braunschmied nicht?«, fragte Kolanski, als er sich Handschuhe überstreifte, damit er bei der Durchsuchung keine Spuren vernichtete oder gar selber welche hinterließ.

»Sollte ich denn?« Heinze kramte bereits in den Schreibtischschubladen nach Anhaltspunkten. Nicht eine der Laden war versperrt, demnach befanden sich keine sensiblen Unterlagen darin.

Kolanski seufzte und erklärte dozierend: »Braunschmied ist amtierender österreichischer Staatsmeister im Straßeneinzel. Das solltest du als Österreicher eigentlich wissen.«

»Ich interessiere mich nicht fürs Radfahren«, wiegelte Heinze ab und betrachtete die Unterlagen auf dem Schreibtisch des Toten genauer.

»Fußball?«

»Ganz bestimmt nicht.« Heinze zog mehrere ausgefüllte Bögen aus einer Aktenhülle und richtete sich auf. »Aber den kenne ich. Das ist Andreas Sucker, unser Meisterexport im Schach.« Er hielt Kolanski den Agenturvertrag hin und deutete auf die Unterschrift des Staatsmeisters. »Dieser Petrovsky war richtig dick im Geschäft. Ich nehme an, dass er für all diese Leute die Kontakte geknüpft hat, damit sie in ihren Karrieren einen Schritt vorankommen. Wahrscheinlich hat er nicht nur das Marketing für sie gemacht, sondern war auch deren Agent.«

»Das sind Sportler!«, warf Kolanski ein. »Da zählt Leistung und nicht, wen du kennst.«

»Und du glaubst trotz deines Alters und obwohl du bei der Kripo arbeitest noch immer ans Christkind, was?«, äffte Heinze.

»Und du spielst tatsächlich Schach?«

»Jepp!«

»Du fährst eine Harley und spielst Schach«, fasste Kolanski kopfschüttelnd zusammen.

»Immerhin besser, als zu denken, dass man allein mit Leistung etwas erreichen kann. Vitamin B ist heutzutage alles, ohne das geht gar nichts. Brauchst ja nur in der Politik schauen, wie die sich gegenseitig die Posten zuschachern. Der eine kennt den, der andere einen anderen, schon überweist ein dritter ein paar Tausender auf das Konto eines ominösen Vereines und du hast den Job«, erwiderte Heinze.

»Vitamin B«, wiederholte Kolanski konsterniert, während er Ordner für Ordner aus dem Schrank zog und darin blätterte. »Ihr jungen Leute seid alle so desillusioniert, dass ihr an nichts als das Schlechte im Menschen denkt.«

»Ich arbeite schließlich bei der Kripo. Da haben wir ausschließlich mit dem Schlechten im Menschen zu tun.«

»Schon, aber so hab ich das nicht gemeint.«

»Was glaubst du denn, wie ich den Job bei euch bekommen habe? Natürlich mit Vitamin B«, offenbarte Heinze seinem Kollegen.

Kolanski ließ die Akten sinken. »Wirklich?« Wenn Heinze die Stelle nicht aufgrund seines Profils erhalten hatte, war alles möglich. Dann konnte er auch eine Niete der Sonderklasse sein. Vielleicht hatte man ihn in Wien ja loswerden wollen …

»Mein Chef und deiner sind befreundet«, erzählte Heinze.

»Stern ist mit deinem Vorgesetzten in Wien befreundet?«, echote Kolanski. Stern hatte nie erwähnt, dass er Freunde bei der Wiener Kriminalpolizei hatte. Außerdem wusste Kolanski, dass der Chefinspektor grundsätzlich kaum Freunde hatte. Er war ein Einzelgänger wie viele in diesem Job.

»Nicht Stern, sondern Bormann, euer Dienststellenleiter«, erklärte Heinze. »Die Chancen auf die Stelle waren bei über 40 Bewerbern nicht gerade aussichtsreich. Da hab ich meinen Chef gebeten, ein gutes Wort für mich einzulegen. Wie man sieht, hat es geklappt.« Heinze ließ von dem Stapel Unterlagen auf Petrovskys Schreibtisch ab und trat durch einen Durchgang in den hinteren Bereich der Agenturräumlichkeiten, wo sich eine Toilette, eine Küche und ein Abstellraum befanden.

»Was hat dich bewogen, von Wien nach Linz zu gehen?«, rief ihm Kolanski hinterher.

»Verschiedenes«, blieb der Kollege vage.

Kolanski hakte nicht nach. Wenn Heinze es ihm erzählen wollte, würde er das von sich aus tun. Vielleicht später. Schließlich kannten sie einander erst seit etwas mehr als einer Stunde.

»Stern hat einen guten Ruf«, redete der Ex-Wiener weiter. »Da musste ich einfach probieren, Teil seines Teams zu werden. Alle behaupten, dass er in Österreich die beste Aufklärungsquote bei Mordfällen habe. Wie ist er eigentlich als Vorgesetzter?«

»Er ist ein guter Chef«, antwortete Kolanski. »Und er kommt gerade.« Der Gruppeninspektor schaute durch das Fenster nach draußen auf die Straße, wo Stern Mara Grünbrecht einzuholen versuchte. Augenscheinlich fiel es ihm schwer, mit der Kollegin Schritt zu halten. Eine Minute später flog die Tür auf und Grünbrecht stürmte herein. Kolanski sah ihr an, dass sie bemüht war, die Contenance zu wahren.

»Ist etwas passiert?«, fragte er.

»Du meinst, außer dass wir einen Toten auf der Parkbank vor der Kirche haben?«, fragte Grünbrecht gereizt. »Und dass seine Frau heilfroh ist, dass er nicht mehr lebt?«

»Genau das meine ich«, erwiderte Kolanski. »Und Letzteres ist für den Fall äußerst interessant.«

Bevor Grünbrecht antworten konnte, trat Heinze aus der Küche im hinteren Bereich der Agentur und lächelte die Gruppeninspektorin an. Das hatte zur Folge, dass Grünbrecht den Mund schloss und das, was sie eben noch hatte sagen wollen, unausgesprochen hinunterschluckte.

*

Ein weiteres Mal ging die Tür auf und Stern kam herein. Er war außer Atem und musste erst einmal verschnaufen. Mehrmals hatte er versucht, Grünbrecht einzuholen und mit ihr zu reden, doch die Gruppeninspektorin hatte jedes Mal das Tempo erhöht, wenn er zu ihr aufgeschlossen hatte.

»Alles okay?« Heinze schien nicht klar zu sein, was da ablief.

»Alles bestens«, giftete ihn Grünbrecht an.

Stern hob die Hand und stieß geräuschvoll die Luft aus. Ein klares Zeichen, dass er etwas sagen wollte, jedoch ein wenig Zeit benötigte, um es auch tun zu können. Die paar Kilos zu viel, die sich in den letzten Jahren an seinem Bauch angesammelt hatten, machten sich in solchen Situationen unangenehm bemerkbar. Als er wieder zu Atem kam, sagte er: »Mara, wir reden später darüber, okay?«

Die Gruppeninspektorin nickte, erwiderte aber nichts.

»Habt ihr schon etwas in Petrovskys Unterlagen gefunden, was uns weiterhilft?« Mit dem Themenwechsel hoffte Stern, Grünbrecht genügend Zeit zu verschaffen, um sich zu beruhigen.

»Noch nicht«, antwortete Kolanski. »Aber da er Markus Braunschmied unter Vertrag hatte, nehme ich an, dass er erfolgreich war in dem, was er gemacht hat.«

»Das ist doch dieser Profiradsportler«, glaubte Stern, den Namen zu kennen.

»Genau der!« Kolanski grinste Heinze an.

»Was noch?« Stern wartete auf weitere Informationen.

»Wir waren gerade dabei, alles zu sichten, als ihr gekommen seid«, verteidigte Kolanski die bislang magere Ausbeute.

»Wir sollten das ins Labor schaffen.« Heinze hielt einen Müllbeutel aus der Küche in der Hand. »Darin befinden sich Reste von Mehlspeisen und deren Verpackungen, eine leere Proseccoflasche, mehrere Kaffeekapseln und Küchenrollentücher.«

»Das letzte Abendmahl«, sagte Grünbrecht endlich auch etwas.

»Lasst es auf Fingerabdrücke und Giftspuren untersuchen«, erteilte Stern die Anweisung im Plural, wohl wissend, dass sich die drei Kollegen als Team nun beweisen mussten. Entweder übernahm einer spontan die Aufgabe oder keiner tat es.

»Ich mach das«, sagte Kolanski. »Und dabei zeig ich unserem Frischling gleich mal, wie das bei uns in Oberösterreich so läuft.«

»Die Spurensicherung soll sich die ganze Agentur vornehmen«, ergänzte Stern. »Wenn der Täter hier war, finden wir vielleicht Fingerabdrücke von ihm.« Dann sah er Grünbrecht an, um herauszufinden, ob sie sich schon beruhigt hatte. Doch die Gruppeninspektorin starrte mit unbewegter Miene in die Runde. »Wir beide, Mara, gehen ins Gasthaus und fragen, ob jemand dem Opfer gestern Abend begegnet ist«, sagte er beinahe sanft. »Oder willst du lieber …?«

»Nein, Chef. Passt schon!«, fiel Grünbrecht ihm ins Wort, wandte sich ab und verließ die Agentur.

Stern war ob ihres schnellen Handelns überrascht, warf Kolanski und Heinze einen unschlüssigen Blick zu und lief der Kollegin hinterher wie ein Hund seinem Frauchen.

Kolanski lachte.

Heinze runzelte die Stirn. »Das ist der große Oskar Stern, von dem alle reden?« In seiner Stimme schwang Unglaube mit.

»Das ist der große Oskar Stern«, wiederholte Kolanski die Plattitüde. »Aber täusche dich nicht! Stern hat eine harte Schale, und das, was du eben gesehen hast, ist sein selten an die Oberfläche tretender weicher Kern.«

7. KAPITEL

»Mara!«, rief Stern seiner Kollegin hinterher, als er vor die Tür der Agentur Petrovsky hinaustrat. »Jetzt lauf halt nicht ständig davon!«

Grünbrecht blieb tatsächlich stehen, damit hatte er nicht gerechnet. Vielleicht wäre es sein letzter Versuch gewesen, mit ihr ins Gespräch zu kommen, dann hätte er guten Gewissens behaupten können, alles in seiner Macht Stehende getan zu haben, um mit ihr zu reden. Ihr zu helfen. Doch wie es aussah, musste er nun tatsächlich etwas sagen, am besten etwas Geistreiches. Er atmete tief durch.

Die Gruppeninspektorin stand mit dem Rücken zu ihm gewandt mitten auf der Straße und schaute in Richtung Kirche.

Stern trat neben sie und bemerkte, dass ihr Tränen übers Gesicht liefen. Er spürte ihren Schmerz, fühlte förmlich, wie sie litt. Wie die Dämonen der Finsternis sie nicht losließen.

»Es tut mir leid«, sagte er, wobei er nicht einmal wusste, was genau er damit meinte. Was ihm leidtat. Dass Edwin Mirscher tot war? Dass er einen Ersatz für ihn ins Team geholt hatte? Trotzdem umfassten diese Worte wahrscheinlich alles, was Grünbrecht in den letzten Tagen und Wochen hatte durchmachen müssen, wobei er ihr keine große Hilfe gewesen war.

Grünbrecht lehnte ihren Kopf gegen seine Brust. Sie zitterte am ganzen Körper.

»Ich vermisse ihn so sehr«, stieß sie heiser aus.

»Ich weiß.« Stern drückte die Gruppeninspektorin an sich. »Ich vermisse ihn auch.«

»Ich habe keine Ahnung, wie ich das aushalten soll. Ich kann nicht weitermachen, als wäre nichts geschehen.«

»Das verlangt niemand, Mara. Wir helfen dir, das alles zu überstehen. Ich helfe dir, wenn du mich lässt.«

Grünbrecht löste sich aus Sterns Umarmung. »Dafür bin ich dir auch wirklich dankbar.«

»Vielleicht ist es zu früh, um zu arbeiten. Bleib noch ein paar Tage zu Hause …«

»Nein!«, entgegnete Grünbrecht entschieden. »Daheim fällt mir die Decke auf den Kopf. Jeder Tag ist wie der vorige, die Stunden schleichen nur so dahin, als wollten sie mich quälen. Ich fühle mich wie ein Stück Treibholz, das nirgendwo Halt findet. Das halte ich nicht mehr aus, Oskar. Ich bin froh, dass ich wieder arbeiten kann … Ich meine, ich bin natürlich nicht froh, dass der Mann vergiftet wurde, aber …«

»Ich verstehe, was du mir sagen willst.«

»Dadurch bin ich wenigstens abgelenkt.«

»Das ist gut.«

»Komm! Lass uns in das Gasthaus gehen und die Leute befragen.« Grünbrecht wandte sich ab und marschierte los.

»Dann können wir gleich etwas essen«, sagte Stern und schloss sich ihr an.

»Ich glaube, ich kriege jetzt keinen Bissen runter«, erwiderte Grünbrecht.

»Keine Sorge! Wie du dich vielleicht erinnern kannst, esse ich für zwei«, versuchte Stern zu scherzen, was jedoch ohne Reaktion der Kollegin blieb.

Als sie die Tür zur Gaststube des Landgasthofes Zur Zugbrücke aufstießen, strömte ihnen der Geruch von typischer Mühlviertler Hausmannskost entgegen, was Sterns Magensäfte in Wallung brachte. Er konnte es kaum erwarten, etwas zwischen die Zähne zu bekommen, am besten einen Schweinsbraten mit warmen Krautsalat und Semmelknödel, schließlich war es inzwischen weit nach Mittag.

»Grüß Gott! Einen Tisch für zwei?«, empfing sie die Wirtin, die ein grünes Dirndl trug und ihre blonden lockigen Haare zu einem Zopf zusammengebunden hatte. Eine Strähne hatte sich gelöst und fiel ihr ins Gesicht. Freundlich lächelnd musterte sie die Inspektoren. Natürlich hatte sich der Tod des Werbebeauftragten von Bad Kreuzen bereits herumgesprochen. Wenn einer mitten am Ortsplatz vor der Kirche tot aufgefunden wurde, ließ sich das nicht lange geheim halten. Schon gar nicht in einem so beschaulichen Ort wie Bad Kreuzen.

»Ja, bitte«, erwiderte Stern.

Grünbrecht und er folgten der zierlichen Frau zu einem freien Tisch. Dort reichte sie ihnen die Speisekarte und fragte nach den Getränkewünschen. Stern, der gerne Bier bestellt hätte, aber befürchtete, dass der Tag noch so einige Überraschungen bereithalten könnte, wofür er einen klaren Kopf benötigte, wählte einen naturtrüben Apfelsaft, Grünbrecht wie üblich ein Mineralwasser.

Als die Wirtin die Getränke holte, sagte Grünbrecht leise in Richtung ihres Chefs: »Wir werden beobachtet.«

»War doch eh klar.« Stern blickte in die Runde, worauf sich die neugierigen Köpfe rasch von ihnen abwandten. Diese Reaktion der Menschen war für die Kriminalbeamten nicht neu. Alle wollten wissen, was passiert war, und das möglichst schnell, möglichst sensationell und möglichst aufgebauscht mit allerlei Spekulationen.

Die Wirtin kehrte mit den Getränken zurück und nahm die Bestellungen für das Essen entgegen.

»Ein Bauernbrat'l vom Mühlviertler Schwein mit warmem Krautsalat und hausgemachten Erdäpfelknödeln bitte«, sagte Stern.

»Da haben S' heute Glück, dass noch eines da ist«, erwiderte die Wirtin. »Das gibt es sonst nämlich nur auf Bestellung.«

»Glück kann ich immer gebrauchen«, sagte Stern.

»Für mich bitte den Salat mit Ziegenkäse und gerösteten Brotkrumen.« Grünbrecht klappte die Speisekarte zu und überreichte sie der Frau.

Stern registrierte zufrieden, dass sich die Gruppeninspektorin trotz ihrer Aussage, dass sie nichts hinunterbekäme, einen Happen bestellt hatte.

»Kommt sofort!« Die Wirtin nahm die Speisekarten entgegen.

»War gestern Abend der Herr Petrovsky bei Ihnen?«, nutzte Stern noch rasch die Gelegenheit, um zu erfahren, ob sie überhaupt auf der richtigen Spur waren, bevor die Frau wieder in die Küche verschwand.

»Der Tote?« Es war der Wirtin anzusehen, dass sie die Frage verunsicherte.

Stern nickte. »Ja, der Tote.«

Die Wirtin dämpfte ihre Stimme, damit die übrigen Gäste nicht mithören konnten. »Ja, der ist da g'wesen.«

»Wann war das denn, Frau ...?«

»Monika Zeller«, stellte sich die Wirtin vor. »Ja mei, so gegen acht, vielleicht halb neun. Kann auch ein bisserl später g'wesen sein.«

»Das war später!«, rief einer vom Nachbartisch zu ihnen herüber. »Da war's bestimmt schon zehn!«

»Waren Sie gestern auch hier?«, fragte Stern den Mann, der einen Bart hatte wie der Alm-Öhi aus dem Roman »Heidi« und ein kurzärmeliges blaues Hemd trug. Seine Haut war wettergegerbt, was Stern darauf schließen ließ, dass er sich viel im Freien aufhielt.

»Ich bin immer da«, antwortete der Angesprochene.

»Der Karl g'hört quasi zum Inventar«, erklärte Monika Zeller dem Chefinspektor.

»Seit mein Sohn den Hof übernommen hat, bin ich dort net mehr erwünscht, also bin ich hier.« Karl nickte mehrmals seine Behauptung unterstreichend mit dem Kopf. »In der Zugbrücke bin ich immer willkommen.«

Probleme zwischen den Generationen waren in Familienbetrieben leider nicht selten und endeten hin und wieder mit einem Einsatz der Kriminalpolizei, wusste Stern.

»Das tut mir leid zu hören«, erwiderte er. »Haben Sie mit dem Herrn Petrovsky gestern geredet?«

»Na!«, schoss es aus Karl heraus. »Mit einem wie dem red' ich net!«

»Warum nicht?«

»Weil der anders g'wesen ist.«

»Was meinen Sie damit?«, hakte Stern nach.

»Ja mei, er hat halt g'meint, er ist wer und wir san nix. So einen mag ich net. So einen hab ich eh daheim auf'm Hof sitzen. Und so ein Weibsbild dazu.«

»Hat der Petrovsky auf Sie gestern anders gewirkt als sonst?«, fragte Stern weiter.

»Na! Der ist gestern genauso komisch g'wesen wie sonst auch. So einer wird net anders, nur weil's ihn wo juckt. Und jetzt schon gar net, wo er tot ist.« Der Karl machte eine abwertende Handbewegung.

»Und zu Ihnen hat er auch nichts gesagt, dass etwas vorgefallen wäre? Dass er Streit mit jemandem gehabt hat oder dass er noch etwas vorhatte?«, richtete Stern die Frage an die Wirtin.

»Er hat sein Bier g'trunken, bezahlt und ist g'gangen. So wie immer.«

»Kam er regelmäßig zum Biertrinken her?«, wollte Grünbrecht wissen.

»Hin und wieder, aber net jeden Tag, wenn S' das meinen«, antwortete Monika Zeller. »Manchmal hat er auch Kunden mitg'nommen, die er zum Essen in unseren Landgasthof eing'laden hat. Er war halt ein vornehmer Mann, der Petrovsky.«

»Ah geh!«, rief der Karl vom Nachbartisch herüber. »Ein ganz ein Ausg'schamter war der! Ich hab dem net übern Weg g'traut. So ein Großkopferter wie der hat doch Leichen im Keller, oder etwa net? Das wissen S' aber eh besser als wir. Sie arbeiten schließlich bei der Polizei. Aber ich frag Sie: Warum sonst ist der Saukerl jetzt tot? Einem anständigen Menschen passiert so was net, den bringt keiner um.« Karl nahm einen kräftigen Schluck aus dem Bierglas und stellte es anschließend mit Schwung auf den Holztisch zurück. Mit der Hand wischte er sich den Schaum vom Bart.

»Hören S' net auf den Karl! Der bildet sich alles Mögliche ein, wenn der Tag lang ist, gell, Karl?«, sagte die Wirtin gerade mal so laut, dass der Angesprochene es hörte. Der winkte genervt ab und entblößte dabei eine nicht mehr ganz einwandfreie Zahnreihe. Mehrere Löcher ließen das Dunkel der Mundhöhle durchscheinen und ihn wahrscheinlich älter aussehen, als er war. Genau wie der weiße Bart und die vom Wetter faltig gewordene Haut. Stern schätzte den Mann auf Mitte 70.

»Ich bild' mir gar nix ein!«, echauffierte sich Karl. »Ich weiß, von was ich red'! Und dass in Bad Kreuzen net immer alles so ist, wie es scheint, weiß ich auch.«

»Geh, Karl, red' net so einen Schmarrn!«, tadelte die Wirtin ihren Stammgast. »Magst noch ein Bier?«

»Freilich mag ich noch eins«, antwortete Karl und schlürfte den Rest aus seinem Glas.

»Weiß man schon, wie der Petrovsky gestorben ist?«, fragte indessen Monika Zeller neugierig.

»Wir haben einen Verdacht, der aber erst bestätigt werden muss«, antwortete Stern ausweichend.

»Vergiftet haben's ihn!«, rief der Karl dazwischen, wodurch sich die Köpfe der anderen Gäste erneut ihnen zuwandten.

»Geh, vergiftet! Von woher willst denn du das schon wieder wissen?«, fragte die Wirtin und griff nach dem leeren Glas ihres Stammgastes. »Vielleicht solltest net so viel saufen, Karl.« Als sie jedoch die wenig begeisterten Gesichter der Kriminalbeamten sah, hielt sie inne. »Na, des ist jetzt aber net wahr! Den Petrovsky haben's tatsächlich vergiftet? Ich glaub's net!«

»Sag ich doch!« Der Karl freute sich über die indirekte Bestätigung der Kriminalbeamten und lachte. Dabei stachen seine Zahnlücken wieder heraus wie die schwarzen Tasten einer Klaviertastatur. Stern hatte Mühe, nicht auf seinen Mund zu starren.

»Ich bring schnell eure Bestellung in die Küche«, sagte die Wirtin, die ganz blass um die Nase geworden war. »Oder braucht ihr mich noch?«

»Danke, das war es vorerst.« Der Chefinspektor nickte der Frau zu, die daraufhin eilig verschwand.

»Und mir bringst noch a Halbe!«, rief ihr der Karl hinterher.

»Mich würde interessieren, von woher Sie das mit dem Gift wissen, Herr …?« Stern wollte den vollständigen Namen des Mannes erfahren. Dieser wandelte sich nämlich, je länger das Gespräch dauerte, zunehmend von einer Informationsquelle zu einem Verdächtigen. Von der Vergiftung wusste bislang offiziell niemand etwas, selbst ihnen fehlte dafür die Bestätigung. Doch statt mit seinem Namen wartete Karl mit einer wilden Spekulation auf.

»Des wissen eh alle! Ein Unsriger hat den Saukerl schließlich g'funden, und zwar vor Ihnen. Wahrscheinlich hat ihn einer von seinen sog'nannten vornehmen Geschäftspartnern aus dem Weg g'räumt. Irgend so ein feiner Pinkel. Oder die Mafia! Und so wie es herumerzählt wird, dass der ausg'schaut hat, kann der nur vergiftet word'n sein, weil g'spieben hat der angeblich auch. Was brauchst denn noch? Wenn ein Viech etwas Giftiges g'fressen hat und krepiert, schaut's auch so aus wie der Petrovsky.« Für den Karl schien alles klar zu sein, obwohl die meisten seiner Informationen aus Hörensagen bestanden.

»Dann wissen Sie bestimmt ebenso, welches Gift der Mörder verwendet hat, um den Petrovsky umzubringen«, unterstellte Stern dem Mann. Wenn sie Glück hatten, verwickelte er sich in Widersprüche und sie könnten den Fall bald aufklären. Vielleicht würde er bei einer Vernehmung im Landeskriminalamt alles gestehen.

»Da reden S' am besten mit der Kräuterhex'«, gab ihnen Karl einen Ratschlag. »Die kennt sich mit giftigem Zeug aus. Ich leider net.«

»Hat diese Kräuterhexe denn einen Namen?«, fragte Grünbrecht.

»Ja mei …« Der Karl schien ernsthaft darüber nachzudenken. Als ihm nichts einfiel, zuckte er mit den Schultern. »Kräuterhex' halt.«

»Tust jetzt auch noch andere Leut' denunzieren?«, fragte Monika Zeller, die gerade mit dem Bier ihres Stammgastes zurückkehrte und dessen letzten Worte vernommen hatte. Energisch stellte sie das Glas vor ihm ab.

»Kennen Sie den Namen von dieser Kräuterhexe?« Stern sah der Wirtin an, dass sie über diese Frage nicht sonderlich erfreut war.

»Ich? Natürlich … Den kennt hier jeder.«

»Würden Sie ihn uns verraten?«, blieb Stern hartnäckig.

»Die Kräuter-Kathi. So wird sie von allen genannt. Heißen tut sie Katharina Wunderfall. Ich bin mir sicher, dass sie nix mit dem Tod vom Petrovsky zu tun hat. Der hat doch in einer ganz anderen Liga g'spielt. Zu dem sind die Prominenten von überall her g'kommen und haben sich von ihm vermarkten lassen. Zu ihr gehen nur normale Leut', so wie wir, und lassen sich ein paar Kräuter geben, die für dies gut sind und gegen etwas anderes helfen. Der Petrovsky wär' niemals zur Kräuter-Kathi …«

»Niemals!«, rief der Karl vom Nachbartisch herüber.

»Für seine Beschwerden hätt' der irgendeinen exklusiven Arzt aufg'sucht und net die Kathi«, redete die Wirtin weiter, aber es war ihr anzumerken, dass sie sich bei ihren eigenen Worten nicht hundertprozentig sicher war.

»Wo finden wir diese Kräuter-Kathi?«, fragte Grünbrecht.

»Im Wald!«, rief wieder der Karl.

»Wie im Wald?«, hakte Grünbrecht nach.

Auch Stern war nicht klar, was das bedeuten sollte.

»Die arbeitet dort in einer Holzhütte«, erklärte ihnen Monika Zeller. »Die Kathi sagt, das sei viel authentischer für die Leut', die sich von ihr Heilung durch ihre Kräuter und Elixiere versprechen, als wenn sie sie in einem normalen Laden empfangen tät'. Die Hütte hat sie vor Jahren extra in den Wald stellen lassen. Ist damals gar net so einfach g'wesen, dass sie die Bewilligung dafür g'kriegt hat. Ich hab keine Ahnung, was sie dafür alles hat tun müssen, dass der Gemeinderat schließlich die Baubewilligung erteilt hat.«

»Ich schon!«, rief der Karl.

»Ah geh! Du verbreitest bloß Klatsch und Tratsch«, wischte die Wirtin Karls Ausruf vom Tisch. »So, ich hol jetzt Ihren Braten und den Salat für Ihre Kollegin, damit ihr beide was Ordentliches zum Essen habt. Mit vollem Magen ermittelt es sich gleich viel besser, gell? Und du, Karl, bist still und lasst die Herrschaften ihr Mittagessen genießen.« Die Wirtin sah ihn mit in die Hüften gestemmten Armen an. Der Landwirt grinste und entblößte dabei erneut sein Klaviertastengebiss, nahm einen großen Schluck aus dem Bierglas, was die Wirtin als Zustimmung interpretierte und Richtung Küche verschwinden ließ.

»Sie mögen die Katharina Wunderfall nicht besonders, hab ich recht?«, nutzte Stern die Gelegenheit, dem alten Mann ein paar Fragen zu stellen, ohne dass die Wirtin sich einmischen konnte.

Das Grinsen aus Karls Gesicht verschwand. Abermals führte er das Glas an die Lippen, trank und schüttelte dann den Kopf.

»Wieso mögen Sie sie nicht?«, hakte Grünbrecht nach und rückte mit ihrem Stuhl näher an Karls Tisch heran.

Dem fiel es offenbar schwer, über die Beweggründe seiner Abneigung der Kräuterhexe gegenüber zu reden. Schweigend betrachtete er die Kriminalbeamten, dabei zitterte sein Unterkiefer, als müsste er sich beherrschen, nicht die Fassung zu verlieren.

»Wir können Sie mit aufs Landeskriminalamt nehmen, wenn Ihnen das lieber ist. Dort sind wir ungestört«, sagte Stern, was nichts an Karls fehlender Auskunftsfreudigkeit änderte.

»Na, da will ich net hin«, stieß er verächtlich aus.

»Das muss auch nicht unbedingt freiwillig erfolgen«, übte Grünbrecht Druck aus, was ihr einen rügenden Blick ihres Chefs einbrachte. Mit Drohungen war der Landwirt nicht zum Reden zu bewegen, das war Stern inzwischen klar geworden. Wenn Karl etwas erzählen wollte, tat er es freiwillig. Wenn nicht, schwieg er wie ein Mühlviertler

Granitfelsen. Mit der Frage, warum er besagte Person nicht mochte, hatten sie ihn verloren. Daraus schloss Stern, dass es einen persönlichen Grund für seine Abneigung Katharina Wunderfall gegenüber geben musste.

Die Wirtin betrat mit zwei Tellern in der Hand den Gastraum und stellte das heiß dampfende Mühlviertler Bauernbrat'l vor Stern ab, Grünbrecht servierte sie den knackigen Salat mit Ziegenkäse und gerösteten Brotkrumen.

»Guten Appetit«, wünschte sie und warf einen prüfenden Blick zu Karl hinüber. Als sie sah, dass der friedlich in sein Glas starrte, verließ sie die Gaststube.

Kurz kam Stern in den Sinn, ob der Mörder die Gelegenheit genutzt und das vor ihm auf dem Tisch stehende Gericht unbemerkt vom Personal des Gasthofes vergiftet haben könnte. Oder Grünbrechts Salat, in dem sich allerlei kleingehackte Kräuter befanden. Er verwarf den Gedanken jedoch und tadelte sich selbst als Memme, weil ihm überhaupt solche Befürchtungen durch den Kopf spukten. Der Geruch des gebratenen Fleisches stieg ihm in die Nase und regte seine Magensäfte an. Im Gegensatz zu Grünbrecht, die lustlos in ihrem Salat herumstocherte, begann er, gierig zu essen, und stellte schon bald fest, dass er selten so einen köstlichen Schweinsbraten gegessen hatte wie hier im Landgasthof Zur Zugbrücke.

8. KAPITEL

Die Kriminalbeamten verließen das Gasthaus und traten hinaus in die Hitze eines ungetrübten Sommertages. Stern schaute auf das Display seines Handys und prüfte, ob Weber inzwischen versucht hatte, ihn zu erreichen, um ihm die Todesursache und den genauen Todeszeitpunkt mitzuteilen. Zu seiner Enttäuschung waren weder entgangene Anrufe noch neue Nachrichten verzeichnet. Da der Gerichtsmediziner beleidigt den Tatort verlassen hatte, wagte Stern nicht, ihn von sich aus anzurufen. Also musste er sich in Geduld üben, was ihm zugegeben schwerfiel.

»Erwartest du einen Anruf?«, goss Grünbrecht unwissentlich Öl ins Feuer.

»Ich hatte gehofft, dass sich Weber inzwischen mit den ersten Infos gemeldet hätte.«

»Herrscht zwischen euch tatsächlich Funkstille?«

Stern hasste es, wenn seine Kollegin mit dem Finger in seiner Wunde bohrte. Aber irgendwie schätzte er diese Eigenschaft auch an ihr, da sie dadurch unangenehme Dinge ansprach, gerade jene, die ihren Chef – also ihn – betrafen.

»Wie es ausschaut ja«, erwiderte Stern und steckte das Handy weg.

»Soll ich ihn anrufen?«

»Ja«, murmelte er und schob ein »Bitte« nach.

Grünbrecht wählte die Nummer des Gerichtsmediziners. Währenddessen suchten die Inspektoren Zuflucht im Schatten eines Baumes mit einer ausladenden Krone.

Als Weber ranging, teilte ihm Grünbrecht mit, dass sie ihn auf Lautsprecher schalte, damit Stern dem Gespräch folgen könne. Das Handy hielt sie mittig zwischen sich und ihren Chef.

»Grüß dich, Weber«, sagte der Chefinspektor übertrieben freundlich.

Gemurmelte Laute drangen aus dem Smartphone, die entweder ein Gruß oder auch alles andere sein könnten. Stern verstand kein Wort.

»Dominik, hast du schon etwas für uns?«, übernahm Grünbrecht die Gesprächsführung.

»Ich stecke mitten in der Obduktion …«, nuschelte Weber. Es hörte sich an, als antwortete er aus der Ferne. Stern stellte sich vor, wie sich der Gerichtsmediziner gerade über die Leiche beugte und seine Hände im geöffneten Bauchraum verschwanden, um ein Organ herauszuschneiden. »… und muss noch rasch die Leber rausholen. Erst dann … Scheiße!«

»Was ist?« Grünbrecht und Stern hörten, wie Weber einen Fluch ausstieß.

»Die Leiche ist noch ganz frisch, und die Körpersäfte spritzen halt manchmal, wenn man wo unabsichtlich …«

»Alles gut«, unterbrach Stern den Gerichtsmediziner, bevor der zu detailliert die Leichenöffnung schilderte. Die Todesursache zu erfahren, war eine Sache, den Weg zu deren Ermittlung beschrieben zu bekommen, eine andere. Auf Letzteres verspürte Stern mit seinem gut gefüllten Magen keinerlei Lust. »Wir wollen nur wissen, ob du schon in Erfahrung bringen konntest, ob unser Opfer tatsächlich vergiftet wurde.«

»Das kann ich mit ziemlicher Gewissheit bestätigen«, hörten sie Weber nun etwas lauter sagen. »Wartet, ich wisch mir mal das Blut vom Visier und …« Der Rest ging in Nebengeräuschen unter.

»Weber?«, rief Stern.

Gurgelnde und schmatzende Laute waren die Antwort.

»Was ist passiert?«, fragte Grünbrecht und starrte auf das Smartphone.

»Das will ich gar nicht wissen«, meinte Stern.

Nach etwa einer Minute war Weber wieder am Handy. »Verdammt …«, meldete er sich zurück, »mir ist das Smartphone in den Bauchraum gefallen und jetzt ist da überall …«

»Danke, Weber. Verschone uns bitte mit Details!«, bat Stern.

»Mei, sei nicht so zimperlich«, erwiderte der Gerichtsmediziner. »Ich mach es schnell sauber.« Dumpfe Töne bestätigten, dass Weber das Gesagte in die Tat umsetzte.

Stern verzog bei der Vorstellung, was gerade am anderen Ende der Leitung passierte, angewidert das Gesicht.

»So, da bin ich wieder. Seid ihr noch dran?«

»Wir sind da, Dominik«, erwiderte Grünbrecht.

»Ich bin mir ziemlich sicher, dass unser Opfer vergiftet wurde. Seine Finger, die sich wie die Klauen eines Vogels verkrampft haben, sprechen dafür. Einblutungen hinter den Ohren deuten auf einen Erstickungsanfall hin. Bei vielen Giften tritt der Tod durch Atemlähmung ein, was in diesem Fall sehr wahrscheinlich ist.«

»Lässt sich bestimmen, welches Gift ihm verabreicht wurde?«, hakte Stern nach.

»Mit hoher Wahrscheinlichkeit schon, aber erst, wenn ich den Mageninhalt untersucht habe. Das will ich als Nächstes tun. Bevor ich den Leichnam aufgeschnitten habe, habe ich ihn mir äußerlich genau angesehen und keine Einstichwunden oder dergleichen finden können, also nehme ich an, dass der Mann das Gift entweder oral oder über die Haut zu sich genommen hat. Eine Blutprobe habe ich bereits ins Labor geschickt«, antwortete Weber.

Stern fand, dass sich der Gerichtsmediziner gestresst anhörte. Oder nach wie vor eingeschnappt war. »Danke dir, Weber«, sagte er. »Und ruf uns an, sobald du etwas Genaueres für uns hast.«

»Das mach ich doch eh immer«, antwortete der Gerichtsmediziner, was weniger wie eine Rechtfertigung als eine Rüge klang.

Stern nahm sich vor, in einer ruhigen Stunde mal mit ihm zu reden. Er musste sich bei ihm entschuldigen, weil er ihn wie einen dummen Schuljungen behandelt und bevormundet hatte, das wusste er. Aber er wollte die Entschuldigung unter vier Augen aussprechen und nicht, während Grünbrecht neben ihm die Ohren spitzte. Das wäre ihm unangenehm.

»Das wissen wir«, sagte die Gruppeninspektorin versöhnlich. Sie verabschiedete sich von dem Gerichtsmediziner und steckte das Handy weg.

»Lass uns sehen, ob Kolanski und Heinze etwas herausgefunden haben, das uns weiterbringt.« Stern trat aus dem wohltuenden Schatten des Baumes hervor. Sofort spürte er, wie das Hemd an Armen und Bauch an ihm zu kleben begann. Leidend verfluchte er die Hitze, die das Land seit Tagen in ihren Klauen festhielt. Zudem überlegte er, ob er Grünbrecht bitten sollte, ein wenig netter zu Heinze zu sein, unterließ es aber in der Hoffnung, dass sich das von selbst geben würde, wenn sich die beiden erst einmal besser kennengelernt hatten. Vielleicht durch die Zusammenarbeit in diesem Mordfall.

Die Inspektoren gingen durch Bad Kreuzen zur Agentur Petrovsky, wo Kolanski und Heinze mit dem Rücken an die Hauswand gelehnt standen und aßen. Sofort bekam Stern ein schlechtes Gewissen. Während Grünbrecht und er fein in dem klimatisierten Gasthof Zur Zugbrücke gespeist hatten, verleibten sich die Kollegen Wurstsemmeln ein, und das auf offener Straße, wo es im Schatten an die 30 Grad hatte, damit sie in der Agentur keine Brösel hinterließen.

»Mahlzeit, Männer«, sagte er beim Näherkommen.

»Du bist Sportler und ziehst dir eine Wurstsemmel rein?« Grünbrecht sah Kolanski missbilligend an. Dieser streckte zwei Finger in die Höhe, sagte aber nichts, da er den Mund voll hatte.

»Zwei Wurstsemmeln«, interpretierte Grünbrecht seine Geste. »Das ist ja noch schlimmer.« Mit gespieltem Entsetzen verdrehte sie die Augen.

»Es können sich ja nicht alle nur von Salat und Tomaten ernähren«, gab Kolanski zurück, nachdem er den Bissen hinuntergeschluckt hatte. »Und diese Semmeln mit echtem Mühlviertler Senf und Kren sind wirklich lecker. Solltest du auch probieren!«

»Habt ihr schon etwas Interessantes entdeckt?«, fragte Stern. Wenn dem Kollegen die Wurstsemmeln eh so schmeckten, brauchte er kein schlechtes Gewissen zu haben, fand er.

»Während ihr es euch in der Gaststube gemütlich gemacht habt, haben wir in den Akten von Petrovsky gewühlt und mehrere Kandidaten gefunden, die unserem Opfer bestimmt nicht wohlgesonnen waren«, erklärte Kolanski und schob den Rest der Semmel in den Mund.

»Was heißt das genau?«, fragte Stern.

»Wir haben auf Petrovskys Computer Mails entdeckt, in denen er beschimpft und bedroht wurde«, antwortete Heinze anstatt des Kollegen. Dabei knüllte er das Papier, in dem sein Essen verpackt gewesen war, zu einer Kugel zusammen und knetete es. Ein Zeichen, dass er nervös war, vermutete Stern. Wahrscheinlich hatte Grünbrecht diese Wirkung auf ihn, sie zeigte Heinze nach wie vor die kalte Schulter.

»Hat Petrovsky auf die Mails reagiert?«, wollte er wissen.

»Meistens hat er den Absendern der Nachrichten geantwortet, sehr besonnen und auf Deeskalation bedacht. Aber wir sollten sie dennoch auf die Liste der möglichen Verdächtigen setzen«, antwortete Heinze und sah dabei Grünbrecht an.

Die Gruppeninspektorin hielt die Arme vor der Brust verschränkt, eine klare Abwehrhaltung.

»Gut. Tun Sie das!«, erwiderte Stern. »Sonst noch etwas?«

»Wir sind mit der Agentur noch nicht fertig«, erklärte Kolanski.

»Wenn es drinnen kühler ist, helfen wir euch gerne.« Grünbrecht schritt an den Kollegen vorbei ins Innere des Gebäudes.

»Es gibt leider keine Klimaanlage.« Kolanski sagte dies in Richtung seines Chefs, dem der Schweiß auf der Stirn stand.

»Das auch noch.« Stern seufzte.

»Sie kann mich nicht leiden«, flüsterte Heinze Kolanski zu. Dabei beobachtete er die Gruppeninspektorin durch die Glastür.

»Gib ihr ein bisschen Zeit, das wird schon.« Kolanski klopfte Heinze auf die Schulter, dann gingen die Inspektoren ebenfalls hinein.

»Habt ihr die Spurensicherung informiert, dass sie die Agentur auf den Kopf stellen soll?«, fragte Stern drinnen, während sein Blick über das Inventar glitt in der Hoffnung, dass ihm etwas ins Auge stach. Etwas, das ungewöhnlich war. Das nicht hierher gehörte. Das ihm verriet, warum Petrovsky hatte sterben müssen.

»Haben wir. Sobald sie mit der Sicherung der Spuren vor der Kirche fertig sind, machen sie hier weiter«, berichtete Kolanski.

»Die sollen alles einpacken, vor allem den Computer. Wir sichten die Unterlagen auf der Dienststelle, dort ist es kühler. In diesem Backofen hält man es ja kaum aus.« Durch die Lage der Agentur und den großen, nach Süden ausgerichteten Fenstern waren die Räumlichkeiten zu dieser Nachmittagsstunde aufgeheizt und die Luft war stickig. Lediglich ein in der Mitte positionierter Ventilator sorgte für ein wenig Frische.

Stern schwitzte und freute sich auf die klimatisierten

Räumlichkeiten im Landeskriminalamt, nichtsahnend, dass es dort nicht so angenehm sein würde, wie er hoffte.

*

Auf der Dienststelle war es zwar nicht so heiß, aber ein Gespräch mit seinem Vorgesetzten trieb Stern trotzdem die Schweißperlen auf die Stirn. Bormann hatte ihn sofort nach der Ankunft in sein Büro zitiert. Dort saß Stern jetzt auf einem der Besucherstühle und hörte sich dessen Anliegen an.

»Stern, dieser Petrovsky war eine angesehene Persönlichkeit. Er hat nicht nur diesen Radrennfahrer ... Wie heißt der gleich noch mal? ... Dieser ... Sie wissen schon ...« Bormann schnippte mit den Fingern, als könnte das seinem Gedächtnis auf die Sprünge helfen.

»Markus Braunschmied«, kam Stern ihm zu Hilfe.

»Genau!« Seine Finger deuteten nun auf den Chefinspektor. »Er hat Markus Braunschmied nicht nur beraten und sein Image aufpoliert, durch Petrovsky wurde Braunschmied zum Star! Sogar unser Landeshauptmann Finntaler hat sich Tipps von Petrovsky geholt, und es wird gemunkelt, dass er sich ebenso im Dunstkreis des Bundeskanzlers aufgehalten haben soll«, schien Bormann der Meinung zu sein, sein Gegenüber darauf hinweisen zu müssen.

»Was genau wollen Sie damit andeuten?«, fragte Stern, der es hasste, wenn Bormann versuchte, ihn zu beeinflussen. Wenn er probierte, für die sogenannten höhergestellten Herrschaften eine bessere Behandlung zu erwirken. Das tat er jedes Mal, wenn bei den Ermittlungen eine Persönlichkeit aus Politik oder Wirtschaft eine Rolle spielte, die im selben Golfclub war wie er oder einer seiner Freunde. Das führte regelmäßig zu einer Auseinandersetzung zwischen ihnen beiden wie jene, die sich gerade anbahnte.

»Sie müssen Druck machen, dass wir den Täter so schnell wie möglich fassen!«, sagte Bormann theatralisch, als befänden sie sich auf einer Bühne und führten ein Stück von Shakespeare auf.

»Wir bemühen uns jedes Mal, den Täter so schnell wie möglich zu verhaften«, erwiderte Stern ungerührt.

»Aber dieses Mal ist es anders, Stern! Es ist wichtig, dass wir glänzen. Alle Augen sind auf uns gerichtet, der Fall hat höchste Priorität! Verstehen Sie?« Bormann beugte sich zu Stern vor und dämpfte seine Stimme, als hätte er Angst, jemand könnte das Gespräch belauschen. »Und noch etwas: Es ist unabdingbar, dass Sie die Privatsphäre des Opfers bestmöglich schützen, damit keine Interna an die Öffentlichkeit gelangen.«

»Auch das ist für uns normal. Nur wenn es für den Fall von Bedeutung ist, geben wir Privates an die Öffentlichkeit weiter, und das machen nicht wir Ermittler, sondern die Pressestelle.« Stern ging Bormanns Gehabe auf die Nerven. Es fiel ihm schwer, ruhig zu bleiben.

»Ich hatte heute ein Gespräch mit Landeshauptmann Finntaler«, sagte Bormann wichtigtuerisch.

»Wie schön für Sie.« Den spöttischen Unterton konnte sich Stern nicht verkneifen.

»Er hat mich gebeten, dass wir bei der Bearbeitung des Falls äußerst diskret vorgehen. Dieser Petrovsky hatte erst kürzlich einen Termin bei ihm …«

Daher wehte der Wind also, dachte Stern. Die Schweißperlen auf seiner Stirn, die trotz Klimaanlage weiterhin aus seinen Poren drangen, sammelten sich in der neu entstandenen Zornesfalte und rannen ihm in die Augen, wo sie ein unangenehmes Brennen verursachten. Stern versuchte, es wegzublinzeln. »Hören Sie, Chef! Wenn dieser Besuch für den Fall nicht relevant ist, werden wir ihn nicht erwähnen. Falls doch …«

»Stern!«, rief Bormann dazwischen.

»Was?«, fuhr der Chefinspektor ihn an, zog ein Taschentuch aus der Hose und tupfte sich damit den Schweiß von Stirn und Oberlippe. »Wenn der Landeshauptmann eine weiße Weste hat, wird ihm nichts passieren, und sein Ansehen wird nicht beschädigt werden.«

»Es geht um die Verbindung zwischen ihm und Petrovsky.«

»Das ist mir klar. Und wie es aussieht, wird sich der Landeshauptmann ohnehin von ihm distanzieren müssen«, ließ Stern anklingen.

»Was meinen Sie? Wieso sollte er sich von Petrovsky distanzieren? Der war doch ein angesehenes Mitglied unserer Gesellschaft.« Bormann zeigte sich über Sterns Ansinnen entsetzt.

»Wussten Sie, dass er seine Frau misshandelt hat?«

Der Gesichtsausdruck des Dienststellenleiters wechselte von echauffiert zu erschrocken. Rund um die Nase wurde er ein wenig blass.

»Er hat sie verprügelt, getreten und vergewaltigt«, legte Stern nach. »Und deshalb denke ich, dass der Landeshauptmann gut daran tut, wenn er sich von ihm distanziert. Außerdem bin ich der Meinung, dass man bei so einem wie dem Petrovsky keine Rücksicht darauf zu nehmen braucht, wie ihn die Menschen nach seinem Tod in Erinnerung behalten. Was seine Frau hingegen anbelangt, werde ich natürlich mit Fingerspitzengefühl an die Sache rangehen. Sie ist nämlich diejenige, die darunter leiden würde, wenn die Misshandlungen an die Öffentlichkeit kämen.« Stern stand auf und sah auf den Dienststellenleiter hinab, der die Informationen erst einmal verarbeiten musste. »Das wollten Sie doch sicher sagen, oder?« Der Chefinspektor wandte sich ab und verließ Bormanns Büro. Im Vorzimmer lächelte ihn dessen Sekretärin an und signalisierte ihm mit hochgestrecktem Daumen, dass sie jedes Wort gehört habe und auf seiner Seite stehe. Als Stern ihr vor Monaten die getigerte Katze mit dem weißen Bauch und den ebenso farbigen Pfoten geschenkt hatte, hatte er ihr Herz gewonnen, das wusste er. Und da die Wände dünn waren und der Dienststellenleiter nicht gerade leise gesprochen hatte, war sie wie stets bestens informiert.

Stern trat hinaus in den Flur und stapfte missmutig zurück in das Großraumbüro der Kollegen. Dort ließ er sich in den nächstbesten freien Stuhl fallen.

»Ich dachte, wir haben eine Klimaanlage«, sagte er und fächelte sich mit der Hand Luft zu.

»Die ist kaputt«, erklärte ihm Kolanski. »Seit heute Morgen.«

»Wie kann das sein? Ich war gerade bei Bormann, in seinem Büro ist es angenehm kühl«, erklärte Stern, obwohl es ihm dort auch den Schweiß auf die Stirn getrieben hatte.

»Das ist ja auch das Büro des Chefs«, erwiderte Heinze. »Da wird man eine Lösung gefunden haben.«

»Ja, sieht so aus«, brummte Stern.

»Alles okay mit dir?«, fragte Grünbrecht, was Stern ein wenig absurd fand, da er es eigentlich sein sollte, der sich Sorgen um sie machte.

»Ja, alles bestens«, antwortete er, was nur teilweise stimmte. Denn natürlich ärgerte ihn das Verhalten des Dienststellenleiters. Und natürlich machte ihm die verdammte Hitze zu schaffen – und jetzt auch noch die Ungerechtigkeit, dass Bormann allein in einem klimatisierten Büro saß, während sie in der Hitze schmorten. Wieso hatte er eigentlich bei Bormann so geschwitzt, obwohl es dort kühl war? Er musste sich bei Weber bei Gelegenheit erkundigen, wie man Vergiftungserscheinungen erkannte und ob übermäßiges Schwitzen dazugehörte.

»Sicher?«

»Sicher.« Stern schluckte die Wut über Bormann hinunter, schob seine Ängste beiseite und widmete sich ganz dem Fall. »Was haben wir?«

Die Kriminalbeamten tauschten ihre bisherigen Ermittlungsergebnisse aus, bis alle auf demselben Stand waren.

»Hat Gloria ihren Mann mal angezeigt?«, fragte Stern.

»Nein«, antwortete Grünbrecht.

»Was ist noch relevant?«, fragte der Chefinspektor in die Runde.

»Petrovsky stammte ursprünglich aus Rohrbach. Hier steht, dass er vor acht Jahren nach Bad Kreuzen gezogen ist und wenig später Gloria geheiratet hat«, las Kolanski von seinem Monitor ab.

»Weshalb ist er umgezogen?«, fragte Stern.

»Das wissen wir nicht. Ich klemme mich dahinter, um es in Erfahrung zu bringen.« Heinze war offensichtlich bemüht, einen engagierten und motivierten Eindruck zu machen.

»Gut.« Stern nickte. »Wie sieht es mit der Familie aus? Leben die Eltern noch? Hatte er Geschwister? Und wenn ja, wo finden wir die?«

»Die Eltern leben in Rohrbach, und es gibt eine Schwester, Fiona Fallner. Die wohnt in Südtirol.«

»Was ist mit der Familie von Gloria Petrovsky?«

»Die Mutter haben wir ja schon kennengelernt, Silvia Burgstaller. Sie hatte ganz klar ein Motiv, ihren Schwiegersohn aus dem Weg zu räumen, da er ihre Tochter misshandelt und vergewaltigt hat. Ob sie von der Vergewaltigung tatsächlich keine Ahnung hatte, wie sie uns weismachen wollte, kann ich nicht sagen. Sie hat die Unwissende zumindest überzeugend gespielt. Und sie hat mit unserem Chef geflirtet«, berichtete Grünbrecht.

»Blödsinn!«, widersprach Stern sofort. »Niemand hat mit mir geflirtet. Was du dir immer einbildest!«

»Gloria hat außerdem eine Schwester, Evelyn Burgstaller«, redete Grünbrecht weiter. »Evelyn ist unverheiratet, arbeitet in einer Apotheke in Perg und lebt in Bad Kreuzen.«

»Gut«, zeigte sich Stern mit der Arbeit des Teams zufrieden. »Mit der Dame reden wir. Und mit dieser Kräuterhexe, dieser Katharina Wunderfall, ebenso.«

»Bitte nicht mehr heute, Chef. Ich bin total geschafft.« Kolanski deutete auf sein durchgeschwitztes Hemd.

Stern warf einen Blick auf seine Armbanduhr, es war kurz vor 19 Uhr. Und es war ein langer Tag gewesen. Obwohl er dringend nach Hause musste, um seine Katze Miro zu füttern, fragte er: »Was haltet ihr von einem

Absacker ins Josef?« Er fand, dass es nicht schaden könnte, aufgrund der Neuzusammensetzung des Teams ein wenig Zeit außerhalb der Arbeit gemeinsam zu verbringen. Das würde den Zusammenhalt stärken.

»Das ist genau das, was ich jetzt brauche, um meinen Flüssigkeitshaushalt aufzufüllen«, erwiderte Kolanski, der sogleich aufstand und Richtung Ausgang spazierte.

»Bin dabei.« Grünbrecht war offensichtlich froh, nicht in ihre Wohnung gehen zu müssen, wo niemand auf sie wartete.

»Wer oder was ist der Josef?«, fragte Heinze.

»Das Josef«, korrigierte Grünbrecht ihn, ohne eine nähere Erläuterung abzugeben. Sie erhob sich und folgte Kolanski zur Tür hinaus.

»Sie mag mich nicht«, sagte Heinze und sah ihr nach.

»Das wird schon«, erwiderte Stern. Sicher war er sich deswegen aber nicht.

9. KAPITEL

Die Kriminalbeamten saßen im Gastgarten des Szenelokals Josef auf der Linzer Landstraße. Als Stern die Getränkebestellung aufgab, orderte er für Kolanski, Heinze und sich selbst ein Bier und für Grünbrecht – wie üblich – ein Mineralwasser. Die Gruppeninspektorin korrigierte ihn jedoch sofort und bestellte einen Gin Tonic. Stern sagte nichts, hatte aber Angst, dass der ungewohnte Alkohol Grünbrecht in ihrer augenblicklichen Gemütsverfassung aus der Bahn werfen könnte.

Nachdem der Kellner die Getränke serviert hatte, hob Stern sein Glas und prostete in die Runde. Kolanski, Grünbrecht und Heinze stießen mit ihren Gläsern dagegen.

»Erzählen Sie uns ein wenig von sich«, forderte der Chefinspektor Heinze auf, als er seinen Durst gestillt hatte.

»Über mich gibt es nicht viel zu berichten«, winkte Heinze ab.

»Über jeden gibt es etwas zu berichten«, ließ Kolanski nicht locker. »Also, leg los!«

Heinze, dem die Befragung sichtlich unangenehm war, nahm noch einen Schluck und lehnte sich in seinem Stuhl zurück. »Ich bin geschieden …«, begann er.

»Das kann jeden treffen«, erwiderte Stern, dessen Ehe ebenso in die Brüche gegangen war. »In unserem Job ist das nicht mal so selten.« Franziska, seine Ex, hatte sich vor Jahren von ihm getrennt und war vor einiger Zeit bei einem Unfall ums Leben gekommen.

»Ich weiß«, antwortete Heinze in einem Tonfall, der den anderen deutlich machte, dass ihn die Trennung noch schmerzte. »Der Job macht eine Beziehung schwer. Keine regelmäßigen Arbeitszeiten, viele Wochenenddienste, da die Menschen ausgerechnet dann beschließen, sich an die Gurgel zu gehen. Einfach Kacke!«

Kolanski lachte. »Treffend formuliert.«

»Ich hab eine Tochter, sie heißt Sofie.« Heinze holte geräuschvoll Luft und blickte in die Runde. »Sie ist sechs Jahre alt, ich seh sie kaum.«

»Bist du deshalb von Wien weggegangen?«, fragte Kolanski.

Heinze zuckte mit den Schultern. »Kann sein. Vielleicht aber auch nicht. Für mich war es einfach Zeit für eine Veränderung. Kennt ihr das?«

Die Kollegen nickten.

»Dass ich nicht miterlebe, wie Sofie heranwächst, bedauere ich jeden Tag.« Heinze verstummte.

»Das tut mir leid«, sagte Grünbrecht.

»Auf gescheiterte Beziehungen!« Stern hielt sein Glas hoch. Alle folgten seinem Beispiel.

»Und auf diejenigen, die wir geliebt haben und noch immer lieben!« Grünbrecht stieß mit ihrem Gin Tonic gegen die Gläser und trank ihn in einem Zug aus. »Noch einen!«, rief sie dem Kellner zu.

»Bist du sicher?« Kolanski sah Grünbrecht überrascht an. Die Kollegin wirkte jetzt schon nicht mehr ganz nüchtern.

»Ja, bin ich«, antwortete die Gruppeninspektorin und lächelte, obwohl ihre Augen etwas anderes ausdrückten.

»Es tut mir leid, was Ihrem Verlobten passiert ist«, sagte Heinze, der den Augenblick offenbar für geeignet hielt, das Thema anzusprechen. »Ich hab in Wien davon gehört. Wir alle waren schockiert.«

»Sie wissen gar nichts!«, giftete Grünbrecht ihn an.

»Hey! Gib ihm eine Chance, Mara«, schaltete sich Kolanski ein.

»Edwin fehlt uns allen«, sagte Stern. »Aber natürlich hinterlässt er in deinem Herzen eine besonders große Lücke. Wir verstehen das. Und wir respektieren es.«

Der Kellner brachte einen neuen Gin Tonic. Grünbrecht nahm das Glas und hielt es hoch. »Auf Edwin!«

Wieder klirrte es. Anschließend tranken alle im Gedenken an Edwin Mirscher.

»Ich vermisse ihn so sehr«, stieß Grünbrecht leidend aus und fing an zu weinen. Lautlos. Still. Der Alkohol brachte sie dazu, ihre Gefühle rauszulassen. Sie sah so zerbrechlich aus, so hilflos, und es war ihr anzumerken, dass sie Seelenqualen litt. Dass sie der Verlust ihres Verlobten noch genauso schmerzte wie am Tag seines Todes. Dass es ihr die Seele aus dem Leib zu reißen drohte. »Zu Hause ist es so ruhig. Es stehen überall seine Sachen rum. Manchmal denke ich, er kommt jeden Moment zur Tür herein. Aber er taucht nicht auf, ich warte stets vergebens.«

»Es tut mir so leid!« Stern griff nach Maras Hand.

»Ich weiß nicht, was ich tun soll.« Die Gruppeninspektorin sah ihn verzweifelt an.

Stern wusste, dass Worte hier nicht halfen. Kein »Das

wird schon wieder« oder »Die Zeit heilt alle Wunden«. Auch wenn das Voranschreiten der Zeit tatsächlich Linderung brachte, mochte die Aussicht darauf nicht besonders tröstlich sein.

»Du solltest heute nicht alleine bleiben«, sagte er. »Komm mit zu mir. Du kannst das Bett haben, ich schlafe auf der Couch.«

»Danke, aber ich schaff' das schon. So viele Menschen verlieren jemanden, das erleben wir bei der Kripo andauernd. Wenn die das alle hinbekommen, kann ich das auch«, zeigte sich Grünbrecht tapfer, obwohl ihr unaufhörlich Tränen aus den Augen flossen.

»Du musst es nicht alleine aushalten«, wiederholte Stern. »Wenn du nicht zu mir willst, bleibe ich heute eben bei dir.«

»Ich auch«, schloss sich Kolanski an.

»Wenn Sie mich nicht zum Teufel jagen, was ich ja nachvollziehen kann, komme ich ebenso mit. Wenn Sie das aber nicht wollen, dann natürlich nicht.« Heinze sah drein wie ein begossener Pudel. Er rechnete anscheinend mit allem.

Stern war stolz, dass das Team so einen Zusammenhalt zeigte, selbst in der neuen Konstellation und in dieser schwierigen Situation.

Grünbrecht schien sehr gerührt zu sein über die Anteilnahme der Kollegen und sagte heiser: »Danke, aber das kann ich nicht annehmen.«

»Das ist kein Angebot, Mara. Wir bestehen darauf!«

10. KAPITEL

Am nächsten Morgen herrschte im Landeskriminalamt Katerstimmung. Die Kriminalbeamten hatten am Vortag nicht nur zu viel getrunken, sondern auch die Nacht über schlecht geschlafen, weil sie entweder auf dem Fußboden oder in einem Fernsehsessel gelegen hatten. Stern fühlte sich dafür schon zu alt. Jeder Knochen tat ihm weh. Doch die ungewöhnliche Situation hatte sie als Team näher zusammengebracht. Sie hatten in Erinnerungen geschwelgt und Heinze von Mirscher erzählt. Sie hatten gelacht, geweint und geschwiegen. Dann hatte jeder versucht zu schlafen, mit mehr oder weniger Erfolg.

»Guten Morgen«, wünschte Weber, als er das Großraumbüro betrat. Mit den dunklen Ringen unter den Augen sah er aus, wie die anderen sich fühlten: erschöpft und ausgelaugt.

»Guten Morgen«, kam es gemurmelt zurück.

»Ich bringe euch den Obduktionsber…« Weber stockte. Sein Blick blieb an dem Mann haften, der nicht in das gewohnte Bild dieses Büros passte. Es waren schon einmal Interna an die Öffentlichkeit gelangt, seitdem herrschte in den Köpfen aller diesbezüglich äußerste Vorsicht.

Stern, der Webers Verwirrung bemerkte, stand auf und stellte den neuen Kollegen vor. »Das ist Martin Heinze vom LKA Wien. Er fängt heute bei uns an.«

»Da haben Sie sich aber einen tollen ersten Arbeitstag ausgesucht. Gleich einen Gifttoten. Ich bin übrigens der zuständige Gerichtsmediziner, Dominik Weber.«

»So lerne ich gleich mal alles kennen«, erwiderte Heinze.

»Da haben Sie natürlich recht.« Weber sah in die Runde und meinte wie nebenbei: »Ihr seht ziemlich ramponiert aus, wenn ich das mal so sagen darf.« Er legte eine braune Aktenhülle auf Grünbrechts Schreibtisch und schlug sie auf. Das höfliche Geplänkel war vorüber. Weber schien unter Druck zu stehen und es eilig zu haben.

»Was hast du für uns?«, kam ebenso Stern gleich zur Sache.

»Roland Petrovsky wurde mit dem Blauen Eisenhut vergiftet, das hat die Obduktion eindeutig ergeben. Wir konnten das Aconitin sowohl im Magen als auch im Blut nachweisen«, erzählte Weber.

»Weißt du, wie er es zu sich genommen hat?«, wollte Grünbrecht erfahren.

»Entweder mit einer Mehlspeise oder mit einem saftigen Braten. Ich habe im Magen und in dem Erbrochenen, das neben der Bank am Boden gewesen war, Mehl, Zucker, Schokolade und Nüsse gefunden. Alles Bestandteile einer Torte oder eines Kuchens, würde ich meinen. Dann waren da noch Kartoffeln, Schweinefleisch, Karotten, Speck, Fisolen und ein paar Gewürze, die auf eine Sauce hindeuten. Ich kann sie euch vorlesen, wenn ihr wollt …«

»Nein, das passt schon«, sagte Stern. »Wir müssen seine Frau fragen, was es am Abend bei ihnen zu Hause zum Essen gegeben hat.«

»Wir werden wohl nicht so viel Glück haben, dass

sie das Geschirr noch nicht abgewaschen hat«, meinte Kolanski.

»Leider nicht. Als wir gestern bei ihr waren, war die Küche ordentlich aufgeräumt.«

»Vielleicht sind die benutzten Teller noch im Geschirrspüler«, zeigte Heinze eine weitere Möglichkeit auf.

»Guter Einwand«, sagte Stern und deutete auf Kolanski und Heinze. »Ihr beide seht euch dort noch mal um. Es kann ja auch sein, dass sich in der Mülltonne Speisereste befinden, weil sie das übriggebliebene Essen weggeschmissen hat. Vielleicht ist sie sich sicher gewesen, dass wir Mitleid mit ihr haben und sie deshalb nicht verdächtigen werden, und war deswegen unvorsichtig.«

»Okay, Chef. Machen wir«, antwortete Kolanski, stand auf und ging zur Tür.

»Brauchen wir dafür nicht eine richterliche Durchsuchungsbewilligung?«, fragte Heinze, während er seinem Kollegen folgte.

»Nur, wenn sie uns nicht freiwillig reinlässt. Wenn sie jedoch unschuldig ist, wie sie ja vorgibt zu sein, wird sie uns ins Haus bitten«, erklärte ihm Kolanski.

»Nehmt ein paar Kollegen von der Spurensicherung mit«, rief Stern den beiden nach. Dann fiel die Tür hinter ihnen zu.

Die Gelegenheit nutzte Weber, um über Heinze zu reden. »Wie ist er denn so, der Neue?«

»Ganz in Ordnung«, meinte Stern. »Es ist aber noch zu früh, um ihn beurteilen zu können. Wir sollten ihm auf alle Fälle eine Chance geben.« Sterns letzter Satz war eigentlich an Grünbrecht gerichtet.

Doch die Gruppeninspektorin zuckte mit den Schultern und wechselte das Thema. »Wir haben in der Agentur Essensreste in einem Müllbeutel gefunden, die sind bereits im Labor. Dadurch erfahren wir vielleicht, wo Petrovsky vergiftet wurde. Wenn sich in den Speiseresten kein Gift befindet, können wir die Agentur schon mal ausschließen. Außer Petrovsky hat das vergiftete Essen gänzlich aufgegessen und nichts davon weggeschmissen, auch keine Verpackungen davon. Das ist aber unwahrscheinlich. Oder er hat das Gift mit einem Getränk zu sich genommen, dann brauchen wir aber das Glas oder die Flasche, aus der er getrunken hat, um das feststellen zu können.«

»Die Suche nach der berühmten Nadel im Heuhaufen«, witzelte Weber.

»Kannst du uns noch etwas zum Blauen Eisenhut sagen?«, fragte Stern den Gerichtsmediziner.

Weber klappte die Akte zu und seufzte. Dann lehnte er sich gegen die Schreibtischkante und referierte: »Der Blaue Eisenhut ist die giftigste Pflanze in Europa. Der Täter wollte anscheinend auf Nummer sicher gehen, dass Petrovsky den Anschlag nicht überlebt, denn schon zwei Gramm Aconitin sind für einen Erwachsenen tödlich. Die Pflanze enthält dieses stark wirksame Alkaloid vorwiegend in den Knollen, aber auch der Rest der Pflanze ist giftig. Bei kurzem Hautkontakt kann es zu Entzündungen kommen, ebenso zu Vergiftungserscheinungen. Das hängt von der Intensität der Berührung ab. Der Blaue Eisenhut ist ein Hahnenfußgewächs. Aufgrund seiner wunderschönen blauen Blüten wächst er als Zierpflanze in zahlreichen heimischen Gärten. Viele wissen gar nicht, dass er so giftig ist, deshalb kommt es immer wieder zu Unfällen. So mancher Hobbygärtner ist seinetwegen schon im Krankenhaus gelandet.«

»Wie schmeckt das Gift? Bekommt es das Opfer mit, wenn ihm jemand davon ins Essen mischt?«, wollte Stern wissen und dachte daran, dass er sich gestern, nachdem sie zu Mittag gegessen hatten, kurzzeitig schlecht gefühlt hatte. Da sie wegen eines Giftmords ermittelten und sich möglicherweise im Dunstkreis eines Mörders aufhielten, waren Informationen diesbezüglich vielleicht hilfreich. Wenn auch nur zur eigenen Beruhigung.

»Der Geschmack der Knolle entwickelt sich von süßlich kratzend bis hin zu würgend bitter oder scharf. Je nach Reifegrad der Wurzel mischt man das Gift besser in eine süße Speise oder in ein herzhaftes Gericht. Trotzdem ist es eher unwahrscheinlich, dass das Opfer etwas merkt, denn man braucht ja nicht viel davon. Gerade mal zwei Gramm.«

»Und wie äußern sich die Vergiftungserscheinungen?«

»Beim Kontakt mit der Haut werden die Nervenzellen angeregt, sodass sich je nach Intensität der Berührung ein Wärmegefühl, ein Brennen oder Prickeln bis hin zu Taubheit oder Lähmung einstellt. Bei oraler Aufnahme kommt es hingegen zu Kälteempfindlichkeit, Übelkeit, Darmkoliken, Schwindel und Herzrhythmusstörungen. Nervöse Erregung und Ohrensausen wurden ebenfalls von manchen Opfern beschrieben. Der Exitus tritt dann durch Herzversagen oder Atemlähmung ein. Erstes durch einen beschleunigten Herzrhythmus, zweites durch eine Lähmung der oberen Atemmuskulatur. Kein schöner Tod, wenn ihr mich fragt, da so ein Vergiftungstod durch den Blauen Eisenhut äußerst schmerzhaft sein soll.«

»Wie lange dauert es, bis man daran stirbt?«, fragte Grünbrecht.

»Das hängt von der Dosis ab, die man zu sich genommen hat. Fachleute gehen von 20 Minuten bis hin zu drei bis vier Stunden aus«, erzählte Weber.

»Wow!« Grünbrecht nahm die Antwort interessiert zur Kenntnis. »Wenn er seine Frau nicht misshandelt hätte, könnte man durchaus Mitleid mit ihm haben.«

»Danke dir, Weber«, sagte Stern erleichtert. Er war sich nun sicher, dass die von ihm am Vortag verspürte Übelkeit nicht auf diese Pflanze zurückzuführen war. Sonst läge er längst ausgestreckt auf Webers Obduktionstisch. »Hast du Fremdeinwirkung feststellen können?«

»Nein. Aber ich kann mir nicht vorstellen, dass einer freiwillig Blauen Eisenhut schluckt. Mittlerweile kann man ja im Internet nachlesen, wie dieses Gift wirkt und wie qualvoll der Tod ist. Selbstmörder wollen doch in der Regel lieber sanft aus dem Leben scheiden, ohne dass sie Schmerzen erleiden müssen.«

»Hast recht«, pflichtete Stern dem Gerichtsmediziner bei.

»Leute, ich muss wieder!« Weber machte sich zum Gehen bereit und hielt Stern den Obduktionsbericht hin. »Auf mich warten heute noch vier mutmaßliche Hitzetote, ein Autounfall und ein Patient, der bei einer Herz-OP gestorben ist.«

»Hört sich nach viel Arbeit an.« Stern vergaß manchmal, dass Weber nicht nur Leichen von Gewaltverbrechen obduzieren musste, sondern jegliche, bei denen die Todesursache unklar war. Er nahm die Akte mit dem Obduktionsbericht an sich.

»Die Warteschlange ist ähnlich lange wie beim Oktoberfest vor den Bierzelten«, versuchte Weber zu scherzen. »In manchen Kühlfächern liegen mittlerweile zwei

Leichen. Ich hab die halbe Nacht durchgearbeitet, damit ihr eure Ergebnisse heute schon bekommt.«

»Danke dir, das weiß ich zu schätzen«, sagte Stern.

»Nein, das weißt du eben nicht«, erwiderte Weber erschöpft. »Sonst hättest du mir in Bad Kreuzen ein paar Minuten Auszeit gegönnt, damit ich meine müden Beine in dem kühlen Wasser der Schlucht hätte erfrischen können. Bei dieser Hitze ist das das Einzige, was hilft.« Weber schlurfte aus dem Großraumbüro.

Und Stern blieb mit schlechtem Gewissen zurück. Er hätte nicht so streng zu dem Gerichtsmediziner sein dürfen, das sah er ja ein. Doch bei einem Mordfall trieb ihn stets eine gewisse Ungeduld an, eine Angst, dass die Spur erkaltete, bevor sie die Fährte aufgenommen hatten. Dies war die Gelegenheit, sich bei Weber zu entschuldigen. Hastig sprang er auf und lief zur Tür.

»Weber?«, rief er hinaus, aber der Gerichtsmediziner war schon weg. »Scheiße!«

»Ja, scheiße«, bestätigte Grünbrecht, wobei Stern nicht sagen konnte, was genau sie damit meinte. Ihre eigene Situation oder seine.

»Ich werde später mit ihm reden«, sagte er.

»Gute Idee, mach das. Zuvor sollten wir der Kräuterhexe, dieser Katharina Wunderfall, einen Besuch abstatten. Da wir nun das Gift kennen, mit dem Petrovsky ermordet wurde, scheint sie mir ein heißer Tipp zu sein«, wechselte Grünbrecht das Thema.

»Wir wissen ja noch gar nicht, ob Petrovsky das Gift nicht vielleicht doch absichtlich zu sich genommen hat«, warf Stern ein.

»Selbstmord? Mit dem Blauen Eisenhut? Du hast Weber

doch gehört, wie elendig man dabei zugrunde geht.« Wie der Gerichtsmediziner glaubte Grünbrecht offenkundig nicht daran, dass jemand mit einem derart schmerzvoll wirkenden Gift seinem Leben selbst ein Ende setzte. »Und das mitten im Ort, in dem du wohnst und wo dann alle deine Leiche sehen? Nein, ich denke nicht, dass er das Gift selber genommen hat, zumindest nicht freiwillig.«

»Dennoch können wir diese Möglichkeit nicht gänzlich ausschließen, solange wir keine Beweise haben«, erwiderte Stern.

»Dafür brauche ich keine Beweise, Chef, da bin ich mir sicher«, sagte Grünbrecht.

»Du weißt, dass Intuition vor Gericht keinen Bestand hat. Wir brauchen Fakten, Mara. Nichts als harte Fakten. Es hat da ja mal so einen Fall gegeben, wo sich eine Frau selber auf grausamste Weise verstümmelt hat, nur um es ihrem Ehemann in die Schuhe zu schieben. Zuvor hatte sie die Beweise so platziert, dass die Polizei zwangsweise auf ihren Ehemann als Täter gekommen ist.« Stern erhob sich vom Stuhl und blieb vor Grünbrecht stehen.

»Gutes Argument«, lenkte die Gruppeninspektorin ein.

»Wo finden wir diese Katharina Wunderfall? Der Karl hat etwas von einem Wald erzählt«, erinnerte sich Stern.

»Sie arbeitet in einer Holzhütte in der Nähe der Wolfsschlucht. Ich hab das mal gegoogelt. Die Wolfsschlucht ist eine knapp drei Kilometer lange Klamm in Bad Kreuzen. Anscheinend führt da ein Pfad hindurch, und irgendwo mittig zweigt ein Weg zu eben dieser Hütte ab«, berichtete Grünbrecht, was sie recherchiert hatte.

»Das hört sich ja wie bei Hänsel und Gretel an«, meinte Stern, ohne zu ahnen, wie recht er damit hatte.

11. KAPITEL

Stern parkte den Audi auf dem Parkplatz im Tal bei der Wolfsschlucht genau vor einer Tafel mit Informationen über den Natur- und Kulturlehrpfad, der durch die Klamm führte.

»Schön ist es hier.« Grünbrecht stieg aus und sog die frische Luft ein.

Während der Rest des Landes schon wieder in der Hitze eines brütenden Sommertages zu ersticken drohte, war es an diesem Platz angenehm kühl. Neben den schattenspendenden Bäumen trug auch der Kasmüllerbach dazu bei, dass die Temperaturen vor Ort nicht ins Unermessliche stiegen. So ließ es sich aushalten, fand Stern und versperrte den Wagen.

»Wo geht es lang?«, fragte er und überflog die Informationen auf dem Schild über die Schlucht und deren einstige Nutzung als Heilklamm und Badeeinrichtung. Mehrere Wege führten in den Wald.

»Ich glaube, dass wir diesen Pfad nehmen müssen.« Grünbrecht deutete mit Blick auf ihr Handy auf eine beschilderte Route. »Nach etwa 1,5 Kilometern zweigt ein Weg nach rechts ab, den müssen wir nehmen. Der führt uns direkt zur Hütte von der Katharina Wunderfall.« Grünbrecht hatte während der Herfahrt die Strecke elektronisch ausgekundschaftet, da sie auf dem Beifahrersitz gesessen und dank Sterns gemächlicher Fahrweise ausreichend Zeit dafür gehabt hatte. Sie hielt ihr Smartphone in die Höhe und wechselte mehrmals die Position. »Gott sei Dank hab ich die Karte runtergeladen, Empfang hab ich hier nämlich keinen.«

Stern, der mit seinen teuren Kalbslederschuhen vor dem Eingang der Schlucht stand, hatte nicht daran gedacht, sich geeignetes Schuhwerk mitzunehmen. Doch die Errichter dieses Pfades hatten ordentliche Arbeit geleistet, diesen Weg konnte selbst er mit seinen nicht wandertauglichen Halbschuhen zurücklegen. Zufrieden zog er die Hose hoch und stapfte los.

Nach dem ersten Steg wies eine Tafel die Besucher auf die einstigen »Greiner Duschen« hin. Sie waren im 19. Jahrhundert Bestandteil der ehemaligen »Kaltwasserheilanstalt Bad Kreuzen« gewesen. Angeblich hatte man in dieser Zeit die in der Schlucht existierenden Wasserfälle zu Duschen umfunktioniert und die natürlichen Wasserbecken zu Wellenbädern. Von den vielen Holzbauten der damaligen Zeit waren heute jedoch lediglich die Fundamente und die in den Stein geschlagenen Pfostenlöcher vorhanden.

»Wie weit ist es noch?«, fragte Stern, nachdem sie auch die ehemaligen »Wiener-Wellen-Bäder« hinter sich gelassen hatten. Der Aufstieg durch die Schlucht war anstrengender, als er gedacht hatte. Seine Kondition ließ zu wünschen übrig, und sein Gewicht war in den letzten Jahren um einige Kilos angewachsen. Beides zusammen raubte ihm jetzt den Atem.

»Keine Ahnung«, gab Grünbrecht zu. Ihr war die Anstrengung nicht anzumerken. Sie sah aus wie immer, jede Haarsträhne saß dort, wo sie sollte, und nicht ein einziger Tropfen Schweiß glänzte auf ihrer Stirn. »Ich verstehe, warum die Wunderfall in dieser Umgebung arbeitet. Hier ist es herrlich«, schwärmte sie.

»Aber auch ein bisschen abgelegen, findest du nicht? Wenn du einen Herzinfarkt erleidest, braucht die Rettung ewig, bis sie da ist«, warf Stern ein. »Und wahrscheinlich ist es dann für eine Reanimation zu spät.«

»Vielleicht gibt es noch einen anderen Weg zur Hütte?«, gab Grünbrecht zu bedenken.

»Hast du das denn nicht gegoogelt?« Stern blieb stehen. Er musste dringend verschnaufen.

»Nein, ehrlich gesagt, nicht«, gab Grünbrecht zu. »Du etwa?«

Er und googeln, wiederholte Stern im Geiste. Grünbrecht sollte eigentlich wissen, dass das genauso unwahrscheinlich war, wie dass er einen Salat als Hauptspeise vertilgte. »Wenn ich es könnte, hätte ich es getan.«

»Ich weiß nicht, warum du dich beschwerst. Die Schlucht ist doch schön, oder etwa nicht?« Grünbrecht stützte die Hände in die Hüften und sah sich um.

»Da hast du recht, es ist schön. Aber wenn ich jeden Tag hier raufmüsste, wäre mir das zu viel«, erwiderte Stern. »Was hältst du übrigens von Heinze?«

»Passt schon«, antwortete Grünbrecht und ging wieder los. Die Pause war vorbei. Stern gewann den Eindruck, als wenn die Gruppeninspektorin die Schlucht nun ein wenig schneller erklomm als vorher.

»Ich finde ihn sehr sympathisch«, rief er ihr hinterher. Keine Antwort.

»Kolanski scheint ihn auch zu mögen …«

Grünbrecht blieb stehen und drehte sich zu Stern um. »Was soll das? Du brauchst ihn mir nicht anzupreisen und für ihn die Werbetrommel rühren. Ich finde, das kann er gut selber machen. Außerdem hab ich ja gesagt, dass er okay ist.«

Stern schloss zur Gruppeninspektorin in Höhe der »Anton Bruckner Zuflucht« auf. Der österreichische Komponist war in den Jahren 1864 und 1867 aufgrund eines Nervenleidens zur Kur in Bad Kreuzen gewesen und hatte angeblich nicht nur in der Schlucht gebadet, sondern auch dem hinabfallenden Wasser gelauscht, um seinen Kopf von den Klängen böhmischer Musik freizukriegen.

»Ich dachte nur, dass du vielleicht ...«

»Oskar, mir geht es gut. Und ja, wenn du es unbedingt hören willst, ich finde den Neuen sympathisch. War es das?«

»Den Neuen«, äffte Stern seine Kollegin nach. »Der Neue hat einen Namen.« Seit der letzten Nacht in Grünbrechts Wohnung – und vor allem durch das gemeinsame Besäufnis – waren sie jetzt alle per Du.

»Hey! Sieh mal!« Grünbrecht deutete auf einen Pfad, der rechts in den Wald hineinführte. »Das muss der Weg zur Hütte sein.« Die Gruppeninspektorin suchte die Abzweigung in der Schlucht auf der Karte auf ihrem Handy. »Ja, wir sind hier richtig.«

»Na endlich.« Stern war erleichtert. Als er jedoch sah, wohin Grünbrecht deutete, erkannte er das nächste Problem. Auf unbefestigtem Boden führte ein schmaler Pfad den Berg hinan. An umgeknickten Gräsern und aufgewühltem Erdreich war zu erkennen, dass dort jemand vor

Kurzem entlanggelaufen war. »Das ist kein Weg! Das ist gar nichts, bestenfalls haben ein paar Rehe diesen Pfad ausgetreten. Bist du dir sicher, dass wir da rauf müssen?«

»Nein, sicher bin ich nicht«, sagte Grünbrecht. »Aber ich glaube, dass es der richtige Weg ist.«

Stern schnaubte und rutschte dann auch gleich auf dem feuchten Waldboden aus. Gerade noch rechtzeitig fing er sich an einer jungen Buche. Der kleine Baum verhinderte, dass er stürzte und talabwärts rutschte.

»Alles okay?«, rief Grünbrecht von oben.

»Geht schon«, brummte Stern und wischte die Erde von seinen Kalbslederschuhen. Irgendwie zweifelte er daran, dass alle Menschen, die zur Kräuterhexe wollten, diesen Weg nahmen. Diese Schinderei würde doch niemand freiwillig auf sich nehmen, war er der Meinung. Außerdem würde der wenig ausgetretene Pfad sonst bedeuten, dass kaum jemand die Dienste von Katharina Wunderfall in Anspruch nahm. Bestimmt gab es eine andere Möglichkeit, die Hütte zu erreichen. Oben angelangt sah er sie: Eine Straße führte aus nordöstlicher Richtung zu einer Holzhütte, die auf einer breiten Lichtung mittig errichtet worden war. In der Einfahrt parkte ein weißer Lieferwagen mit der Aufschrift »Bad Kreuzener Kräuterhexe.« Dasselbe war auf einem Schild über der Eingangstür zu lesen. Neben der Hütte befand sich ein rechteckiges, etwa mannshohes Gebilde aus Holz, welches als »Besenparkplatz« bezeichnet wurde, aber eigentlich ein Fahrradständer war.

»Humor hat sie schon mal«, meinte Grünbrecht.

»Mal sehen, ob sie den auch noch an den Tag legt, wenn sie erfährt, weswegen wir hier sind«, sagte Stern, als er wieder Luft bekam und den gekiesten Bereich vor der Hütte erreichte, wo Grünbrecht auf ihn wartete. »Wir hätten bequem mit dem Auto herfahren können.« Er deutete in Richtung Zufahrt, wo der weiße Lieferwagen stand.

»Dann hätten wir aber die schöne Schlucht nicht gesehen, das wäre schade gewesen.«

»Das hätten wir nachholen können, wenn wir nicht gerade in einem Mordfall ermitteln«, entgegnete Stern.

»Freu dich doch über das tolle Wandererlebnis. Mir hat der Weg hierher wirklich gut gefallen.«

Stern sah seine Kollegin zum ersten Mal seit Edwins Tod lächeln. Das hinderte ihn daran, sich weiter über den Aufstieg zu beschweren. Mehr noch, jetzt konnte er der schweißtreibenden Schluchtwanderung sogar etwas Gutes abgewinnen. »Du hast recht«, pflichtete er ihr bei und ging auf die Hütte zu. Davor befand sich ein mit verwitterten Holzlatten eingezäuntes Areal, in dem allerlei Grünzeug wucherte. Manche Gewächse blühten üppig und bunt, andere waren bloß wirre Stauden. Einige waren hochgewachsen, andere Bodendecker. An der Hüttenwand schlängelte sich Efeu empor. Im Süden reichte der Garten bis zu den ersten Baumreihen des Waldes, sodass auf die Blumen und Kräuter genügend Sonnenlicht herabfiel. Das Ganze war ein Paradies für Insekten, deren Summen und Brummen wie ein wohlklingendes Konzert inmitten der Lichtung zu hören war.

Stern klopfte an die hölzerne Eingangstür. Diese schwang langsam nach innen auf, da sie nur angelehnt gewesen war. »Hallo?«

Niemand antwortete.

Der Chefinspektor spähte in die Hütte und entdeckte auf deren Boden mehrere Schachteln. Manche waren zur Seite gekippt, ihr Inhalt lag verstreut herum. Getrocknete Blumen und Blätter. Dosen und Säckchen. Er wies Grünbrecht auf die Unordnung hin, die Gruppeninspektorin holte daraufhin ihre Glock aus dem Holster und zog den Schlitten zurück. Stern tat es ihr gleich. Wenn hier jemand Unbefugtes etwas gesucht haben sollte, war er vielleicht noch in der Hütte.

Die Kriminalbeamten betraten das Holzgebäude, das aus einem einzigen Raum zu bestehen schien, und stiegen über die am Boden liegenden Sachen hinweg. In der Mitte thronte ein alter, schwerer Eichentisch, auf dem aus mehreren Behältern Rauch herausquoll. Stern erkannte, dass auf Räucherwerkzeugen unterschiedliche Kräuter und getrocknete Blüten vor sich hin glimmten und diesen Qualm verursachten. Der Duft von Lavendel und Rosenblüten hing aphrodisierend in der Luft. Von Katharina Wunderfall war jedoch nichts zu sehen.

»Wow! Das mit der Kräuterhexe ist gar nicht übertrieben«, sagte Grünbrecht und griff nach einem Bündel getrockneter Gewächse, die zu Dutzenden von der Decke hingen, zog es an ihre Nase heran und roch daran.

»Das alles erinnert mich ein wenig an das Mittelalter und seine Quacksalber.« Stern starrte auf einen ausgestopften Raben, der seine Schwingen ausbreitete, als würde er sich jeden Moment in den Himmel erheben und davonfliegen. Seine Ahnung, das hier könnte wie bei Hänsel und Gretel sein – zumindest wie er sich als Kind immer vorgestellt hatte, dass Hexen abseits der

Zivilisation leben würden –, bestätigte sich. Fehlte nur noch der Ofen, in den die Hexe Hänsel stecken wollte.

»Was ist das alles?« Grünbrecht trat vor ein Regal aus Naturholz, das rechts neben der Eingangstür die Hüttenwand einnahm, und betrachtete die Einmachgläser, die darin mit undefinierbarem eingelegtem Inhalt aufgereiht standen. In einem Glas befand sich ein Hasenkopf, in einem anderen waren tote Spinnen. Gleich dahinter posierte auf einem Holzsockel ein schwarzer Vogel, dem einige Federn fehlten. Das geraubte Gefieder steckte in einem Halter daneben.

»Vielleicht sind das Zutaten für einen Hexentrank.« Was lustig klang, war von Stern durchaus ernst gemeint. Er als Chefinspektor des Landeskriminalamts wusste, dass Menschen oftmals die irrsinnigsten Sachen trieben, wenn es darum ging, an etwas zu glauben, das einem helfen sollte. Und dann gab es natürlich Menschen, die diese Leichtgläubigkeit oder Hilflosigkeit von verzweifelten Personen ausnutzten und ihnen Dinge aufschwatzten, die nicht nur maßlos überteuert, sondern ebenso nutzlos waren.

»Sie verkauft das Zeug«, sagte Grünbrecht und deutete auf ein Regal mit kleinen, nett verpackten Päckchen und Döschen. »Ganz egal, was da drinnen ist, sie verhökert es an Menschen, die sich damit einschmieren, es zu sich nehmen oder was auch immer damit tun.«

»Räuchern zum Beispiel«, sagte eine weibliche Stimme hinter ihnen.

Grünbrecht und Stern fuhren herum. In der Tür stand eine Frau mit einem Weidekorb in der Hand, in dem sich unterschiedliches Grünzeug befand. Wahrscheinlich Kräuter aus dem Wald oder Blumen aus dem Garten, die sie in der Holzhütte zum Trocknen aufhängen und später zu Inhalten für die Päckchen und Döschen verarbeiten würde.

»Katharina Wunderfall?« Stern steckte die Glock weg. Die Frau machte nicht den Eindruck, als würde sie die Inspektoren angreifen wollen oder als wäre sie wegen der Unordnung auf dem Boden erschrocken. Sie wirkte trotz der Anwesenheit von zwei fremden Menschen in ihrer Hütte gefasst.

»Ja. Und Sie erwecken mir nicht den Anschein, als wenn Sie einen Kräutertee gegen ein bestimmtes Leiden von mir haben wollt'n«, antwortete die Kräuterhexe und stellte den Korb auf den großen Tisch in der Mitte der Hütte.

»Da haben Sie recht. Mein Name ist Oskar Stern, ich bin Chefinspektor am Landeskriminalamt in Linz. Das ist meine Kollegin Gruppeninspektorin Mara Grünbrecht.«

»Sie kommen bestimmt wegen dem Petrovsky«, schlussfolgerte Wunderfall. »Entschuldigen Sie, dass es bei mir gerade so ausschaut, aber die Schachteln sind mir vorhin aus der Hand g'rutscht. Ich räum' das gleich weg.«

»Machen Sie sich wegen uns keine Umstände«, erwiderte Stern.

»Ich hab g'hört, dass der Petrovsky vergiftet worden ist.« Wunderfall begann, die Blüten aus dem Weidekorb in den Deckeln von Schachteln in einer dünnen Schicht auszubreiten. »Ich nehm' an, dass Sie deswegen da sind?«

Stern nickte. »Können Sie uns etwas über Petrovsky erzählen?«

»Dass er ein Arschloch g'wesen ist. Er hat seine Frau, die Gloria, misshandelt. Mehr als einmal hat sie g'laubt, das wär' ihr Ende. Aber verlassen wollt' sie ihn auch net, weil's Angst g'habt hat, dass sie es alleine net schafft. Das Geld hat ja er verdient mit der Agentur.« Katharina Wunderfall trug die gestapelten Schachteldeckel hinaus vor die Hütte und stellte sie zum Trocknen in die Sonne.

»Sie wissen von den Misshandlungen?« Stern war darüber überrascht. Meistens versuchten die Betroffenen, Derartiges vor Außenstehenden zu verbergen, weil sie sich schämten. Weil sie sich oftmals selber schuldig fühlten, was absurd war. Er folgte Wunderfall nach draußen und blieb bei der Tür im Schatten stehen. Von dort sah er ihr zu, wie sie die Blüten und Blätter noch einmal auflockerte. Bei dem heurigen Paradesommer würden diese rasch trocknen, dachte er, und wenn man den Klimaforschern Glauben schenkte, würden die künftigen Sommer nicht kühler werden.

»Natürlich. Gloria und ich sind befreundet.«

»Hätten Sie als ihre Freundin Gloria nicht unterstützen müssen, dass sie von dem Kerl wegkommt?« Grünbrechts Frage klang provokant, fand Stern. Sie war neben ihn getreten und beobachtete wie er die Kräuterhexe.

»Hab ich ja versucht. Aber sie hat g'meint, sie hält das aus. Sie hätt' ja sonst das Haus verloren, den Pool, den wunderschönen Garten. Halt alles, was ihr Freude bereitet.« Katharina Wunderfall erhob sich, warf einen letzten Blick auf das Grünzeug, nahm noch die ein oder andere Korrektur vor und ging wieder in die Hütte.

»Wohnen Sie hier?«, fragte Stern, der ihr erneut folgte.

»Nein, die Hütte ist mein Geschäft. Oben steht zwar ein Bett, aber ich schlaf nur da, wenn es mal länger wird oder ich am Abend Besuch hab und wir das eine oder andere Gläschen zu viel trinken.«

Stern entdeckte im hintersten Winkel eine Holzleiter, die in einem Loch in der Decke verschwand. Einen sicheren Eindruck machte der Weg nach oben allerdings nicht. Sturzbetrunken wäre der Aufstieg in das Schlafgemach nicht ratsam.

»Darf ich?«, fragte er und deutete auf die offene Luke in der Decke, durch die die Leiter ragte.

»Bitte.« Wunderfall sah ihm zu, wie er die Leiter hinaufkletterte und prüfte, ob sich oben jemand aufhielt. Außer einem Bett und einem Regal befand sich dort nichts weiter. Und auf dem Bett lagen so viele Sachen, dass Stern annahm, Wunderfall habe schon lange nicht mehr darin genächtigt, ebenso niemand anders.

»Trauen Sie Gloria zu, dass sie ihren Mann vergiftet hat?«, fragte Grünbrecht.

Katharina Wunderfall, die inzwischen begonnen hatte, die Unordnung auf dem Boden wegzuräumen, hielt für einen Moment inne, als müsste sie sich die Frage durch den Kopf gehen lassen. »Keine Ahnung«, antwortete sie. »Man kann in keinen Menschen hineinschau'n, auch net in die Gloria. Verdenken würd' ich es ihr net. Wie g'sagt, der Roland war ein richtiges Arschloch. Um den ist's net schade, wenn ihr mich fragt.«

»Sie haben einen schönen Garten …«, sagte Stern und kletterte die Leiter wieder herunter.

»Danke. Der ist notwendig, wenn man eine Kräuterhexe sein will.«

»Wächst darin Blauer Eisenhut?«

»Natürlich. Es gibt keinen anständigen Kräutergarten ohne das Witwenkraut. So wird er nämlich g'nannt, der Blaue Eisenhut.« Wunderfall lächelte geheimnisvoll. Wahrscheinlich war das ihre Masche, wenn sie Kunden von etwas überzeugen wollte.

»Verwenden Sie ihn auch in Ihren Mixturen oder Tees?« Stern deutete auf die vielen Fläschchen und Döschen.

»Aber sicher doch! Das Aconitin vom Eisenhut wird in der Homöopathie bei fieberhaften, entzündlichen Erkrankungen, bei Bronchitis, Ischias und Herzbeutelentzündungen eing'setzt. Wie bei vielen Alkaloiden gilt ebenso beim Blauen Eisenhut: Die Dosis macht das Gift.«

»Wann merkt das Opfer, dass es vergiftet wurde?«

»Die Beschwerden bei einer Eisenhutvergiftung treten unmittelbar nach der Aufnahme des Giftes auf, bereits nach etwa 10 bis 15 Minuten. Die ersten Anzeichen sind eine taube Zunge und ein Prickeln in den Lippen, den Fingern und in den Zehen. Es kommt zu Schweißausbrüchen und Erbrechen, starken Koliken und Durchfällen. Die Körpertemperatur sinkt ab, die Atmung wird unregelmäßig, der Blutdruck fällt ins Bodenlose und der Tod erfolgt durch Herzversagen oder Atemstillstand, bei einer starken Vergiftung schon nach etwa 20 Minuten. Der Unglücksrabe ist die ganze Zeit bei vollem Bewusstsein und leidet stärkste Schmerzen.« Katharina Wunderfall hatte für einen Augenblick aufgehört, weiter für Ordnung zu sorgen.

»Haben Sie Medizin studiert?«, wollte Stern wissen, da sich die Angaben der Kräuterhexe mit jenen des Gerichtsmediziners auffallend deckten.

Die Frau lachte. »Nein, hab ich net. Das können Sie heutzutage alles im Internet nachlesen. Wussten Sie, dass der Eisenhut bereits im antiken Rom als Lösungsstrategie Nummer eins bekannt war?«

Stern schüttelte den Kopf. »Nein, das wusste ich nicht.«

Die Kräuterhexe kam näher und fand sichtlich Gefallen daran, ihr Wissen kundzutun. »Sogar Kaiser Claudius, der 54 nach Christus g'lebt hat, wurde durch Aconitin ins Jenseits befördert«, flüsterte sie, als erzählte sie Kindern eine Gruselgeschichte. »Damals hat man die Wurzel g'trocknet und pulverisiert und damit Eifersuchtsdramen, Erbschaftsstreitigkeiten und Herrschaftsdispute zuverlässig zu einem Ende g'bracht.« Katharina Wunderfalls Augen leuchteten. »Zwar stand auf dem Besitz des Giftes vom Blauen Eisenhut lange Zeit die Todesstrafe, aber so manche Kräuterhexe lebte dennoch recht gut davon. Ihre Dienste wurden zur damaligen Zeit häufig g'braucht und Giftmorde so gut wie gar net aufg'klärt. Kaiser Trajan verbot im Jahr 117 nach Christus den Anbau des Eisenhutes mit mehr oder weniger Erfolg. Bis vor gar net langer Zeit nutzten manche Frauen in unseren Breiten den Sud des Eisenhutes, um ihre Ehemänner loszuwerden, indem sie deren Bettwäsche und Pyjamas darin schwemmten. Die ungeliebten Ehemänner verfielen in ein langsames Siechtum und verstarben ohne allzu großes Aufsehen.«

»Wow!« Grünbrecht war sichtlich beeindruckt. »Können Sie uns den Eisenhut zeigen? Ich würde ihn mir gerne mal in natura anschauen.«

»Natürlich! Wenn Sie mir bitte folgen.« Katharina Wunderfall genoss offenkundig die Aufmerksamkeit der Kriminalbeamten. Beschwingt schritt sie vor ihnen hinaus ins Freie. »Wissen Sie, ich halt' auch Vorträge über die Pflanzenwelt in unserer Heimat. Ob Giftpflanze oder Heilgewächs, die Natur bietet so viel, aus dem wir lernen können. Es bedarf nicht immer gleich irgendwelcher Pillen von der Pharmaindustrie. Im Garten Gottes wächst für jedes Leiden das richtige Kraut.« Vor einer robusten Staude mit handförmigen, tief eingeschnittenen Blättern und traubenförmigen, helmartigen, blauvioletten Blüten blieb sie stehen. »Hier, das ist er: der Blaue Eisenhut. In manchen Epochen hat man ihm neben dem Witwenkraut auch die Namen Mönchskappe, Herrgottslatsche, Gifthut, Wolfswurz, Würgling, Apollonienkraut oder Ziegentod gegeben. Er hat eine lange Geschichte, unser Eisenhut, und genauso viele Benennungen.« Katharina Wunderfall war sichtlich stolz auf ihre gut gewachsene Pflanze, die ihre blauen Blüten dem Himmel entgegenstreckte.

Stern beugte sich nach vorn und untersuchte das Gewächs auf etwaige Pflückspuren. Ohne Erfolg. Auch die Erde bei den Wurzeln und der Knolle war unversehrt.

»Mein Exemplar ist vollständig«, sagte die Kräuterhexe, der aufgefallen war, wonach Stern Ausschau hielt.

»Das bedeutet nicht viel«, warf Grünbrecht ein. »Ich bin mir sicher, dass Sie in Ihren unzähligen Säckchen und Döschen getrockneten Eisenhut vom Vorjahr haben. Oder den Jahren davor.«

Katharina Wunderfall wandte sich ab und ging in die Hütte zurück. Vor dem Regal aus Naturholz blieb sie stehen, zog eine der Metalldosen heraus und stellte sie auf den Tisch in der Mitte des Raumes. »Da, bitte schön.«

»Allzeit bereit, eingesetzt zu werden«, kommentierte Grünbrecht.

»Wo waren Sie vorgestern Abend?«, fragte Stern nach dem Alibi der Kräuterhexe.

»Zu Hause.«

»Kann das jemand bezeugen?«

»Ja, mein Mann.«

»Wir überprüfen das.« Stern gab Grünbrecht ein Zeichen, sich seine Anweisung zu notieren. »Halten Sie sich weiterhin zu unserer Verfügung.«

»Ist jetzt jeder verdächtig, der einen Blauen Eisenhut in seinem Garten hat? Dann können Sie gleich halb Bad Kreuzen festnehmen. Der Eisenhut ist nämlich eine beliebte Zierpflanze und …«

Draußen vor der Hütte knarzte der Kies.

»Erwarten Sie jemanden?«, fragte Stern.

»Zu mir kann man immer kommen. Meine Tür steht jedem offen«, antwortete Katharina Wunderfall pikiert. Dass sie in diesem Fall plötzlich als Verdächtige galt, schien ihr nicht zu gefallen.

Auf dem gekiesten Vorplatz entfernten sich Schritte. Stern und Grünbrecht traten hinaus ins Freie und sahen gerade noch, wie eine Person zwischen den Bäumen im Wald verschwand.

»Verdammt! Wer war das?«, fragte Stern die Kräuterhexe, als Grünbrecht bereits lossprintete.

»Ich weiß es nicht«, antwortete Wunderfall und verschränkte die Arme vor der Brust. Das ließ Stern erkennen, dass sie es ihm auch nicht sagen würde, wenn sie es wüsste. Also lief er Grünbrecht und der unbekannten Gestalt hinterher.

12. KAPITEL

Die Gruppeninspektoren Hermann Kolanski und Martin Heinze erreichten das Haus der Witwe Petrovsky und betätigten die Klingel, bei ihnen drei Kollegen von der Spurensicherung. Denen kam die Aufgabe zu, während Kolanski und Heinze mit Gloria Petrovsky redeten, Spuren des Blauen Eisenhutes entweder in den Essensresten oder in anderer Form zu finden.

Die Tür ging auf und Gloria Petrovsky stand in legerer, langärmeliger Kleidung vor ihnen. »Ja?« Neugierig musterte sie die Männer.

»Hermann Kolanski vom Landeskriminalamt Oberösterreich, das ist mein Kollege Gruppeninspektor Martin Heinze. Wir müssen noch einmal wegen dem Tod Ihres Mannes mit Ihnen reden«, trug Kolanski ihr Anliegen vor.

»Und was ist mit denen?« Gloria Petrovsky deutete auf die Männer in den weißen Overalls, die sich im Hintergrund hielten und darauf warteten, mit der Durchsuchung des Hauses beginnen zu können.

»Die Kollegen sind von der Spurensicherung. Wir hatten gehofft, dass wir uns im Haus umsehen dürfen, um Sie von unserer Täterliste zu streichen«, sagte Heinze. »Natürlich nur, wenn wir nichts finden.« Heinze lächelte versöhnlich, als hätte niemand etwas zu befürchten.

»Haben Sie einen Durchsuchungsbeschluss, oder wie das heißt?«

»Den haben wir, wenn nötig, in zwei Stunden.«

»Kommen Sie herein.« Gloria Petrovsky ging den Beamten voran ins Haus. »Bitte schön. Tun Sie, was Sie für nötig halten. Darf ich Ihnen einen Kaffee anbieten?«

»Gerne.« Die Männer bejahten der Reihe nach und verschwanden dann in alle Ecken des Gebäudes, ebenso in den Garten. Kolanski und Heinze folgten Gloria Petrovsky in die Küche. Sie durften die Witwe nicht aus den Augen lassen, damit sie keine etwaig vorhandenen Beweise vernichten konnte.

»Was hoffen Sie zu finden?«, fragte sie, während sie Wasser in den Tank der Kaffeemaschine füllte.

»Die Frage sollte wohl besser lauten, was wir hoffen, nicht zu finden«, drehte Kolanski den Spieß um. »Denn wenn wir hier irgendwo das Gift entdecken, mit dem Ihr Mann ermordet wurde, sieht es nicht gut für Sie aus.«

»Könnte er es nicht freiwillig g'nommen haben und es sich deshalb in unserem Haus befinden?«, fragte Petrovsky.

»Eher unwahrscheinlich«, erwiderte Kolanski.

Gloria Petrovsky drückte eine Taste und die Kaffeemaschine setzte sich in Betrieb. Nach dem Mahlen der Bohnen lief braune Brühe in zwei Tassen. Anschließend wiederholte Petrovsky den Vorgang zweimal, um die benötigte Anzahl an Kaffee servieren zu können.

»Erzählen Sie uns von Ihrem Mann«, forderte Heinze die Witwe auf, als sie zu dritt im Esszimmer Platz genommen hatten.

»Ich hab gestern schon alles Ihren Kollegen g'sagt, diesem Stern und der Polizistin. Mehr gibt es net zu berichten.« Gloria Petrovsky nahm einen Schluck aus ihrer Tasse.

»Wollen Sie gar nicht wissen, mit welchem Gift Ihr Mann getötet wurde?«, fragte Kolanski.

»Doch, natürlich. Welches war es denn?« Petrovsky sah die Beamten neugierig an.

»Der Blaue Eisenhut.«

»Den kenne ich«, gab Petrovsky zu, was Kolanski verwunderte. Viel eher hatte er damit gerechnet, dass sich die Dame unwissend stellen würde.

»Wächst er in Ihrem Garten?«

»Nein, in meinem net, aber in dem von der Katharina. Sie hat einen prächtigen Kräutergarten bei ihrer Verkaufshütte im Wald mit allem, was in unserer Gegend so gedeiht, darunter sind auch Giftpflanzen.« Petrovsky trank wieder Kaffee.

»Katharina Wunderfall?«, wollte sich Heinze vergewissern, ob es sich dabei um die Person handelte, bei der Stern und Grünbrecht gerade waren.

»Ja. Wir sind befreundet, deshalb weiß ich das mit den Pflanzen und dem Blauen Eisenhut. Aber so selten ist der gar net, der ist in vielen Gärten zu finden. Er ist ja schön anzuschauen.« Petrovsky stellte die Tasse zurück auf den Tisch.

Kolanski fand das etwas zu viel an Zufall. »Katharina Wunderfall ist Ihre Freundin? Weiß sie von den Misshandlungen durch Ihren Ehemann?« Kolanski deutete auf die halbbedeckten Arme der Frau. Die Ärmel waren während des Gespräches ein wenig hochgerutscht, sodass Blutergüsse zu sehen waren.

Gloria Petrovsky nickte und zog den dünnen Stoff herunter. »Ja, das tut sie. Und ich bin froh darüber. Mit wem hätt' ich sonst all die Jahre darüber reden sollen? Mit meiner Mutter? Das hab ich versucht, hat aber nichts gebracht. Meine Mutter hat die fixe Idee g'habt, dass, wenn ich mit dem Roland g'redet hätt', er einsichtig g'wesen wär' und mich in Ruh' g'lassen hätt'. Sie glaubt immer, dass man mit Reden alles lösen kann. Das ganze Leben besteht aus Missverständnissen, sagt sie. Ich hab es mal probiert und tatsächlich mit Roland darüber g'sprochen ...« Gloria Petrovsky stockte. Ihr Blick floh von einer Ecke des Raumes zur anderen, als liefe sie vor den Erinnerungen davon. »Daraufhin ist es noch schlimmer g'worden. Er hat mich beinahe todg'prügelt. Danach hat meine Mutter g'meint, dass ich den Roland verlassen soll. Sie hat net verstanden, dass ich das net tun hab können, weil ich dann nix mehr g'habt hätt'. Laut Ehevertrag hätt' ich keinen Cent g'kriegt. Die Katharina aber, die hat mich immer verstanden. Ihr kann ich alles erzählen. Sie ist eine echt gute Freundin!«

»Können Sie sich vorstellen, dass Ihre echt gute Freundin Ihren Mann vergiftet hat?«, hakte Kolanski nach.

»Die Katharina? Sie sind ja verrückt! Sie ist meine beste Freundin, das hab ich Ihnen doch gerade g'sagt!« Gloria Petrovsky starrte die Inspektoren entsetzt an. Diese Wende des Gespräches schien sie nicht erwartet zu haben.

»Eben«, schloss sich Heinze dem Kollegen an. »Beste Freundinnen tun so etwas füreinander, oder etwa nicht?«

»Sie begehen ganz sicher keinen Mord!«, fuhr Gloria ihn an.

»Vielleicht hatte sie es satt, Sie leiden zu sehen.«

»Das kann schon sein, ich hab es ja auch satt g'habt …« Gloria Petrovsky verstummte. Ihr schien etwas klar zu werden. »Brauchen wir einen Anwalt?«

»Wenn Sie nichts getan haben, nicht«, erwiderte Kolanski.

»Katharina ist ein guter Mensch, glauben Sie mir. Sie hat das net getan«, sagte Gloria Petrovsky mit Nachdruck. Vielleicht war sie selber nicht ganz sicher, ob ihre Freundin dahintersteckte.

Ein Beamter der Spurensicherung trat zur Tür herein und verkündete: »Wir sind fertig.« Dann griff er nach einer Tasse Kaffee und schlürfte das inzwischen erkaltete Getränk.

»Habt ihr etwas gefunden?«, fragte Kolanski.

»Nur den Müll mit Speiseresten, den nehmen wir mit ins Labor«, erwiderte der Spurensicherer und stellte die Tasse zurück auf den Tisch.

»Lassen Sie mich raten: Am Abend, als Ihr Mann starb, gab es einen Braten zum Essen«, richtete Kolanski das Wort an die Witwe.

»Ja«, antwortete Gloria Petrovsky erstaunt. »Woher wissen Sie das?«

»Wir haben den Mageninhalt Ihres Mannes untersucht«, erklärte der Gruppeninspektor. »Hatten Sie zum Nachtisch Torte oder Kuchen?«

»Nein, wir hatten gar keinen Nachtisch.«

Gloria Petrovsky hätte genügend Zeit gehabt, die Essensreste verschwinden zu lassen, dachte Kolanski. Doch sie hatte es nicht getan. Das sprach dafür, dass sie mit dem Mord nichts zu tun hatte.

Diese Katharina Wunderfall hingegen hatte nicht nur ein Motiv, sondern als »Kräuterhexe« auch das notwendige Wissen sowie die Möglichkeit, das Gift vom Blauen Eisenhut zu extrahieren und es dem Opfer zu verabreichen. Und dass die beiden Frauen beste Freundinnen waren, war ein weiteres Indiz, dass Katharina Wunderfall in diesem Mordfall die Finger im Spiel haben könnte. Er musste unbedingt mit Stern reden, bevor dieser und Grünbrecht von dort wegfuhren. Die Kollegen mussten auf alle Fälle Kenntnis von der Verbindung der Frauen haben, um die Situation besser einschätzen zu können.

»Danke, Frau Petrovsky. Wir melden uns«, beendete Kolanski die Hausdurchsuchung. Die Inspektoren erhoben sich und ließen eine ratlos wirkende Frau zurück, die die Möglichkeit, dass ihre beste Freundin etwas mit dem Tod ihres Mannes zu tun haben könnte, anscheinend erst verarbeiten musste.

Draußen auf der Straße fragte Heinze: »Was meinst du, war sie es?«

»Das kann ich dir leider nicht sagen«, erwiderte Kolanski. »Zumindest noch nicht.« Auch wenn er selbst nicht daran glauben wollte, dass diese misshandelte Frau etwas mit dem Tod ihres Peinigers zu tun hatte, bestand dennoch die Möglichkeit, dass hinter der Fassade der zierlichen Frau eine Mörderin steckte.

»Was sagen dir deine Erfahrung und deine Menschenkenntnis?«, bohrte Heinze nach.

»Dass wir weiterhin Beweise sammeln müssen«, antwortete Kolanski und seufzte. Es war bereits wieder heiß und eine schnelle Lösung des Falls nicht in Sicht. »Ich rufe Stern an und informiere ihn über das, was wir eben erfahren haben. Er und Grünbrecht sollen dieser Kräuterhexe mal ordentlich auf den Zahn fühlen.«

13. KAPITEL

Sterns Handy läutete, aber er konnte nicht rangehen, weil er gerade hinter Grünbrecht und der flüchtenden Person den Hang hinunterlief, dabei mit seinen Kalbslederschuhen auf dem matschigen Waldboden ausrutschte und hart auf dem Gesäß landete.

»Ah!«, schrie er. Dann rappelte er sich hoch und stolperte weiter, sah, wie Grünbrecht die davoneilende Gestalt beinahe eingeholt hatte. Im selben Augenblick spürte er einen stechenden Schmerz in seiner rechten Seite.

Das fehlte ihm gerade noch!

Er bemühte sich, kurz einzuatmen und anschließend die verbrauchte Luft vollständig aus seiner Lunge zu pumpen. Der Schmerz ließ langsam nach.

Aber auch die flüchtende Person wurde langsamer. Anscheinend ging ihr ebenfalls die Puste aus. Das war gut, dachte Stern und rutschte zur Seite gedreht und sich an Baumstämmen und Farnen festhaltend den Hang hinunter. Dabei gab er bestimmt keine gute Figur ab. Als er sich einmal zu lange wo festklammerte, fiel er hin, schlitterte jedoch weiter.

In dem Moment, als Grünbrecht die Gestalt erreichte und am Arm packte, schob er sein eigenes körperliches Versagen auf sein Alter. Grünbrecht stand in der Mitte ihrer Blütezeit, Stern hingegen trennten nur noch wenige Jahre von seiner Pensionierung. Daran mochte er gar nicht denken. Er liebte seine Arbeit bei der Kriminalpolizei. Als er jedoch erkannte, dass es sich bei dem Dingfestgemachten um Karl handelte, der mindestens 15 Jahre älter war als er selbst und ihn trotzdem locker abgehängt hatte, wäre er lieber gleich heute in den Ruhestand gegangen, so alt fühlte er sich plötzlich. Nachdem er das Ende des Hanges erreicht hatte, stemmte er sich hoch und klopfte die Blätter und den Schmutz von Händen und Hose.

Grünbrecht und der Landwirt kamen indessen auf ihn zu.

»Karl! Wieso laufen Sie vor uns davon?«, keuchte er ihnen entgegen.

Die Gruppeninspektorin legte dem Mann Handschellen an. Für sein Alter war der Landwirt ganz schön fit, beinahe wie ein übermütiges Kalb. Stern hingegen fühlte sich in dem Gelände wie eine altersschwache Kuh – in seinem Fall wohl eher wie ein lahmer Bulle.

»Damit Sie mich net festnehmen«, sagte Karl unglücklich, da genau das gerade passiert war.

»Wenn Sie nicht davongelaufen wären, hätten wir das auch nicht getan. Also, warum sind Sie vor uns davongerannt?«, versuchte Stern noch immer, die Ursache der Flucht zu erfahren.

»Weil ich g'lauscht hab«, offenbarte ihnen der alte Mann.

»Jemanden zu belauschen ist keine Straftat«, erwiderte Grünbrecht.

»Dann können S' mich ja losmachen.« Karl streckte der Gruppeninspektorin seine in Handschellen steckenden Hände hin.

Grünbrecht warf ihrem Chef einen fragenden Blick zu, der daraufhin nickte. Sie holte einen Schlüssel aus der Tasche und sperrte die Handschellen auf. Karl rieb sich die Handgelenke, als hätte sich das Eisen ewig darum befunden.

»So, jetzt erzählen Sie uns mal, was Sie bei der Hütte von der Frau Wunderfall gewollt haben«, sagte Stern energisch, um den Mann zum Reden zu bewegen.

»Was? Ich erzähl Ihnen doch net *hier* was! Da hab'n wir ja gar nix zu trinken. Auf den Schreck könnt' ich schon ein kühles Bier vertragen«, beschwerte sich Karl und deutete um sich, wo nichts war außer Baumstämme und Granitfelsen.

»Dafür ist es eh noch zu früh«, warf Grünbrecht ein.

»Für mich net! Für eine Halbe kann es gar net früh genug sein, sonst halt' ich das Ganze net aus. Und bei der Hitze muss man ohnehin viel Flüssigkeit zu sich nehmen.«

Stern erinnerte sich, dass der Landwirt bei ihrer ersten Begegnung erwähnt hatte, dass er auf seinem eigenen Hof nicht mehr erwünscht sei, was mit seinem Sohn zu tun habe, der den Betrieb übernommen hatte. Also wollte er nicht so hart zu dem Mann sein.

»Wo kann man in der Nähe denn etwas Anständiges trinken?«, fragte er. Auch weil er selber durstig war. Das Rauf- und Runterrennen hatte seine Kehle trocken werden lassen.

»Oben im Wirtshaus oder auf der Speck-Alm«, sagte der Alte über den Sinneswandel der Kriminalbeamten sichtlich erfreut.

»Ich latsche da gewiss kein zweites Mal rauf«, brummte

Stern, was die Mundwinkel des Landwirtes wieder nach unten sinken ließ. »Wir gehen runter ins Tal, dort steht unser Wagen. Damit fahren wir, wohin Sie wollen. Aber wenn Sie dann immer noch nicht reden, geht's ab auf die Dienststelle nach Linz! In Handschellen, das verspreche ich Ihnen!«

Der Landwirt lächelte und seine Augen strahlten. Die Aussicht, in Gesellschaft ein Bier zu trinken, gefiel ihm offenkundig.

Beim Abstieg durch die Wolfsschlucht fiel Stern ein, dass zuvor jemand versucht hatte, ihn anzurufen. Er wollte nach dem Smartphone greifen, doch es steckte nicht mehr in seiner Tasche.

»Mist! Mein Handy ist weg. Es ist mir wahrscheinlich herausgefallen, als ich ausgerutscht bin.« Stern blickte die Schlucht hinauf und wusste, dass er nun doch noch einmal dort hochklettern musste. Im Stillen verfluchte er alles und jeden, am meisten seine fehlende Lust, etwas für seine Fitness zu tun.

»Ich ruf dich an, dann hören wir es klingeln«, meinte Grünbrecht, der ein neuerlicher Aufstieg nichts auszumachen schien.

»Meine Ohren funktionieren ausgezeichnet«, ließ Karl sie grinsend wissen.

Stern vermochte nicht zu sagen, ob der Landwirt ihn verhöhnte oder die Suche nach dem Handy für eine gelungene Abwechslung in seinem Leben hielt. »Also los«, forderte er den alten Mann mit einer Geste auf, dass er vorausgehen möge, damit er ein Auge auf ihn werfen und der Landwirt nicht abhauen konnte.

Der kleine Trupp setzte sich in Bewegung und blieb

stehen, als irgendwo an einem Abhang ein leises Geräusch zu vernehmen war.

»Ich höre etwas!«, rief der Alte und eilte in die Richtung, aus der die Melodie kam.

»Das ist mein Handy.« Stern erkannte den Klingelton. Sein Enkel Tobias hatte ihm vor einem Jahr einen Rockklassiker heruntergeladen. Seither ertönte dieses Lied jedes Mal, wenn ihn jemand anrief.

Karl erklomm den Hang abseits des Pfades so flink wie ein Wiesel, dass die Kriminalbeamten Mühe hatten, ihm zu folgen. Sogar Grünbrecht konnte nicht mit ihm Schritt halten. Als er das aufsteigende Gelände etwa zur Hälfte hochgeklettert war, rief er: »Ich hab's!«, bückte sich und hielt Sterns Smartphone wie eine Trophäe in der Hand. Strahlend kehrte er damit zurück und überreichte es dem Chefinspektor mit erkennbarer Freude.

»Danke.« Stern wischte den Dreck vom Display, es war Gott sei Dank unversehrt.

»Und? Was machen wir jetzt?« Karl genoss sichtlich die Gegenwart der Inspektoren. Für ihn schien alles nur ein Spiel zu sein, gewann Stern den Eindruck. Jedenfalls steckte der Mann trotz fortgeschrittenen Alters noch immer voller Tatendrang, da konnte sich so manch Jüngerer eine Scheibe abschneiden.

»Ich prüfe mal meine Anrufe«, brummte der Chefinspektor. Unter unzähligen Kontaktversuchen von Grünbrecht, damit sie das Handy im Wald hatten orten können, befanden sich in der Liste auch zwei von Kolanski. Umgehend rief er den Kollegen zurück.

»Gut, dass du dich meldest, Chef«, sagte Kolanski anstatt eines Grußes.

»Was gibt es denn?«, wollte Stern wissen.

»Ihr seid doch gerade bei der Katharina Wunderfall, dieser Kräuterhexe, oder?«

»Nicht mehr.«

»Das ist nicht gut«, drang Kolanskis Stimme aus dem Lautsprecher.

»Weshalb?«

»Die Dame handelt nicht nur mit Kräutern und Tinkturen jeglicher Art und kennt sich mit giftigen Pflanzen aus, sie ist ebenso die beste Freundin von Gloria Petrovsky und hat über die Misshandlungen durch deren Ehemann genau Bescheid gewusst. Ich würde sagen, damit hat sie ein Motiv für den Mord«, teilte Kolanski dem Chefinspektor seine Überlegungen mit.

»Wir haben sie bereits nach ihrem Alibi gefragt. Sie hat gesagt, dass sie vorgestern Abend zu Hause gewesen ist und ihr Mann das bezeugen kann«, erzählte Stern.

»Wir prüfen das nach«, sagte Kolanski.

»Habt ihr im Haus der Petrovsky etwas gefunden, was uns weiterhilft?«, wollte der Chefinspektor wissen.

»Die Spurensicherung hat den Hausmüll mitsamt den Essensresten mitgenommen. Sonst war da nichts, was verdächtig gewesen wäre. Außer dass ich das Gefühl hatte, dass Gloria Petrovsky es ebenso für möglich hält, dass Katharina Wunderfall ihren Mann vergiftet haben könnte.«

»Tatsächlich?« Das war ein starkes Indiz: Wenn eine nahestehende Person jemanden verdächtigte, einen Mord begangen zu haben. Zumindest war es ein Grund, noch einmal da raufzulatschen.

»Ja, es ist aber nur ein Gefühl, Chef. Einen Beweis dafür hab ich nicht«, betonte Kolanski, da er wusste, dass Stern auf Fakten bestand und mit Intuition als Handlungsbasis so seine Probleme hatte.

»Okay, wir besuchen die Dame noch einmal, und ihr überprüft währenddessen ihr Alibi«, entschied Stern. »Sollte sich herausstellen, dass Wunderfalls Ehemann es nicht bestätigt, sind wir schon vor Ort und können sie verhaften.« Daraufhin beendete er das Telefonat.

»Noch mal da hoch?«, fragte Karl, der natürlich alles mitbekommen hatte.

Stern überlegte, ob es nicht einfacher wäre, zum Auto abzusteigen und dann die Zufahrtstraße, die sie oben bei der Hütte gesehen hatten, zu suchen. Doch dieser Umweg dauerte bestimmt länger. »Ja, es geht noch mal rauf«, sagte er schweren Herzens. »Und Sie erzählen uns derweilen, was Sie bei der Hütte der Wunderfall vorhin gewollt haben.«

»Während wir gehen?«, fragte Karl enttäuscht.

»Ja, während wir da raufgehen«, wiederholte Stern eindringlich.

»Und was ist mit dem Bier?« Karl rührte sich nicht von der Stelle.

Stern seufzte. »Das gibt es später.«

Karl lächelte wieder. »Ja, das ist nämlich so«, begann er zu berichten und schritt los. »Eigentlich hab ich nur g'sehen, wie ihr die Schlucht heraufg'kraxelt seid, da bin ich halt neugierig g'worden. Ich hab mir schon g'dacht, dass ihr zu der Kräuterhexe woll'n habts, und bin nachschauen g'gangen. Ihr müsst wissen, dass ich die Hex' net mag, und das ist noch untertrieben!«

Stern und Grünbrecht warfen einander Blicke zu.

»Die Heidi, das war meine Frau, die ist vor vier Jahren g'storben. Darmkrebs hat sie g'habt, und zur Kräuterhex' ist sie g'gangen. Sie hat an all das glauben wollen, was ihr die g'sagt hat. Dass ihr das Gebräu hilft, was die Hex' da z'sammeng'mischt hat mit all dem grauslichen Zeug, das sie da reintut. Spinnenfüße und Hasenaugen, so ein Klumpert! Es hätt' den Krebs besiegen sollen, aber dem ist net so g'wesen. G'storben ist sie, die Heidi, jämmerlich ist sie krepiert.« Die Fröhlichkeit war dem Karl aus dem Gesicht gewichen und hatte einer tiefen Traurigkeit Platz gemacht.

»Hat Ihre Frau denn keine Chemotherapie bekommen?«, fragte Grünbrecht nach.

»Doch, schon. Aber g'holfen hat das chemische Zeug halt net.«

»Dann können Sie die Schuld am Tod Ihrer Frau doch nicht der Katharina Wunderfall anlasten, wenn die Schulmedizin ebenso versagt hat«, wies Grünbrecht den alten Mann auf diese unterschiedliche Beurteilung hin. »Anders wäre es, wenn Ihre Frau allein den Versprechungen der Wunderfall geglaubt und eine schulmedizinische Behandlung deshalb verweigert hätte. Und das scheint ja nicht der Fall gewesen zu sein.«

Stern beteiligte sich nicht an dem Gespräch, da er damit ausgelastet war, mit den beiden Schritt zu halten. Er schnaubte wie eine alte Dampflokomotive den Berg hinauf.

»Das ist was anderes. Die hab'n ihr net die Hoffnung in den Kopf g'setzt, dass sie die Krankheit besiegen könnt'. Die hab'n ihr g'sagt, wie es um sie bestellt war. Net gut, haben's g'sagt. Weil der Krebs net nur im Darm, sondern schon überall im Körper g'wesen ist. Aber die Kräuterhex' hat ihr diese Flausen in den Kopf g'setzt, was sie net alles für sie tun könnt' und was für ein Kräuterl net gleich welche Wunder bewirken würd'. Das einzige Wunder hat sich in dem Geldbörserl der Wunderfall abg'spielt, weil's meiner Frau das ganze Geld aus der Taschen g'zogen hat«, erwiderte Karl aufgebracht.

»Und sonst gibt es keinen Grund, warum Sie uns zu Katharina Wunderfall gefolgt sind?«, keuchte Stern von hinten dazwischen.

»Nein, sonst nix. Ich schwör's!« Karl hob abwehrend die Hände, als könnte diese Geste seine Unschuld beweisen. »Ich hab net mehr viel zu tun, seit ich den Hof übergeb'n hab. Da ist mir halt manchmal fad, und dann kommt's ihr daher mit so einem Mord, das ist schon aufregend, wisst's? Das bringt ein bisserl Pfeffer in meinen Alltag.« Karl zeigte wieder sein Lausbubengesicht.

»Ja, das verstehen wir natürlich«, erwiderte Grünbrecht und lachte.

Stern sah ihr an, dass sie Mitleid mit dem Landwirt hatte. Ihm selbst ging es da nicht anders. Er mochte den alten Mann, auch wenn er ein paar schrullige Eigenschaften an den Tag legte.

Endlich erreichten sie die Hütte der Kräuterhexe, von der sie vor einer halben Stunde so abrupt aufgebrochen waren, um Karl einzufangen. Nun standen sie zu dritt davor und klopften. Die Tür war versperrt.

»Sie ist nicht da«, schlussfolgerte Stern.

»Die Hex' ist ausg'flogen«, kicherte Karl.

»Ich seh mal im Garten nach«, sagte Grünbrecht und umrundete das Gebäude. Doch auch dort war von Katharina Wunderfall nichts zu sehen, ebenso war der weiße Lieferwagen weg.

»Die hat sich mit ihrem Hexenbesen aus dem Staub g'macht«, meinte Karl und machte sich zum Gehen bereit. »Aber das passt ja eh, so haben wir wenigstens Zeit für ein kühles Bier, gell? Auf geht's ins Wirtshaus!«

Grünbrecht warf Stern einen amüsierten Blick zu und zuckte mit den Schultern. Das bedeutete, dass Stern dem Landwirt klarmachen sollte, dass sie nicht mitkommen würden. Immerhin hatten sie seine Geschichte schon gehört und mussten außerdem eine Verdächtige aufspüren.

»Äh ... ja, auf ins Wirtshaus«, sagte Stern zu Grünbrechts Überraschung.

»Ist das dein Ernst?« Grünbrecht wollte es nicht glauben.

»Es ist bald Mittag und wir müssen schließlich auch mal etwas essen«, erwiderte Stern und ging dem alten Mann hinterher.

14. KAPITEL

Nach einer würzigen Brettljause auf der Speck-Alm und jede Menge Klatsch und Tratsch über die Bad Kreuzener Bevölkerung setzten Stern und Grünbrecht den Altbauer Karl bei sich zu Hause ab. Mit viel weniger Elan als noch in der Wolfsschlucht – und ebenso in der Mostschenke – schlurfte Karl zum Tor des Hofes hinein und damit aus dem Blickfeld der Inspektoren.

»Ein bisschen tut er mir ja leid«, sagte Grünbrecht, als sie losfuhren.

»So wie ihm geht es vielen«, erwiderte Stern, der wie seine Kollegin um die Generationskonflikte in manchen Familien bestens Bescheid wusste. Hin und wieder waren sie schon zu einem Mordfall gerufen worden, der in jahrelangen Streitereien zwischen Jung und Alt begründet gelegen hatte. Die Betroffenen hatten schließlich keinen anderen Ausweg mehr gesehen, als den im Haus lebenden Tyrannen aus dem Weg zu räumen oder die ständig aufbrodelnden Konflikte mit einer Gewalttat zu ersticken. Stern war froh, dass er und seine Tochter ein so gutes Verhältnis hatten, und nahm sich vor, sie baldigst anzurufen. Am besten noch heute.

»Ich weiß«, antwortete Grünbrecht nachdenklich. Sie stammte selber aus keiner heilen Familie. Und seit Edwin Mirscher nicht mehr unter ihnen weilte, war sie nach ihren Aussagen gänzlich allein, hatte nur noch Freunde.

Damit sie jetzt nicht trübsinnig wurde, wechselte Stern rasch das Thema. »Ruf Kolanski an und frag ihn, ob er und Heinze uns schon etwas zum Alibi von der Wunderfall sagen können.«

»Mach ich.« Grünbrecht wählte die Nummer des Kollegen, während Stern den Audi Richtung Ortszentrum steuerte. Dann schaltete sie das Handy auf Lautsprecher.

»Grüß dich, Mara«, hörten sie Kolanskis Stimme.

»Grüß dich, Hermann, ich hab dich auf laut gestellt«, informierte Grünbrecht den Gruppeninspektor. »Habt ihr das Alibi der Kräuterhexe inzwischen überprüft?«

»Ja, haben wir, aber leider hat sie keines«, erklärte Kolanski ihnen. »Ihr Mann sagt, dass er nicht schwören könne, dass sie die ganze Zeit über zu Hause gewesen sei. Er hat sich nämlich im Keller aufgehalten und irgendetwas an der Heizung herumgeschraubt, weil die Warmwasseraufbereitung nicht funktioniert hat. Und da hat er nicht mitbekommen, ob seine Frau da gewesen ist oder nicht. Die Reparatur soll mehrere Stunden gedauert haben.«

»Na prima«, entfuhr es Stern. »Somit ist die Wunderfall unsere Hauptverdächtige. Ist sie zu Hause?«

»Nein, ich dachte, ihr habt sie …«

»Sie ist uns leider entwischt. Wir waren ja schon von der Hütte weg, als wir beide miteinander telefoniert haben. Und als wir zurück sind, war sie nicht mehr da«, erwiderte Stern. »Lasst ihr Handy orten! Und wenn ihr was habt, ruft uns an!«

»Machen wir. Pfiat euch!«

Grünbrecht beendete die Verbindung und fragte: »Und was tun wir inzwischen?«

Stern, dem das Hemd vom vielen Rauf- und Runtergehen in der Wolfsschlucht bereits am Körper klebte, liebäugelte mit einer Abkühlung. Und da sie ohnehin auf die Handypeilung warten mussten und gerade schon eingekehrt waren, kam dafür eigentlich nur Kneippen im kühlen Wasser der Schlucht infrage, von dem Weber so geschwärmt hatte. Er teilte seine Überlegungen diesbezüglich Grünbrecht mit.

»Wenn Weber das rausfindet, bist du am Arsch! Schließlich hast du ihm klargemacht, dass Kneippen während einer Mordermittlung keine Option ist.« Grünbrecht war entrüstet und benutzte deshalb Wörter, die ansonsten nicht in ihrem Wortschatz Verwendung fanden.

Stern brummte. Seine Kollegin hatte natürlich recht. »Wie lange kann so eine Handyortung dauern?«, fragte er und sah sich nach einer Haltemöglichkeit am Straßenrand um.

»Heutzutage keine …«

Das Klingeln von Sterns Smartphone unterbrach die Gruppeninspektorin. Automatisch schaltete sich die Freisprecheinrichtung vom Audi an, und der Chefinspektor drückte auf das grüne Hörersymbol am Bildschirm. »Ja, Kolanski?«

»Chef, die Peilung hat ergeben, dass sich Katharina Wunderfalls Handy bei der Adresse von Gloria Petrovsky befindet«, drang Kolanskis Stimme aus den Lautsprechern.

»Gut. Wir fahren hin!«

*

Stern hielt den Wagen direkt vor dem Haus der frisch gebackenen Witwe. Die Kriminalbeamten stiegen aus und Stern betätigte die Zentralverriegelung. Von irgendwoher drang Gelächter.

»Das kommt aus dem Garten«, lokalisierte Grünbrecht die Quelle der Fröhlichkeit.

Die Inspektoren nahmen einen schmalen gepflasterten Weg gleich neben der Hausmauer, der in den rückwärtigen Bereich des Grundstückes führte. Zuerst rückte ein Pool ins Sichtfeld, dann in Bikinis und Badeanzüge gekleidete Frauen, die sich auf Liegen räkelten, unterhielten und Sekt oder Champagner tranken.

»Grüß Gott, die Damen!«, rief Stern von Weitem in die gut gelaunte Runde. Die Frauen verstummten, aber nur für einen Augenblick, dann wurden das Gerede und Lachen erneut laut.

»Herr Chefinspektor! Was für eine Freude!« Silvia Burgstaller erhob sich aus ihrem Liegestuhl und kam mit einer Sektflasche in der einen Hand und einem Glas in der anderen auf Stern zu. Indessen kicherten die auf den Liegen verbliebenen Damen unbekümmert weiter. Unter ihnen machte Stern Katharina Wunderfall sowie Gloria Petrovsky aus. Eine dritte Frau in blauem Badegewand hatten Grünbrecht und er bislang nicht kennengelernt.

»Frau Burgstaller!«, erwiderte er im selben überschwänglichen Tonfall. »Feiern Sie noch immer den Tod Ihres Schwiegersohnes?« Dass die Frage provokant war, wusste er.

»Wir sind gerade dabei, das Begräbnis vorzubereiten, und bei dieser Hitze ist es am besten, man macht das am Pool oder gleich im Wasser. Finden Sie net auch?«

Demonstrativ gelassen nahm Burgstaller einen Schluck aus ihrem Schampusglas.

»Wie es jeder halten möchte«, antwortete Stern.

»Wollen Sie ein Glas Sekt?« Silvia Burgstaller lächelte die Inspektoren an. Es war unschwer zu erkennen, dass sie bereits einiges von dem prickelnden Getränk intus hatte.

»Nein danke. Aber ein Glas Wasser wäre nett«, erwiderte Stern.

Silvia Burgstaller tänzelte in Richtung Haus und verschwand darin. Inzwischen erhob sich Gloria Petrovsky von ihrer Liege, schlüpfte in einen dünnen Bademantel und trat zu den Beamten.

»Was kann ich dieses Mal für Sie tun?«, fragte sie, den Kopf erhoben und das Kinn gereckt. »Den Hausmüll haben Ihre Kollegen bercits mitgenommen, mehr hab ich leider net. Und ich hab auch keine Idee, was ich Ihnen sonst noch anbieten könnt', das für die Aufklärung von Rolands Tod hilfreich wär'.« Mit der rechten Hand hielt sie den Bademantel vor der Brust fest, dennoch konnten die Kriminalbeamten die blauen Flecken sehen, die ihren Körper wie ein zufälliges Muster überzogen. Als Gloria die Blicke bemerkte, raffte sie den Bademantel enger zusammen und ihr überhebliches Getue löste sich in Nichts auf. Jetzt stand wieder die verprügelte Ehefrau vor den Kriminalbeamten.

»Wir müssen mit Ihrer Freundin sprechen«, erklärte Stern, warum sie hier waren.

»Mit Katharina?«

Stern nickte.

»Sie hat uns erzählt, dass Sie gerade bei ihr g'wesen sind«, zeigte sich Petrovsky verwundert.

»Inzwischen hat sich etwas Neues ergeben«, erwiderte Grünbrecht. Sie hatte sich bislang im Hintergrund gehalten und das Schauspiel beobachtet, das die Damen abzogen.

Ein Lied summend kehrte Silvia Burgstaller mit zwei Gläsern Wasser zurück. Eines reichte sie Stern, das andere Grünbrecht. Stern leerte seines in einem Zug und wusste im selben Augenblick, dass er spätestens in fünf Minuten die Flüssigkeit wieder ausschwitzen würde. Silvia Burgstaller sah ihm dabei zu und lächelte.

»Wer ist die andere Dame?«, wollte er von der Witwe wissen und deutete mit dem Kopf in Richtung der Frau im blauen Bikini.

»Meine Schwester Evelyn«, antwortete Gloria Petrovsky mit keiner Silbe zu viel.

»Setzen wir uns doch in den Schatten. In der prallen Sonne hält das ja keiner aus«, sagte Silvia Burgstaller. »Außer Sie gehen mit uns baden, Herr Chefinspektor. Sie brauchen auch gar keine Badehose anziehen.« Die Schwiegermutter des Toten wandte sich mit einem schelmischen Funkeln in den Augen ab und ging kichernd wie ein Schulmädchen voraus zur Terrasse. Die lag durch die ausladende Krone eines alten Nussbaumes um diese Tageszeit bereits im Schatten.

Stern überging die Bemerkung und folgte ihr. In Stühlen aus anthrazitfarbenem Geflecht ließen sie sich nieder.

»Katharina! Evelyn! Kommt zu uns rüber!« Gloria Petrovsky winkte den Frauen in den Liegestühlen zu, die sich daraufhin erhoben und zu ihnen in den Schatten gesellten. Stühle wurden dazugestellt und Sektgläser aufgefüllt. Ein Außenstehender könnte meinen, dass es sich hierbei um ein Kaffeekränzchen handelte, ein gemütliches Zusammenkommen unter Freunden. Doch dem war nicht so.

»Entschuldigen Sie, wir würden gerne mit Frau Wunderfall alleine reden«, versuchte Stern, etwas Ordnung in die illustre Runde zu bringen.

»Wir haben keine Geheimnisse voreinander«, erwiderte Silvia Burgstaller. »Katharina wird es uns anschließend ohnehin erzählen, also können Sie auch gleich offen vor uns allen sprechen.«

»In Ordnung«, sagte Grünbrecht schärfer als wahrscheinlich notwendig. »Frau Wunderfall, Ihr Ehemann hat Ihr Alibi nicht bestätigt.«

»Hat er nicht?«, wiederholte die Angesprochene überrascht.

»Nein«, bekräftigte Stern.

»So ein Trottel!«, schimpfte Silvia Burgstaller. »Was ist denn in den g'fahren?«

»Ich ruf ihn gleich an! Das soll er mir selber erklären.« Katharina Wunderfall war sichtlich aufgebracht und erhob sich abrupt vom Tisch. Wahrscheinlich wollte sie ihr Handy holen gehen.

»Setzen Sie sich!«, befahl ihr Stern, da er es nicht ausstehen konnte, wenn Leute während einer Befragung davonliefen.

»Was denn noch?«, fuhr Wunderfall ihn an, blieb aber stehen. Ihre Wut galt nicht dem Chefinspektor, sondern ihrem Ehemann, das wusste er.

»Setzen Sie sich, ich möchte mit Ihnen reden«, wiederholte Stern. »Anschließend können Sie Ihren Mann immer noch zur Schnecke machen.«

Mit deutlichem Unbehagen kam Wunderfall Sterns Geheiß nach. Nun war die Stimmung am Tisch nicht mehr ganz so ausgelassen wie vorhin. Die Damen schienen abzuwarten, wie sich die Situation entwickeln würde.

»Frau Wunderfall, Ihr Mann behauptet, dass er nicht sagen könne, ob Sie den vorgestrigen Abend zu Hause verbracht haben oder nicht, da er die ganze Zeit über im Keller gewesen sei und irgendetwas an der Heizung repariert habe«, erläuterte Stern, warum Wunderfalls Alibi keines mehr war.

»Ja, das stimmt. Er hat tatsächlich etwas repariert«, gab sie zu. »Und ich war wirklich zu Hause. Er muss doch mitbekommen haben, dass ich da g'wesen bin! Wie kann er das nicht bemerkt haben?« Katharina Wunderfall sah hilfesuchend ihre Freundinnen an.

»Nach seinen Angaben hat er das nicht«, erwiderte Grünbrecht.

»Und Sie glauben ihm?« Wunderfalls Stimme war schrill.

»Wir haben keinen Grund zu denken, dass er uns anlügt«, erwiderte Stern.

»So ein Mistkerl!«, schimpfte Silvia Burgstaller. Die anderen Damen schlossen sich ihr an und empörten sich über den mutmaßlichen Verräter.

»Wartet, Mädels«, versuchte Katharina Wunderfall, sie zu beruhigen. »Lasst mich zuerst mit ihm reden, bevor ihr …« Wunderfall verstummte.

»Bevor ihr was?«, hakte Stern nach.

»Äh … nichts. Nur so eine Frauenschelte, Sie wissen schon.« Die Kräuterhexe schenkte dem Chefinspektor ein besonders breites Lächeln.

»Nein, das weiß ich nicht«, erwiderte Stern ungehalten und warf einen Blick in lauter unschuldig dreinblickende Gesichter. »Okay, was immer hier vorgeht, ich hoffe für Sie, dass Sie damit kein Gesetz übertreten. Und sollte ich herausfinden, dass eine von Ihnen etwas mit Roland Petrovskys Tod zu tun hat, oder sollte Ihrem Mann, Frau Wunderfall, etwas zustoßen, ich schwöre Ihnen, dann werde ich echt ungemütlich.«

»Das können Sie doch gar net«, schmeichelte ihm Silvia Burgstaller, was Stern ein wenig besänftigte und Grünbrecht die Augen rollen ließ.

»So, jetzt mal im Klartext«, fuhr die Gruppeninspektorin dazwischen. »Sie, Frau Wunderfall, haben kein Alibi, aber die notwendigen Fachkenntnisse, und sind somit unsere Hauptverdächtige. Und Sie, Frau Burgstaller …«

»Ja?« Sowohl Silvia als auch Evelyn fühlten sich angesprochen.

Grünbrecht deutete auf die Mutter. »Sie! Sie hatten ein glasklares Motiv, Ihren Schwiegersohn zu töten. Er hat Ihre Tochter über Jahre hinweg misshandelt und vergewaltigt. Ich weiß nicht, was ich an Ihrer Stelle getan hätte, aber ich verstehe, dass Sie ihm keine Träne nachweinen. Und es kann niemand Ihr Alibi bestätigen, dass Sie zu Hause gewesen sind. Reicht das?«

»Was ist mit mir?«, fragte Evelyn Burgstaller aufgeregt, als wollte sie unbedingt als Nächste beschuldigt werden.

»Zu Ihnen komme ich noch«, erwiderte Grünbrecht. »Da Sie neu im Spiel sind, wir Sie nicht kennen und keine Informationen über Sie haben …«

»Die kann ich Ihnen sofort geben.« Evelyn setze sich aufrecht in ihren Korbstuhl, in der Hand hielt sie ein mittlerweile leeres Sektglas. »Also, ich bin Glorias jüngere Schwester, wir sind nur zwei Jahre auseinander. Im Gegensatz zu ihr hab ich nie g'heiratet, Gott sei Dank!« Sie richtete ihre Augen demonstrativ nach oben, aber die dichte Krone des Nussbaumes verhinderte einen Blick in den wolkenlosen Himmel, wo so manche Gläubige den Allmächtigen vermuteten. »Was dabei rauskommen kann, sehen Sie ja.« Nun lächelte sie und hielt ihrer Mutter das leere Glas hin. Die füllte es umgehend mit Sekt auf.

»Nicht alle Ehen sind so wie die Ihrer Schwester«, antwortete Grünbrecht spitz. Stern wusste, dass sie damit auf ihre Beziehung zu Edwin Mirscher anspielte, die zweifelsohne voller Liebe gewesen war. Dass sie dabei den Ring umfasste, den Mirscher ihr an den Finger gesteckt hatte und der seither an einer Kette um ihren Hals baumelte, bestätigte seine Vermutung.

»Wie wir wissen, arbeiten Sie in einer Apotheke. Was genau machen Sie da?«, fragte Stern.

»Was man in einer Apotheke halt so macht. Ich berate Kunden, welche Medikamente ihre Beschwerden lindern können, und helfe ihnen, die für sie passenden zu finden. Oder wenn sie mir ein Rezept von einem Arzt bringen, händige ich ihnen die entsprechenden Tabletten aus und sage ihnen, wann und wie lange sie sie einnehmen müssen«, erklärte Evelyn Burgstaller.

»Der Chefinspektor will wissen, ob du etwas von Giftpflanzen verstehst«, erläuterte Silvia Burgstaller, worauf dieses Gespräch hinauslief.

»Wenn man sich mit unserer Natur befasst, Herr Chefinspektor, dann kommt man an giftigen Pflanzen net vorbei.« Evelyn lächelte ihn an und nahm einen Schluck aus ihrem Glas.

»Das heißt, Sie kennen sich mit Pflanzengiften und deren Wirkung aus?«, hakte Grünbrecht nach.

»Natürlich! Jeder kennt sich damit aus.« Beinahe schien Evelyn beleidigt zu sein, dass die Inspektoren angenommen haben könnten, sie sei nicht vom Fach.

»Also ich nicht«, sagte Stern.

»Sie sind ja auch …« Evelyn Burgstaller verstummte.

»Ich bin was?«, hakte Stern nach.

»Ein Mann«, antwortete Silvia anstatt ihrer Tochter. »Sie wollte sagen, dass Sie ein Mann sind und natürlich net über Kräuter und Tinkturen Bescheid wissen. Das liegt net in Ihrer Natur.«

Stern war baff. Und er fühlte sich diskriminiert. Außerdem schwitzte er wie ein Schwein. Das Glas Wasser fiel ihm ein, und dass er es zur Gänze ausgetrunken hatte. Er schielte zu Grünbrecht hinüber. Deren Glas war noch randvoll. Dass sich alle Damen, die um den Tisch versammelt waren, mit Giftpflanzen auskannten – mit Ausnahme von Grünbrecht –, bekam plötzlich eine ganz andere Bedeutung für ihn. Und dass alle Sekt tranken und keiner Wasser, war noch so ein merkwürdiger Zufall. Für einen Augenblick wurde ihm schwindelig und er war froh, dass er bereits saß.

»Wo waren Sie vorgestern Abend?«, fragte Grünbrecht nach dem Alibi von Evelyn Burgstaller.

»Zu Hause. Wie ich schon g'sagt hab, ich bin net verheiratet und leb' alleine. Also kann das niemand bezeugen.«

Grünbrecht wandte sich der frisch gebackenen Witwe zu.

»Ich weiß, ich hab ein Motiv und kein Alibi. Und ich weine Roland keine Träne nach. Was wollen Sie jetzt tun? Uns alle festnehmen?« Gloria Petrovsky sah die Gruppeninspektorin herausfordernd an. Dabei beugte sie sich nach vorn und ließ zu, dass ihr Bademantel auseinanderrutschte und den Blick auf ihren zerschundenen Körper freigab. »Oder wollen Sie mit uns feiern, dass wir dieses Monster endlich losgeworden sind?«

»Weder noch«, antwortete Stern, der den Garten am liebsten fluchtartig verlassen hätte. Schweißperlen glänzten auf seiner Stirn und unter seinen Achseln entstand gerade ein Feuchtbiotop. Auf eine subtile Weise fühlte er sich von diesen Frauen bedroht. Aber es könnte alles auch ganz harmlos sein und seine Sinne spielten bloß verrückt …

»Wussten Sie, dass Roland versucht hat, meine beste Freundin zu vögeln?«, offenbarte Gloria ein weiteres Detail aus ihrer Ehe und erlangte damit die Aufmerksamkeit aller, vor allem die der Kriminalbeamten. Sie lehnte sich in dem Stuhl zurück und legte die Bademantelteile in ihrem Schoß wieder übereinander.

»Nein, das wussten wir nicht. Erzählen Sie uns davon«, forderte der Chefinspektor die Frauen auf.

»Er hat mir angeboten, mich zu vermarkten«, berichtete Katharina Wunderfall die unglaubliche Geschichte. »Er wollte einen Star aus mir machen, hat er g'sagt. Ich solle am Himmel leuchten wie einer seiner Sportler oder Politiker. Er wollte mich coachen, mich unter seine Fittiche nehmen. Dafür hätt' ich nur die Beine breitmachen müssen, hätt' aber nichts für seine Dienstleistung bezahlen brauchen.« Wunderfall sagte dies, als unterhielten sie sich über die Umweltverschmutzung in der Antarktis. Emotionslos und distanziert.

»Wie haben Sie reagiert?«, fragte Grünbrecht.

»Ich hab ihn zuerst mal reden lassen. Dann hab ich ihn ausg'lacht. Was hätt' ich Ihrer Meinung nach sonst tun sollen? Können Sie sich vorstellen, wie einer wie der Roland eine derartige Abfuhr verkraftet?«

»Gar net. Er ist nach Hause g'kommen und hat mich verprügelt«, war Gloria mit einer Antwort schneller. »Jedes Mal, wenn ihm die Katharina über den Weg g'laufen ist, musste ich das mit Schlägen büßen.«

»Es tut mir so leid!« Katharina Wunderfall beugte sich zu ihrer Freundin hinüber und tätschelte ihr Knie.

»Schon gut, du kannst ja nix dafür. Er war das Monster«, erwiderte Gloria und rang sich ein Lächeln ab.

»Haben Sie Ihrem Mann davon erzählt?« Diese Frage richtete Stern an die Kräuterhexe.

»Nein, der hat davon keine Ahnung.« Wunderfall schüttelte den Kopf.

»Sind Sie sicher?« Stern wollte es genau wissen, denn wenn doch, hatte Katharina Wunderfalls Ehemann ebenso ein Motiv, Roland Petrovsky aus dem Weg zu räumen.

»Ja, ich bin sicher. Und wenn er irgendwie anders davon erfahren hat, hat es ihn bestimmt net interessiert. Unsere Ehe existiert nur noch auf dem Papier. Sie sehen doch, dass er net einmal mitbekommt, ob ich da bin oder net. Hauptsache, er kann an irgendetwas rumschrauben, das net ich bin, dann ist er zufrieden. Manchmal denk' ich, er macht die Dinge absichtlich kaputt, damit er mir aus dem Weg gehen und sich im Keller verkriechen kann, um Ruhe vor mir zu haben.« Wunderfall blickte für einen Moment gequält drein.

»Dein Max ist halt ein Waschlappen!«, warf Silvia Burgstaller ein. »Mit einer starken Frau wie dir ist der völlig überfordert … Will noch jemand Sekt?«

Die Frauen hielten Silvia Burgstaller ihre leeren Sektflöten hin, und sie goss aus einer neuen Flasche großzügig ein, sodass manches Glas überschäumte.

»Er hat auch seine guten Seiten«, warf Katharina Wunderfall ein. »Wir sind halt schon so lange verheiratet, da ist das Feuer eben erloschen. Manchmal wünsch' ich mir, dass er mich mit irgendetwas überraschen tät'. Mit Blumen zum Beispiel oder mit einer Flasche Wein. Net mit einem kaputten Ding, das er herrichten muss.«

»Du hast wenigstens einen Mann«, sagte Evelyn. »Mutter und ich sind allein. Du weißt, was das bedeutet?«

»Dass ihr es euch selber machen müsst. Tja, das muss ich auch, obwohl ich verheiratet bin. Und das seit vielen Jahren«, erwiderte Wunderfall. »Ich kann mich gar net daran erinnern, wann wir das letzte Mal miteinander g'schlafen haben. Das muss Ewigkeiten her sein. Da unten ist wahrscheinlich schon alles …«

»So meine Damen, bevor die Gespräche noch intimer werden, wird es für uns Zeit, Sie zu verlassen.« Stern stand auf und wollte Richtung Straße gehen, verlor aber das Gleichgewicht und hielt sich an Silvia Burgstallers Schulter fest.

»Oh, Herr Chefinspektor«, flötete die falsche Blondine.

»Das … das tut mir leid«, stotterte Stern und zwängte sich zwischen Tisch und Korbsessel hindurch. Das flaue Gefühl machte sich erneut breit. Sein Kreislauf war nicht so stabil wie üblich, was ihn wunderte, denn ansonsten war er mit einer Rossnatur gesegnet. Das Glas Wasser fiel ihm wieder ein, und dass nur er als Einziger Wasser getrunken hatte. Ob ihm die Damen etwas hineingemischt hatten?

»Das braucht es net«, säuselte ihm Silvia Burgstaller hinterher. Die anderen Frauen lachten.

Grünbrecht schüttelte ob des Verhaltens ihres Chefs den Kopf und fragte, als sie beim Wagen anlangten: »Was war das denn eben?«

»Die Hitze macht mir zu schaffen«, erwiderte Stern. Er verschwieg den Gedanken an eine mögliche Vergiftung.

»Du hast voll mit der geflirtet«, warf Grünbrecht ihm vor.

»Quatsch! Hab ich nicht!«, wies Stern den Vorwurf zurück. »Wie kommst du darauf?«

»Das hätte sogar ein Blinder gesehen, Chef«, erwiderte Grünbrecht.

»So ein Blödsinn!«

»Diese Frauen haben es faustdick hinter den Ohren. Die möchte ich nicht zum Feind haben. Die sind wie die Hexen von Eastwick.«

»Sie haben auch eine Menge durchgemacht«, zeigte Stern durchaus Verständnis. »Zumindest diese Gloria.«

»Mir kam es vor, als würde sich die Runde auf die Walpurgisnacht vorbereiten.«

»Die Walpurgisnacht ist doch im Frühling«, glaubte Stern zu wissen. Sicher war er sich deswegen aber nicht.

»Wie es aussieht, haben die Hexen in Bad Kreuzen das ganze Jahr Saison.«

15. KAPITEL

Die Sonne brannte ungnädig vom Himmel. Es war später Nachmittag, das Thermometer hatte längst die 30°-Celsius-Marke durchbrochen. Der Asphalt flirrte und die Bewohner von Bad Kreuzen hatten sich in ihre Häuser zurückgezogen, um dort Schutz vor der Hitze zu suchen.

»Wie geht's jetzt weiter?«, fragte Grünbrecht ihren Chef.

»Wir durchleuchten die Damen auf Herz und Nieren«, verlangte Stern. »Wenn du mich fragst, sind die alle verdächtig, auch Gloria Petrovsky und ihre Mutter.«

»Da stimme ich dir zu.«

»Redet mit den Nachbarn! Ich will wissen, was die über die Frauen erzählen. Durchforstet die sozialen Netzwerke und findet heraus, ob sie dort aktiv sind und möglicherweise etwas über den Mord gepostet haben. Ich will erfahren, was sie treiben, wenn sie nicht gerade am Pool liegen. Und fragt Weber …« Stern brach ab und überlegte kurz. »Nein, Weber übernehme ich.« Er wollte sich endlich bei ihm entschuldigen.

»Soll ich fahren?«, fragte Grünbrecht, obwohl sie mit Sterns Wagen hier waren. Der Chefinspektor ließ nur selten jemanden an das Steuer seines Audis, denn auch wenn er selber kein guter Autolenker war, achtete er äußerst heikel auf sein Gefährt mit den 190 PS unter der Motorhaube. »Du wirkst ein wenig blass.«

»Findest du?« Sofort spürte Stern wieder das ungute Gefühl in seinem Magen. Wenn man ihm das sogar ansah, war es denkbar, dass ihm eine der Frauen tatsächlich Gift ins Wasser gemischt hatte.

»Würde ich es sonst sagen?«, erwiderte Grünbrecht.

»Dann fahr bitte du. Ich fühle mich wirklich nicht besonders gut. Die Hitze, du weißt schon.« Stern wischte sich über die feuchte Stirn.

»Und das Bier auf der Speck-Alm«, ergänzte Grünbrecht die Liste der möglichen Ursachen. »Außerdem so viel Frauengesellschaft auf einmal, leicht bekleidete Damen noch dazu. Du bist nicht mehr der Jüngste, Oskar. Du musst auf dein Herz achten. Schwupps, und schon ist es geklaut!« Grünbrecht lächelte und wechselte hinüber auf die Fahrerseite.

»So ein Schmarrn!«, erwiderte Stern konsterniert und riss die Beifahrertür auf. Die im Wagen angestaute Hitze schlug ihm kraftvoll entgegen wie eine Welle, sodass der Chefinspektor einen Schritt zurücktrat. Sie warteten einen Moment neben dem Audi mit geöffneten Türen. Grünbrecht informierte indessen die Kollegen über die weitere Vorgehensweise. Jeder sollte einen Teil der Nachbarn übernehmen, um in Erfahrung zu bringen, wer wann wo und wie lange ein und aus ging und welche Kontakte die Damen pflegten.

In den nächsten Stunden wurde der neueste Bad Kreuzener Tratsch weiterverbreitet und Sympathien und Antipathien wurden den Kriminalbeamten mitgeteilt. Während die einen sagten, Roland Petrovsky sei ein angesehener, liebenswerter und netter Mitbürger gewesen, behaupteten andere, man habe es mit einer Ausgeburt des Teufels zu tun gehabt. Egoistisch und jähzornig habe man ihn erlebt, gefühls- und rücksichtslos. Und dass es um ihn eh nicht schade sei, äußerte der ein und der andere ebenso.

Als Stern spätabends durchgeschwitzt die Tür zu seiner Wohnung in der Herrenstraße in Linz aufstieß, waren sie keinen Schritt vorangekommen. Sie hatten mehrere Verdächtige ohne Alibi, ebenso widersprüchliche Aussagen zu Roland Petrovskys Person. Da galt es, noch mal genauer nachzuhaken und die Ermittlungen allenfalls auszudehnen.

Beim Geräusch der zufallenden Wohnungstür sprang Miro vom Sofa, streckte sich und stolzierte miauend auf Stern zu. Sie strich um seine Beine, was bestimmt Haare auf der Hose hinterließ. Vorwurfsvoll, warum er so spät nach Hause kam, sah sie ihn mit ihren grünen Katzenaugen an. Stern nahm sie hoch und streichelte sie. Umgehend ließ sie lautes Schnurren hören. Er ging mit ihr in die Küche, sein Blick fiel auf den sauber ausgeleckten Napf am Boden.

»Du hast bestimmt Hunger.« Stern setzte die Katze ab und versorgte sie mit Futter und frischem Wasser. Er war der Meinung, dass ihn sein Job bei der Mordgruppe als Katzenhalter eigentlich disqualifizierte, denn jedes Mal, wenn sie einen neuen Fall bearbeiteten, kehrte er oftmals sogar erst mitten in der Nacht in seine Wohnung zurück. Dann musste Miro lange auf ihre Abendration warten. Dennoch zog es die alte Streunerin vor, bei ihm zu bleiben, obwohl er das Küchenfenster beinahe täglich offen ließ, damit sie ihn auf die gleiche Weise verlassen konnte, wie sie einst in seinem Leben aufgetaucht war.

Nachdem Miro versorgt war, gönnte sich Stern eine Dusche. Die Hitze des Tages hatte ihm arg zugesetzt. Als das kühle Nass über seinen Kopf und Rücken floss, fühlte er sich langsam besser. Auch schwand das flaue Gefühl im Magen. Wahrscheinlich waren tatsächlich die hohen Temperaturen schuld daran und nicht ein Giftanschlag. Jetzt, zu Hause in seiner Wohnung, belächelte er seine Sorgen deswegen.

Da er dennoch keine Lust verspürte, reichlich zu essen, bereitete er sich lediglich ein Käsebrot zu, legte eine Handvoll Weintrauben daneben auf einen Teller und setzte sich damit aufs Sofa. Umgehend gesellte sich Miro zu ihm und beanspruchte seinen Schoß. Mit einer Hand hielt Stern das Brot und biss herzhaft hinein, mit der anderen kraulte er Miros Kopf. Dabei fielen ein paar Brösel auf die Streunerin, die niemanden störten. So gefiel ihm der Feierabend. Anschließend würde er seine Tochter anrufen und sich nach ihrem Wohlbefinden – und jenem der Kinder – erkundigen.

Die Befragung der Frauen fiel ihm ein. Silvia Burgstaller hatte tatsächlich mit ihm geflirtet, das war nicht nur Grünbrecht, sondern auch ihm aufgefallen. Ob er den Flirt erwidert hatte, konnte er nicht sagen. Er hatte sich zumindest bemüht, es zu unterlassen, da Silvia Burgstaller zum Kreis der Verdächtigen gehörte. Aber die Dame gefiel ihm, das konnte er nicht leugnen.

Ob er sich überhaupt noch an eine Frau an seiner Seite gewöhnen könnte? Immerhin lebte er seit Jahren allein, seit sich seine Ex-Frau Franziska von ihm getrennt hatte.

Mehrere Flirts hatte es seither zwar gegeben, etwas Ernsthaftes war jedoch nie daraus geworden.

*

Stern erwachte. Etwas hatte ihn geweckt, berührte sanft seine Wange. Er erinnerte sich, dass Silvia Burgstaller zu ihm in die Wohnung hatte kommen wollen, nachdem er sie in Linz ins Pöstlingberg Schlössl zum Essen ausgeführt hatte. Sie hatten gemeinsam ein Glas Wein getrunken und waren durch den Park geschlendert. Ob sie jetzt neben ihm …?

Stern öffnete die Augen. Auf seiner Brust saß Miro und starrte ihn an. Er war auf dem Sofa eingeschlafen, die Katze hatte wahrscheinlich die Nacht an ihn gekuschelt verbracht. Nun wartete sie darauf, dass er endlich ihren Futternapf füllte. Um 6 Uhr morgens. Die Sonne blinzelte durchs Fenster, die Stadt erwachte. Erneut tapste Miro mit der Pfote in sein Gesicht.

»Jaja, bin schon wach«, brummte er und schloss noch einmal die Augen. Er wollte sich seinem Traum hingeben, ihn weiterträumen. Zu Ende bringen, was er angefangen hatte. Darin schwelgen, wie es wäre, wenn Silvia Burgstaller neben ihm läge und er ihre …

»Miau«, ertönte es nahe seinem Ohr, gefolgt von einem weichen Anstupsen.

»Du bist ein Quälgeist, weißt du das?« Stern öffnete die Augen und erwiderte Miros Blick. Unbeeindruckt glotzte ihn die Katze an, als könnte sie nicht glauben, dass er weiterhin auf dem Sofa lag und nicht längst seinen Pflichten als Versorger nachkam.

Stern seufzte und drehte sich zur Seite. Dann richtete er sich auf. Jeder Knochen tat ihm weh. Das Sofa war halt nicht dazu da, um darauf zu nächtigen, erst recht nicht in seinem Alter. Es war bereits die zweite Nacht, die er nicht in seinem Bett verbracht hatte. Das zeigte mittlerweile Auswirkungen auf seine Wirbelsäule.

Stern warf die Espressomaschine an und holte anschließend die OÖ. News aus dem Postfach im Eingangsbereich des Wohnhauses. Wie nicht anders erwartet, berichtete die Tageszeitung über den Tod des beliebten Werbemanagers Roland Petrovsky und listete eine Menge Leute auf, mit denen er erfolgreich zusammengearbeitet hatte. Stern vermutete, dass manche der prominenten Persönlichkeiten es nicht so gern sahen, wenn ihre Namen mit einem Mord in Verbindung gebracht wurden, sei es auch nur, dass sie mit dem Opfer bekannt gewesen waren.

Doch genau das liebte er an Journalisten: Einige von ihnen machten weder vor Geld noch vor Macht oder gar Politik Halt und nahmen kein Blatt vor den Mund, selbst wenn es einen Präsidenten zu interviewen galt. Stern war schon auf die Artikel gespannt, wenn an die Öffentlichkeit gelangte, dass Roland Petrovsky ein brutaler Schläger gewesen war. Die Dementis der Prominenten, Petrovsky gekannt zu haben, würden nicht lange auf sich warten lassen, und kaum einer würde sich dann noch an den Kulturmanager erinnern wollen.

Stern überflog den Artikel. Darin ging es hauptsächlich um Petrovsky und seine Arbeit. Über sein Dahinscheiden und wie es geschehen war, stand nicht viel in dem Text. Der Chefinspektor suchte nach dem Namen des Reporters, der den Artikel geschrieben hatte, und fand ihn an dessen Ende: Leona Sipacher! Er lachte auf. Die Frau kannte er. Am allerbesten bekannt mit ihr war jedoch Kolanski, der ein Verhältnis mit der Dame gehabt und im Zusammenhang mit dem Fall der toten Braut auf der Burgruine Reichenstein ein paar Details von den Ermittlungen ausgeplaudert hatte. Diese hatte Sipacher am nächsten Tag in der Zeitung veröffentlicht. Seither war Kolanski nicht besonders gut auf die Reporterin zu sprechen.

Stern gönnte sich eine zweite Tasse Espresso und blätterte die Zeitung bis zur letzten Seite durch. Anschließend schlüpfte er in frische Kleidung und machte sich mit dem Wagen auf den Weg zur Dienststelle.

Auf halber Strecke fiel ihm ein, dass er ja mit Dominik Weber sprechen wollte. Also bog er nicht wie gewohnt in die Nietzschestraße ein, sondern fuhr die Weißenwolffstraße hinunter bis zur Industriezeile und von dort weiter in die Johann-Metz-Straße. Vor einem beigen Gebäude mit blauen Fenstern und Türen parkte er den Audi und stieg aus.

Er kündigte sein Kommen nicht an, da er Weber mit seinem Besuch – aber vor allem mit seiner Entschuldigung – überraschen wollte. Und dass es eine Überraschung werden würde, war klar. Der Gerichtsmediziner brachte die Ergebnisse seiner Obduktionen in der Regel persönlich ins Landeskriminalamt, da ihn der Klatsch und Tratsch auf der Dienststelle brennend interessierte. Sterns letzter Besuch in der Gerichtsmedizin hingegen lag bestimmt schon einige Mordfälle zurück.

Der Chefinspektor betrat das Gebäude. Sofort fiel ihm die Stille auf, die vorherrschte. Logisch, Tote machten keinen Radau, aber die völlige Lautlosigkeit irritierte ihn dann doch. Nur das Surren eines Generators war zu hören, wahrscheinlich drang es aus dem Kühlraum in den Gang. Stern warf einen Blick in Webers Büro, danach sah er sich im Obduktionsraum um. Von dem Gerichtsmediziner fehlte jede Spur. Auf dem Seziertisch lag ein mit einem Tuch abgedeckter Körper. Bestimmt der nächste Tote, der auf die Leichenöffnung wartete, diese musste demnach unmittelbar bevorstehen.

Aber wo war Weber?

»Hallo?«, rief Stern, erhielt jedoch keine Antwort.

Zumindest war es angenehm kühl, dachte er, und verharrte noch einen Augenblick länger. Selbst bei den heurigen tropischen Temperaturen hielt man es hier drinnen gut aus. Seltsam, dass der Gerichtsmediziner nicht da war …

Wer da wohl unter dem Tuch lag? Jemand, den er kannte? Stern trat an den Obduktionstisch heran. Er wusste selber nicht, warum er das tat, doch irgendetwas hatte seine Neugierde geweckt. Ein Schopf Haare lugte hervor und …

Halt!

Hatte sich das Tuch eben bewegt?

Konzentriert starrte Stern auf den Stoff und verfluchte sein mangelndes Sehvermögen. Zu einem Augenarzt hatte er es noch immer nicht geschafft, er schob den Besuch ständig auf, in der Hoffnung, dass sich das Problem irgendwann von selbst erledigen würde. Was absurd war, das wusste er.

Ob er das Tuch anheben sollte, um herauszufinden, warum es sich bewegt hatte? Vielleicht war die Leiche schon so verfault und ein Haufen Maden taten sich an den Überresten gütlich … Wollte er das tatsächlich sehen? Und müsste er es nicht riechen? Er war stets froh, wenn die Toten in den Mordfällen, die er bearbeitete, noch halbwegs intakt waren und nicht bereits lange irgendwo herumgelegen hatten, bevor sie gefunden wurden. Warum also freiwillig einen Blick riskieren?

Doch die Neugierde war zu groß. Es war der Wissensdurst eines Ermittlers, der erfahren wollte, was los war. Er griff nach dem Stoff und zog daran. Langsam rutschte das Tuch zur Seite.

»Ah!«, rief Stern, als er sah, was sich darunter verborgen hatte.

Aber auch Dominik Weber starrte den Chefinspektor mit aufgerissenen Augen an, als hätte er einen bösen Traum gehabt. »Was zum Henker machst du da?«

»Ich? Was machst du? Warum liegst du auf dem Obduktionstisch? Ich dachte, du bist …«

»Tot? Den Gefallen tue ich dir noch lange nicht. Nicht jetzt zumindest.« Weber setzte sich auf und stieg von dem ungewöhnlichen Nachtlager.

»Hast du hier etwa geschlafen?« Stern zeigte auf den Obduktionstisch, auf dem normalerweise tote Menschen aufgeschnitten wurden. Nie im Leben fiele es ihm ein, sich freiwillig dort hinzulegen.

»Ja, hab ich. Die Kühlfächer sind randvoll«, erwiderte Weber und deutete in den hinteren Bereich der Gerichtsmedizin, wo sich der Kühlraum befand.

»Weil du sonst dort übernachtet hättest?« Sterns Blick folgt Webers Fingerzeig.

»Blödsinn! Weil ich so viel Arbeit habe und mir die Hin- und Herfahrerei erspare, wenn ich hier schlafe. Willst du einen Espresso? Ich brauche unbedingt einen.« Der Gerichtsmediziner streckte sich.

Webers Espresso war nicht bloß das Ergebnis von frisch gemahlenen Bohnen, heißem Wasser und hohem Druck. Er war ein im Rachenraum explodierendes Geschmackserlebnis aus handverlesenen Bohnen, die speziell geröstet, gemahlen und in einer sündhaft teuren Espressomaschine filtriert worden waren. Da konnte Stern natürlich nicht nein sagen, obwohl er bereits zwei doppelte Espressi intus hatte.

»Gerne.«

»Was führt dich zu mir? Du hast doch schon die Ergebnisse der Obduktion auf deinem Tisch.« Weber schlurfte in Richtung Büro, Stern folgte ihm.

»Ich will, dass du mir alles erzählst, was du über Giftmorde weißt.« Natürlich hatte ebenso Stern ein profundes Wissen über diese Art des Tötens, aber ihn interessierte die Meinung des Gerichtsmediziners.

»Das hab ich dir alles bereits mitgeteilt«, erwiderte Weber müde.

»Ich meine nicht Informationen über den Blauen Eisenhut, sondern welche über Gift allgemein. Die These, dass Frauen eher damit töten. Warum sie das tun und was man sonst noch so alles herausgefunden hat. Vielleicht gibt es neue Erkenntnisse, die ich nicht kenne. Du steckst deine Nase ja ständig in Fachmagazine und bist bestimmt auf dem Laufenden.«

»Ich bin kein Profiler, Oskar, sondern Mediziner.« Weber nahm die Espressomaschine in Betrieb und sah nach, ob genügend Kaffeebohnen im Behälter waren.

»Du hast aber ein gutes Gespür für diese Dinge.«

»Ich glaube, das war jetzt ein Kompliment.« Weber hielt in seinem Tun inne, er schien den Augenblick zu genießen. Als die Anzeige der Maschine aufleuchtete und damit signalisierte, dass sie die Betriebstemperatur erreicht hatte, drückte er auf den Knopf.

»Gewöhn dich bloß nicht daran«, brummte Stern. »Und das mit dem Kneippen in Bad Kreuzen, dass ich dir das vermiest habe, tut mir echt leid.«

»Was?« Wegen der surrenden Espressomaschine hatte Weber Sterns Worte offenbar nicht verstanden.

»Es tut mir leid, dass ich dir das Kneippen in der Wolfsschlucht nicht gegönnt habe!«, rief Stern lauter.

»Was?«

So übertreiben musste es der Gerichtsmediziner nun auch nicht, fand Stern, trotzdem wollte er ein weiteres Mal ansetzen, seine Entschuldigung durch die Gerichtsmedizin zu plärren. Als er aber Webers Grinsen bemerkte, unterließ er es.

»Entschuldigung angenommen«, erwiderte Weber und reichte ihm eine Tasse von seinem magischen Espresso, dessen hervorragende Qualität im ganzen Landeskriminalamt bekannt war. »Obwohl, so unrecht hattest du nicht. Die Zeit, um zwischendurch mal eine Pause zu machen, ist im Augenblick tatsächlich nicht da. Ich komme mit der Arbeit nicht nach. Kaum hab ich eine Leiche obduziert und zur Beerdigung freigegeben, landen zwei neue bei mir auf dem Tisch.«

»Ist es so schlimm?«

»Schlimmer! Bei dieser Hitze sterben die Menschen wie die Fliegen. Ein Arbeiter am Bau, weil die Konzentration nachlässt, alte Menschen, weil deren Herz nicht mehr mitmacht, Autolenker, weil die hohe Temperatur im Wagen einem nicht nur aufs Gemüt schlägt, sondern sich ebenso auf die Fahrtauglichkeit auswirkt. Und da auf den ersten Blick oftmals nicht klar ist, was tatsächlich schuld am Dahinscheiden ist, muss ich eben nachschauen.« Weber seufzte und nahm einen Schluck.

»Dann hoffen wir, dass die Hitze bald vorüber ist«, erwiderte Stern und tat es dem Gerichtsmediziner gleich.

»Nun zu deinem Anliegen«, kam Weber auf den Grund von Sterns Besuch zurück. »Gift wird wahrscheinlich öfter als Tatwaffe eingesetzt, als man vermutet.«

»Das kann ich mir vorstellen.«

»Untersuchungen haben ergeben, dass Frauen und Männer gleichermaßen zu Gift greifen, wenn sie einen Mord planen. Der Nachteil an Gift als Waffe für den Täter – oder die Täterin – ist, dass es ihm sogar noch Jahre nach dem Mord zum Verhängnis werden kann, weil manche Gifte, wie zum Beispiel Arsen, selbst nach 100 Jahren und länger nachgewiesen werden können. Voraussetzung dafür ist allerdings, dass danach gesucht wird.«

»Wie wahrscheinlich ist es, dass so ein Mord unentdeckt bleibt?«, fragte Stern, obwohl diese Frage nichts mit dem eigentlichen Fall zu tun hatte, aber die Antwort interessierte ihn.

»Man geht im deutschsprachigen Raum von etwa 1.000 Tötungsdelikte jährlich aus, die nicht erkannt werden. Die meisten davon sind Giftmorde«, erzählte Weber.

»Wow!« Stern war überrascht. »Das sind verdammt viele!«

»Ja, sind es. Deshalb werden wir Gerichtsmediziner dazu angehalten, dass wir nach Giftspuren suchen, wenn die Todesursache nicht klar erkennbar ist.«

»Was sagt es über einen Täter aus, wenn er zu Gift greift?«, stellte Stern eine der zentralen Fragen, wegen derer er gekommen war. Von der er sich erhoffte, auf den Täter oder die Täterin schließen zu können. Seine Tasse war längst leer, und Webers Telefon hatte in der Zwischenzeit sieben Mal geläutet, ohne dass der Gerichtsmediziner rangegangen war. Nicht einmal mit der Wimper gezuckt hatte er, sondern das lärmende Gerät einfach ignoriert.

»Gift ist schon etwas Besonderes, wenn du mich fragst. Das ist nicht so, wie wenn du jemanden aus 30 Meter Entfernung erschießt oder ihn im Affekt erschlägst oder erwürgst. Der Täter muss einen perfiden Plan entwickeln, muss sich überlegen, wie er vorgehen will. Denn er muss ja irgendwie das Gift in den Körper seines Opfers bringen. Das kann bei einem gemeinsamen Essen geschehen, während der Täter das Opfer ansieht und anlächelt. Manche Gifte entfalten ihre Wirkung erst Stunden später, sodass das Opfer zusammenbricht und stirbt, wenn es längst die Gegenwart des Täters verlassen hat.«

»Das heißt, dass der Täter wohlüberlegt gehandelt hat«, resümierte Stern.

»Oder die Täterin«, warf Weber ein.

»Er oder sie hat sich auf alle Fälle die Zeit genommen, die Tat zu planen und zielsicher auszuführen. Rache und Hass sind der beste Nährboden für diesen Plan. In unserem Fall könnte das Opfer, also Roland Petrovsky, dem Täter zu einem früheren Zeitpunkt etwas angetan haben, was der Grund für die Tötung war. Petrovsky hat seine Ehefrau jahrelang misshandelt und gequält.«

»Das ist ein Motiv. Auch Gier und Neid können zu so einer Tat führen. Oder die Absicht, einen unliebsamen Zeugen aus dem Weg zu räumen. Sogar Geheimdienste arbeiten mit Gift. Denk doch nur mal an den Kreml-Kritiker Alexej Nawalny und dessen Vergiftung mit dem chemischen Nervengift Nowitschok.«

»Das schränkt den Täterkreis jetzt aber nicht ein«, erkannte Stern.

»Nein, tut es nicht.« Weber nahm Stern die leere Tasse aus der Hand und stellte sie neben der Kaffeemaschine ab. Ein Zeichen, dass er das Gespräch als beendet betrachtete.

»Danke dir, Dominik«, sagte Stern und verabschiedete sich. »Und danke für den Espresso!«, rief er durch die zufallende Tür in die Gerichtsmedizin hinein. Doch da holte Weber schon eine neue Leiche aus einem der Kühlfächer.

Stern stieg in den Wagen und fuhr zur Dienststelle in die Nietzschestraße. Als er das Großraumbüro der Kollegen betrat, sah er, dass Grünbrecht, Kolanski und Heinze alle bisherigen Informationen über den Fall auf eine Magnetwand geheftet oder mit einem dicken schwarzen Stift dazugeschrieben hatten.

»Guten Morgen!«, sagte er.

Der gleiche Gruß hallte dreifach wie ein Echo zurück.

Neben Fotos vom Opfer und den vier verdächtigen Frauen waren mit Pfeilen und Notizen die Verwandtschaftsverhältnisse abgebildet, ebenso standen mögliche Motive daneben aufgelistet. Der Handschrift nach zu urteilen, hatte Grünbrecht die Tafel beschrieben. Sie schien zu ihrer alten Form zurückzufinden, nahm Stern wohlwollend zur Kenntnis und fragte: »Gibt es etwas Neues?«

»In der Tat.« Heinzes Worte ließen den Chefinspektor aufhorchen.

»Dann schieß los!«, forderte er den Kollegen auf.

»Roland Petrovsky ist vor circa acht Jahren nach Bad Kreuzen gezogen, zuvor hat er in Rohrbach gelebt«, berichtete Heinze.

»Das wissen wir bereits«, warf Grünbrecht ein, ohne den Blick von ihrem Computermonitor zu nehmen.

»Tja, was wir allerdings noch nicht wussten, ist, warum er umgezogen ist«, erwiderte Heinze.

»Und weshalb ist er aus Rohrbach weg?«, hakte Stern nach.

»Ich vermute mal, weil ihn seine damalige Freundin angezeigt hat.« Heinze schaute in die Runde. Doch noch gab es keine Lobpreisungen.

»Und warum hat sie ihn angezeigt?«

»Weil er sie verprügelt hat.«

»Ein Wiederholungstäter also«, fasste Kolanski zusammen.

»Wo ist die Freundin jetzt?«, fragte Stern.

»Das weiß ich ehrlich gesagt nicht«, gab Heinze zu. »Ich hab versucht, es rauszubekommen, aber ich hab sie leider bislang nicht gefunden. Sie heißt Eva Pöller, stammt ebenfalls aus Rohrbach und ist seit dem Vorfall wie vom Erdboden verschluckt.«

Die Kriminalbeamten mussten diese Information erst einmal richtig einordnen und schwiegen einen Augenblick.

»Und du hast wirklich alles durchsucht? Melderegister? Die sozialen Netzwerke?«, hakte Kolanski nach.

»Hab ich. Einige Tage nach ihrem Verschwinden wurde eine Vermisstenanzeige erstellt, aber Eva Pöller wurde nie gefunden. Weder tot noch lebendig.«

»Ihr glaubt doch nicht, dass er sie umgebracht hat? Und dann verschwinden hat lassen?« Grünbrecht machte eine eindeutige Geste, die das gewaltsame Ableben eines Individuums darstellte.

»Möglich ist alles«, erwiderte Heinze.

»Was ist mit der Anzeige von Eva Pöller geschehen?«, wollte Stern wissen.

»Nach ihrem Verschwinden«, las Heinze von seinem Bildschirm ab, »wurde sie ad acta gelegt. Schließlich hat die Zeugin gefehlt. Und die Ermittlungen haben nichts weiter ergeben. Das Verfahren wurde eingestellt.«

»Ich schlage vor, ihr beide«, Stern deutete auf Kolanski und Heinze, »fahrt nach Rohrbach und hört euch dort mal um, was das damals für eine Geschichte gewesen ist. Vielleicht haben die örtlichen Kollegen ja eine Ahnung, wohin Eva Pöller so urplötzlich verschwunden ist.«

»Kann ja sein, dass sie einen anderen Namen angenommen hat«, zeigte Grünbrecht eine Variante auf.

»Diese Möglichkeit besteht natürlich. Befragt die Eltern, Geschwister, Freunde. Ich will wissen, was damals vorgefallen ist. Wir müssen ausschließen können, dass diese alte Sache etwas mit dem Mord heute zu tun hat.«

»Und was machen wir?« Grünbrecht sah ihren Chef an.

»Wir kümmern uns um die Hexen von Bad Kreuzen«, erwiderte Stern. »Keine hat ein Alibi! Jede hat ein Motiv!

Und alle kommen an das Gift ran, diesen Blauen Eisenhut.«

»Eine für alle und alle für eine.«

»Das waren aber keine Hexen, sondern die Musketiere«, stellte Heinze richtig.

»Das ist egal«, fuhr Grünbrecht ihn an. »Die Ladys stecken gemeinsam unter einer Decke!«

16. KAPITEL

Kolanski und Heinze waren auf dem Weg nach Rohrbach, um mehr über Roland Petrovskys Vergangenheit herauszufinden. Grünbrecht durchforstete die sozialen Netzwerke nach verdächtigen Posts im Umfeld des toten Managers, und Stern stöberte in den Unterlagen aus dessen Agentur. Er suchte nach möglichen Verdächtigen unter den beruflichen Kontakten des Opfers, falls sie sich mit Gloria Petrovsky, ihrer Mutter, der Schwester und der Freundin als Täterinnen verrannten. Denn außer Indizien hatten sie bislang nichts. Ihnen fehlten Beweise, um den Frauen den Mord nachzuweisen. Nach stundenlangen Ermittlungen hinterm Schreibtisch sah jedoch alles aus wie vorher. Hoffentlich waren Kolanski und Heinze erfolgreicher, dachte Stern und schlug den Ordner zu, den er gerade geprüft hatte.

»Nur Katharina Wunderfall hat einen Facebook-Account«, teilte Grünbrecht ihrem Chef mit, als sie sein Büro betrat, um die Ergebnisse auszutauschen. »Sie ist dort als Kräuterhexe aktiv und kündigt ihre Kurse und Seminare an, postet Fotos von ihrem Garten und wie sie darin Kräuter sammelt. Das meiste sind Selfies, also nichts Auffälliges.« Die Gruppeninspektorin ließ sich auf einen der Besprechungsstühle fallen, die um einen kleinen Tisch gegenüber Sterns Schreibtisch im Kreis standen.

»Was ist mit Twitter und den anderen sozialen Netzwerken?« Da sich Stern damit nicht auskannte, überließ er die Nachforschungen im weltweiten Netz immer den jüngeren Kollegen.

»Da ist niemand von denen unter ihren echten Namen zu finden«, erwiderte Grünbrecht. »Abgesehen von Roland Petrovsky. Der war allerdings sehr aktiv und hat das volle Potenzial dieser Medien genutzt. Jeden Erfolg seiner Schützlinge hat er gepostet und für sich verbucht. Er war halt ein Profi. Manche Einträge von ihm haben an die 8.000 Likes bekommen, das ist nicht schlecht.«

»Er hat sich gerne mit prominenten Gesichtern gezeigt, das hilft bei solchen Dingen.«

»Hast du etwas gefunden?«, fragte Grünbrecht ihren Chef.

»Das Übliche.« Stern schob den Ordner ein Stück von sich weg. »Ein Typ, der sauer war, weil Petrovsky ihn nicht unter Vertrag nehmen wollte. Er hat ihm gedroht, dass er ihn fertigmachen würde. Daraufhin hat ihm Petrovsky die Nummer seines Anwaltes geschickt, danach herrschte Funkstille.«

»Wann war das?«

»Vor einem Jahr.«

»Das ist zu lange her. Die Wut von dem ist mittlerweile verraucht.«

Sterns Handy klingelte. Der Chefinspektor blickte auf das Display. Weber rief ihn an.

»Grüß dich, Weber«, sagte er. »Was gibt es?«

»Ich habe eben die Untersuchungsergebnisse vom Labor erhalten. Wir wissen jetzt, wie Petrovsky das Gift zu sich genommen hat«, teilte Weber den Grund seines Anrufes mit.

»Ich stelle dich auf Lautsprecher, damit Mara mithören kann.« Stern tippte auf das entsprechende Symbol auf dem Display und legte das Smartphone vor sich auf den Schreibtisch.

»Grüß dich, Dominik«, rief Grünbrecht aus der Besprechungsecke, stand auf und kam näher heran.

»Hallo, Mara! Also, das Gift war eindeutig in der Mehlspeise, die Petrovsky an seinem letzten Abend zu sich genommen hat. In den Resten im Müllbeutel, den ihr aus der Agentur mitgenommen habt, wurden Spuren von Aconitin gefunden, das ist das Gift des Blauen Eisenhutes.«

Stern schloss aufgrund der Umgebungsgeräusche, dass der Gerichtsmediziner neben dem Telefonat arbeitete. Hoffentlich schnitt er nicht wieder gerade eine Leiche auf.

»Da war doch noch eine leere Proseccoflasche dabei. Liegen dafür die Ergebnisse auch schon vor?«, hakte Stern nach.

»Auf und in der Flasche sind keine Giftrückstände vorhanden und es waren ebenso keine fremden Fingerabdrücke darauf, nur die von Petrovsky selber.«

Webers Stimme klang angespannt, fand Stern. Dennoch fragte er nach, da er Gewissheit brauchte, um keine falschen Schlüsse zu ziehen. »Das war also der Müll, den wir aus der Agentur mitgenommen haben. Hast du im Hausmüll der Petrovskys auch etwas gefunden?«

»Der Müll von Petrovskys Haus ist sauber. Da haben die Kollegen im Labor kein Gift feststellen können.«

Stern verzog enttäuscht das Gesicht. »Schade, denn dann wäre der Fall so gut wie gelöst gewesen. Hast du noch etwas anderes für uns?«

»War dir das zu wenig?«, kam es entrüstet zurück.

»Nein, passt schon! Danke dir!«, rief Stern rasch, bevor er in das nächste Fettnäpfchen treten konnte und dadurch seine eben erst vorgebrachte Entschuldigung zunichtemachen würde. »Pfiat di!«

»Pfiat euch!« Weber unterbrach die Verbindung.

»Der ist voll im Stress«, erkannte Grünbrecht anhand von Webers Verhalten am anderen Ende der Leitung. Ansonsten war der Gerichtsmediziner immer zu einem Plausch aufgelegt, das war heute nicht so gewesen.

»Ja, ist er. Wird Zeit, dass es kühler wird, dann haben wir weniger Tote und Weber ist wieder der Alte.«

»Hoffentlich«, sagte Grünbrecht.

»Ja, wie? Glaubst du, dass etwas anderes dahintersteckt, warum Weber so … gestresst ist?« Stern sah seine Kollegin überrascht an. Er hatte bislang lediglich in Erwägung gezogen, dass die viele Arbeit dem Gerichtsmediziner zu schaffen machte.

»Keine Ahnung.« Grünbrecht zuckte mit den Schultern.

Stern sinnierte, ob er jemals mitbekommen hatte, dass Weber irgendwelche andere Sorgen haben könnte, und verneinte für sich diese Frage.

»Wir wissen jetzt also, dass Petrovsky in seiner Agentur vergiftet wurde und nicht zu Hause«, lenkte Grünbrecht das Gespräch auf den Fall zurück.

»Das heißt nicht zwangsläufig, dass es nicht die Ehefrau gewesen ist«, warf Stern ein und verschob das Grübeln wegen des Gerichtsmediziners auf später. »Sie könnte mit dem vergifteten Stück Torte in die Agentur gefahren sein, um vorzugeben, sich mit ihrem Mann versöhnen zu wollen und gleichzeitig den Verdacht von sich zu lenken. Dadurch gäbe es in ihrem Haus keine Spuren.«

»Es kann genauso gut jeder andere gewesen sein. Zum Beispiel Glorias Mutter. Oder ihre Schwester …«

»Oder die Kräuterhexe.«

»Vielleicht aber auch jemand, den wir bislang nicht auf dem Radar haben …«

»Auf alle Fälle ist es jemand gewesen, der sich seiner Sache ziemlich sicher war. Immerhin hat er die Reste der vergifteten Torte und die Verpackungen nicht mitgenommen und ist somit das Risiko eingegangen, dass wir darauf Spuren finden, die uns zu ihm führen«, zeigte Stern auf.

»Vielleicht ist der Täter früher gegangen und Roland Petrovsky hat die Sachen selber in den Müll geschmissen, weil es ihm da noch gut gegangen ist«, warf Grünbrecht ein. »Das würde erklären, warum auf der Proseccoflasche nur seine Fingerabdrücke sind. Oder Petrovsky hat die leere Flasche schon Tage zuvor in den Mülleimer geworfen, dann hat sie gar nichts mit dem Fall zu tun. Vielleicht hat er mal auf einen Erfolg …«

Wieder läutete Sterns Handy. Es lag nach wie vor auf dem Schreibtisch. Die Kriminalbeamten warfen einen Blick darauf. Eine unbekannte Nummer stand auf dem Display.

»Stern«, meldete sich der Chefinspektor.

»Sie müss'n ganz schnell kommen! Wir hab'n noch eine Leich'! Und zwar direkt bei uns!«, drang es aufgeregt aus dem Hörer.

»Jetzt atmen Sie einmal tief durch und dann sagen Sie mir, mit wem ich spreche«, versuchte Stern, den Anrufer zu beruhigen.

»Mit dem Karl! Der aus dem Wirtshaus!«, rief der alte Landwirt ins Gerät.

»Karl!« Natürlich erinnerte sich Stern. »Sie sagen, es gibt wieder eine Leiche?«

»Ja, genau. Die liegt vor mir!«

»Wo sind Sie?«

»Bei uns z'Haus am Hof«, flüsterte Karl. »Das darf der Bub aber net erfahren, dass da eine liegt. Sonst bin ich wieder schuld an dem Malheur.«

»Wir fahren gleich los!«, sagte Stern zu dem aufgebrachten Mann.

»Gut, machen S' bitte schnell!«

Stern setzte Grünbrecht über den Leichenfund in Kenntnis und informierte ebenso die Spurensicherung und Dominik Weber. Im Konvoi fuhren sie nach Bad Kreuzen zum Bauernhof vom Karl. Da sie ihn nach dem Besuch auf der Speck-Alm bei ihm zu Hause abgesetzt hatten, kannten sie den Weg. Natürlich lenkte Grünbrecht den Wagen. Diese Hetzerei und die Hitze waren eine Kombination, die Stern nicht guttat, da wollte er nicht auch noch hinterm Steuer sitzen.

Der Bauernhof rückte in Sichtweite und ein wild gestikulierender Altbauer kam hinter der Scheune hervor auf sie zu. Für einen Augenblick war ihm das Entsetzen anzusehen, dass das Eintreffen von drei mit Blaulicht bestückten Einsatzwagen bei ihm auslöste.

Als Grünbrecht auf gleicher Höhe mit ihm war, ließ sie das Fenster herunter, und der Karl sagte zu ihnen:

»Na, recht unauffällig ist der ganze Zirkus aber net. Da hätt' ich es eh gleich selber meinem Bub'n sag'n können.«

»Wo ist die Leiche?«, fragte Stern, der die Rüge überhörte.

»Dort hinten, beim Misthaufen!« Karl deutete in jene Richtung, aus der er zuvor herbeigeeilt war.

Die Kriminalbeamten stellten ihre Fahrzeuge ab und folgten dem Landwirt hinter die Scheune, wo sich ein mindestens zwei Meter hoher Misthaufen auftürmte und einen nicht unerheblichen Gestank verbreitete. Die mit Stroh vermengten Exkremente der Kühe und Schweine brutzelten in der Hitze wie Dörrobst im Ofen. Unmengen an Fliegen surrten darauf herum. Genau vor dem Haufen blieb Karl stehen und deutete hinab zu seinen Füßen, wo etwas grau-braun Gestreiftes lag. Stern, Grünbrecht und Weber traten an Karls Seite und starrten auf den Kadaver, dem die Maden und Würmer aus sämtlichen Öffnungen krochen und der dadurch beinahe lebendig wirkte.

»Das ist die Leiche?«, blaffte Stern den Altbauern an.

»Die ist tot, oder etwa net?«, rechtfertigte der sich.

»Das ist eine Katze!«, echauffierte sich Stern weiter.

»Ja, eine tote Katze«, erwiderte Karl mit sich zufrieden, jedoch nicht mit dem Chefinspektor. »Ich hab net g'sagt, dass Sie mit der ganzen Kavallerie anrücken soll'n, oder? Aber tot ist tot, und eine Leich' ist eine Leich'!«

»Sie hätten schon sagen können, dass es sich bei der Leiche um eine Katze handelt«, sagte Grünbrecht etwas ruhiger, um die Situation zu entspannen. Sie spürte, dass Stern kurz vom Überkochen stand, und das hatte dieses Mal nichts mit der Hitze zu tun.

Indessen kniete sich Weber neben den toten Tiger, was Stern zusätzlich aufregte. Der Gerichtsmediziner hatte ohnehin so viel zu tun, und dann wurde er hierher zitiert, um sich die Überreste einer Katze anzusehen! Eigentlich richtete sich Sterns Zorn mehr auf sich selbst, denn Karl hatte schon irgendwie recht. Er hatte nicht um das Großaufgebot an Einsatzkräften gebeten. Das hatte allein Stern zu verantworten.

»Okay, ihr könnt wieder abfahren«, sagte er zu den Kollegen der Spurensicherung, die in ihren weißen Overalls neben dem Katzenkadaver völlig deplatziert wirkten. Als hätte man einen Bagger gerufen, um einen Kieselstein zu bewegen.

»Wartet!« Weber hatte sich nun ganz zu der Katze nach unten gebeugt und begutachtete sie von allen Seiten, was ein bizarres Bild abgab. »Sie hat sich erbrochen.«

»Das tun Katzen nun mal«, antwortete Stern, der sofort an Miro dachte und daran, wie oft er ihr Erbrochenes wegwischen musste. Mindestens einmal die Woche kam das vor.

»Aber nicht so wie die hier. Die hat sich buchstäblich den Magen rausgekotzt, das ganze Fell ist voll davon. Ob sie daran gestorben ist, kann ich nicht sagen.«

»Vielleicht war die Katze alt.« Stern wollte sich nicht zu sehr in das Katzenthema vertiefen. Viel lieber wollte er an dem echten Mordfall weiterarbeiten.

»Zwei Jahre, höchstens vier«, schätzte der Gerichtsmediziner.

»Dann hat sie halt etwas Giftiges gefressen …«

»Ja, genau! Das meine ich doch die ganze Zeit!« Karl sah zufrieden in die Runde.

»Wie kommen Sie denn darauf?«, fragte Stern den Altbauern, obwohl ihm das mit einer möglichen Vergiftung selber ja auch eingefallen war. Jedoch beschäftigte ihn im Augenblick nichts anderes als dieser Mordfall, da war das kein Wunder. Konnte es sein, dass der Landwirt mehr wusste, als er ihnen bislang verraten hatte? Oder hatte er gar etwas mit dem Tod von Roland Petrovsky zu tun?

»Der Herr könnte recht haben«, meinte Weber und deutete mit dem Kinn auf Karl, der sich sichtlich über den Zuspruch freute. »Alle Anzeichen sprechen dafür, dass sie Gift zu sich genommen hat, soweit man das bei einem Tier rein vom Äußeren sagen kann. Ich nehme sie mit in die Gerichtsmedizin und schneide sie auf. Danach haben wir Gewissheit. Hat jemand einen Plastiksack, in den ich den Kadaver stecken kann? Das Vieh versaut mir sonst den Wagen.«

Ein Kollege von der Spurensicherung zog einen Beutel aus seinem Koffer und hielt ihn auf, sodass Weber die Tierleiche darin versenken konnte. Zurück blieben mehrere Häufchen Maden und Larven, die aus sämtlichen Körperöffnungen gefallen waren.

»Wie lange ist sie schon tot?«, fragte Stern angewidert. Die sich bewegende Masse zu seinen Füßen rief eine leichte Übelkeit in seiner Magengegend hervor.

»Den Maden nach zu urteilen mindestens vier Tage, höchstens zehn. Auf alle Fälle ist sie vor Petrovsky gestorben.« Weber ließ seinen Koffer zuschnappen und machte sich mit dem Sack in der Hand bereit zum Gehen.

»Das könnte heißen, wenn sich die Vergiftungstheorie bewahrheitet, dass der Täter zuerst die Katze vergiftet hat, um auszuprobieren, wie das Gift wirkt, und erst anschließend Petrovsky«, schloss Stern aus dem Gehörten.

»Das erscheint mir plausibel. Aber wie gesagt, zuvor muss das mit dem Gift bei der Katze noch bestätigt werden. Es war nur mal so eine Vermutung von mir«, bremste Weber den Chefinspektor. »Und vom Karl.«

»Wem gehört die Katze?«, fragte Grünbrecht den Landwirt.

Karl zuckte mit den Schultern. »Keine Ahnung, uns auf alle Fälle net. Es laufen zwar jede Menge von den Viechern am Hof herum, aber so eine Getigerte hab'n wir net.«

»Wenn die Katze tatsächlich mit Blauem Eisenhut vergiftet wurde, müssen wir herausfinden, wer der Besitzer ist«, spann Grünbrecht den roten Faden weiter. »Vielleicht hat der Täter das Gift an seinem eigenen Haustier getestet? Oder an der Nachbarskatze? Zumindest schränkt es den Kreis ein, in dem wir nach dem Mörder suchen müssen.«

»Würdest du das Gift deiner eigenen Katze geben?«, fragte Stern seine Kollegin überrascht.

»Wenn ich unbedingt jemanden loswerden möchte, weil der Hass groß genug ist … Weil er mir das Liebste genommen hat, was ich in meinem Leben hatte und ich nichts dagegen tun konnte …« Grünbrecht ließ den Satz offen.

17. KAPITEL

Kolanski und Heinze trafen in Rohrbach ein. Der erste Weg führte sie auf die Polizeiinspektion. Sie hatten sich bereits telefonisch angekündigt, also waren die Kollegen vorbereitet und hielten die gewünschten Informationen für sie bereit. Doch nicht, was in den Akten stand, war für die Ermittler aus Linz interessant, sondern das, was der Polizist erzählte, der vor acht Jahren den Fall bearbeitet hatte, weckte ihre Neugierde.

»Es wurde behauptet, dass der Petrovsky die Eva Pöller net nur g'schlagen, sondern auch vergewaltigt hat«, berichtete Revierinspektor Viktor Wurmer, der sich noch gut an den Fall erinnern konnte. Da er selber aus Rohrbach stammte, hatte er die Frau gekannt. »Die Eva ist eines Tages vor mir g'standen, mit einem völlig aufg'quollenen Gesicht. Auf der Straße ist sie mir über den Weg g'laufen. Ich hab sie aufg'halten und g'fragt, was passiert ist. Zuerst wollt sie net mit mir darüber reden und ist weiterg'rannt, aber ich hab sie net lassen. Ich hab ja g'sehen, dass da etwas net stimmt.« Wurmer schüttelte bei der Erinnerung an diese Begegnung den Kopf, als könnte er es bis heute nicht fassen, was damals vorgefallen war.

»Wie ging es weiter?«, hakte Kolanski nach.

»Sie ist dann doch mit mir auf die Polizeiinspektion mitg'kommen und hat g'sagt, dass der Roland sie verprügelt hat.« Wurmer machte eine Pause und blickte die Beamten an. »Wissen S', der Roland ist ja damals schon net einfach irgendwer g'wesen, der war ein angesehener Mann aus gutem Haus. Da kannst du das zuerst gar net glauben, wenn dir wer solche Sachen erzählt.«

»Heißt das, Sie haben an den Worten von Eva Pöller gezweifelt?«

»Nein, das hab ich natürlich net! Die beiden waren zu der Zeit ein Paar und sie hat ja ausg'schaut wie ein alter Boxsack. An ihrem Körper hat es keine Stelle g'geben, die net blau g'wesen ist.« Viktor Wurmer schob den Linzer Kollegen ein Blatt Papier über den Tisch zu. »Das ist die Anzeige von damals. Erst wollt sie net, weil's Angst g'habt hat, dass dadurch alles öffentlich wird. Sie hat sich g'schämt. Aber ich hab ihr g'sagt, dass sie den Dreckskerl unbedingt anzeigen muss, damit er für das bestraft wird, was er ihr angetan hat. Deshalb bin ich ja Polizist g'worden, um solche Mistkerle wie den zur Strecke zu bringen.« Wurmer seufzte und schaute zum Fenster hinaus, als müsste er dort nach Erinnerungen suchen. »Es ist dann alles ganz anders kommen.« Der Polizist fuhr sich mit den Händen übers Gesicht. »Die Eva war plötzlich weg, und im Ort haben's geredet, dass der Roland sie um'bracht hat, damit es keinen Prozess gibt.«

»Sind Sie dem nachgegangen?«

»Ja sicher! Die Kripo von Linz hat eh auch ermittelt, aber nix g'funden. Die konnten dem Roland nix nachweisen, weil der g'sagt hat, dass die Eva die Kellertreppen runterg'fallen ist und die Blessuren von dem Sturz stammten. Und die Eva war ja net mehr da, um das zu berichtigen.«

»Könnte es sein, dass Eva Rohrbach verlassen hat, um den Fängen von Petrovsky zu entkommen? Weil sie nicht warten wollte, bis die Justiz etwas gegen ihn unternimmt? Und jetzt vielleicht irgendwo unter falschem Namen lebt?«, fragte Heinze.

»Sein könnt' das schon, allerdings glaubt hier bei uns in Rohrbach niemand wirklich daran«, erwiderte der Revierinspektor.

»Was denken Sie?«

Wurmer zuckte mit den Schultern. »Der eine Teil von mir will glauben, dass die Eva noch irgendwo ist, also dass sie lebt und bloß unterg'taucht ist. Der andere Teil befürchtet, dass es leider anders ist. Dass sie net mehr am Leben ist, weil der Roland zu weit g'gangen ist. Irgendwann muss man den Tatsachen halt ins Auge blicken.«

»Wieso haben wir den Bericht vom LKA nicht in der Datenbank gefunden? Wenn es Untersuchungen wegen Evas Verschwinden gegeben hat, müssten die doch abgespeichert sein.«

»Man hat ihm ja nix nachweisen können. Und da dem Roland sein Vater ein hohes Tier in der Politik ist, hat man das zur Verschlusssache erklärt. Das war schnell vom Tisch, und die Ermittlungen wurden eing'stellt. Trotzdem ist der Roland bald wegg'zogen, weil die Leut' mit dem Finger auf ihn g'zeigt haben. Das hat net einmal sein feiner Herr Vater richten können. Bei uns in Rohrbach bist du schuldig, wenn die Leut' das von dir denken, und net, wenn es ein Richter sagt.«

»Das ist bei uns in Linz nicht anders«, erwiderte Kolanski.

»Die da oben richten es sich, wie sie es brauchen. Das sieht man in der Politik ja beinahe täglich, wie das abläuft. Dieses Ibiza-Video hat ganz klar g'zeigt, wie die das machen. Und dann schachern sie sich auch noch gegenseitig die Posten zu und biegen die Gesetze, wie es von den Geldgebern verlangt wird. Und genauso war das beim Petrovsky, dem Saukerl! Alles dieselbe Bagage!«

»Sie weinen ihm keine Träne nach …«

»G'wiss net! Sie haben die Eva ja net g'sehen, wie die ausg'schaut hat. Ich schon!«

»Danke, Herr Kollege. Wir werden dann noch mit den Eltern von der Eva reden«, sagte Kolanski und stand auf.

»Das wird schwierig.«

»Wieso?«, fragte Heinze.

»Evas Mutter ist seit zwei Jahren tot. Brustkrebs, wissen S'? Und der Vater hat sich nach Evas Verschwinden und dem Tod seiner Frau zu einem komischen Kauz entwickelt. Außerdem ist er dem Alkohol leider sehr zugetan, man könnt' auch sagen, er säuft den ganzen Tag und die halbe Nacht. Der redet mit niemandem, schon gar net mit Fremden. Am besten, ich komm mit.« Viktor Wurmer erhob sich und zog seine Tellerkappe vom Haken, setzte sie auf und geleitete die Kriminalbeamten nach draußen, wo ihnen wieder die unbarmherzige Hitze entgegenschlug.

»Hätte nie gedacht, dass ich das mal sage, aber ich wäre froh, wenn es endlich regnen würde«, ächzte Kolanski.

»Da schließe ich mich an, Herr Kollege!«, rief der Polizist über die Schulter hinweg. »Wollt ihr mit mir fahren? Ist eh net weit.«

»Gerne.«

Während der Fahrt erfuhren Kolanski und Heinze von dem Revierinspektor, dass der Brustkrebs bei Evas Mutter unmittelbar nach deren Verschwinden diagnostiziert worden war. Sie hatte mehrere Jahre gegen die Krankheit angekämpft mit Chemotherapie und Bestrahlungen, diesen Kampf am Ende jedoch verloren.

»Schlimm, wenn eine Familie so etwas durchmachen muss«, sagte Heinze.

»Darf ich fragen, warum Sie dieser alte Fall so interessiert?«, fragte Viktor Wurmer. »Jetzt hat ja ohnehin einer den Petrovsky erledigt, ihn quasi zur Verantwortung g'zogen, falls er die Eva um'bracht hat. Also verhaften können Sie den net mehr.«

»Roland Petrovsky hat nicht nur die Eva Pöller geschlagen, sondern auch seine Ehefrau, die er vor sieben Jahren in Bad Kreuzen geheiratet hat. Nach Aussage der Frau hat er sie ebenso mehrmals vergewaltigt«, erwiderte Kolanski.

»Ich wusste doch, dass der Petrovsky ein Saukerl ist!«, zischte Wurmer und blickte mit zusammengepressten Lippen durch die Windschutzscheibe hinaus auf die Straße, an deren Rand Kinder mit einem Ball spielten. Wurmer drosselte die Geschwindigkeit, und Kolanski hatte den Eindruck, dass der Fall den Kollegen selbst heute noch emotional beschäftigte. »Ich hab mir nie verziehen, dass ich die Eva net hab finden können«, rückte er dann auch schon mit dem Grund dafür heraus.

»Es war bestimmt nicht Ihre Schuld. Solche Dinge passieren leider …«

»Sagen Sie das auch den Eltern von Kindern, denen so etwas zustößt?«, fuhr Wurmer ihn an, beruhigte sich aber sofort wieder. »Tut mir leid. Wie können Sie diesen Job bei der Kripo nur machen, wo man ausschließlich mit solchen Sachen zu tun hat? Das wär' mir echt zu viel!«

Das Polizeiauto hielt vor einem alten Haus, das längst renoviert werden sollte. Die Fensterläden waren einst grün lackiert gewesen, jetzt hingen sie schief mit abgeblätterter Farbe in den rostigen Angeln. An der Fassade bröckelte an manchen Stellen der Putz, sodass die roten Ziegel hervorlugten. Das Dach war bemoost, und von unten gewann man den Eindruck, als wäre der ein oder andere Ziegel gebrochen oder würde gar fehlen.

»Da ist lange nix dran g'macht worden«, erklärte Viktor Wurmer, der die Blicke der Kriminalbeamten bemerkt hatte. »Der Rudolf hat dafür einfach keine Kraft mehr.«

»Verstehe«, erwiderte Kolanski. Er war gespannt, was sie im Inneren des Gebäudes erwarten würde, denn ein Haus geriet nicht innerhalb von sieben oder acht Jahren in einen derart desolaten Zustand. Da musste es vorher schon am Notwendigsten gemangelt haben. Wahrscheinlich war der Hausherr bereits länger dem Alkohol zugetan gewesen und nicht erst seit Eva Pöllers Verschwinden.

Viktor Wurmer betätigte die Klingel gleich neben der Haustür. Es dauerte eine Weile, bis ihnen ein Mann um die 60 öffnete, volltrunken und mit aufgedunsenem Gesicht. Das Hemd unzureichend in die Hose gesteckt, selbige im Schritt fleckig. Ein übler Geruch ging von ihm aus. Es schien, als hätte er Ewigkeiten nicht geduscht.

»Rudi, die Herren sind von der Kriminalpolizei aus Linz und wollen dir ein paar Fragen zu Eva und dem Roland stellen …«

»Die soll'n abhauen!«, rief der Angesprochene und richtete seine geröteten Augen wütend auf die Beamten.

»Aber geh, Rudi, reiß dich zusammen!«, sprach Viktor Wurmer energisch. »Die wollen doch nur herausfinden, wo die Eva ist und was …«

»Ich zeig dir gleich, wie ich mich z'samm'reiß!«, fuhr der Mann ihn an, wandte sich um, wankte verdächtig, hielt sich am Türrahmen fest, bis er das Gleichgewicht wiedererlangte, und stolperte ins Haus.

»Was jetzt? Sollen wir ihm nachgehen?«, fragte Wurmer.

»Dafür ist es zu spät«, erwiderte Heinze.

Der Hausherr kehrte mit einem Gewehr in der Hand zurück und visierte die Männer der Reihe nach an.

»Geh, Rudi! Mach keinen Blödsinn!«, rief Wurmer, dem die Sache eher peinlich zu sein schien, als dass er sie ernst nahm. Vielleicht hatte er vor den Kollegen aus Linz glänzen wollen, ihnen zeigen wollen, wie gut er alles im Griff hatte und wie kooperativ die Rohrbacher waren. Und dieser Saufbold machte ihm einen Strich durch die Rechnung.

»Legen Sie das Gewehr weg, Herr Pöller, bevor ein Unglück passiert!«, forderte Kolanski den Betrunkenen auf, wohl wissend, dass man mit einem Alkoholisierten kein vernünftiges Gespräch führen konnte. Dennoch versuchte er es zuerst auf diese Weise, bevor er seine Dienstwaffe ziehen würde.

»Dieses Unglück ist schon vor Jahren passiert«, lallte Pöller.

»Und du machst alles noch schlimmer, Rudi!«, sagte wieder Wurmer. »Die Eva tät das net wollen, auch net die Elfriede!«

Als der Angetrunkene die Namen seiner Tochter und seiner Ehefrau hörte, zögerte er einen Augenblick. Den nutzte Heinze, trat an ihn heran und entriss ihm das Gewehr. Dabei löste sich ein Schuss. Der Knall zerfetzte die Stille in dem idyllischen Rohrbach.

Kolanski, der automatisch in Deckung gegangen war, richtete sich auf und fragte: »Ist jemand verletzt?«

Die Kollegen verneinten, ebenso Rudolf Pöller. Die Schrotladung war gen Himmel gegangen und fiel nun in Form von Schrothagel auf die Erde zurück.

»Scheiße! Was sollte das denn?«, fuhr Wurmer Pöller an. »Wolltest du uns echt erschießen?«

Rudolf Pöllers Körperhaltung veränderte sich. Wie eine Luftmatratze, der die Luft entwich, sackte er in sich zusammen und rutschte an die Wand gelehnt zu Boden. »Nein, das wollt ich net.«

»Danach hat es aber verdammt noch mal ausg'schaut, du Depp!« Wurmer war immer noch nicht bereit, sich zu beruhigen.

»Ich schlage vor, wir gehen rein und unterhalten uns in Ruhe«, sagte Kolanski. Er und Heinze halfen Pöller auf die Beine und führten ihn ins Haus. Wurmer kam hinterher, wenn auch sichtlich widerwillig.

Ein unangenehmer Geruch schlug ihnen entgegen. Hier war seit Tagen nicht gelüftet worden. Oder gar seit Wochen. Als sie das Wohnzimmer erreichten, das mehr einer Müllhalde glich, öffnete Heinze trotz der Hitze draußen ein Fenster.

»Herr Pöller, wir wissen, dass es schwer für Sie ist, über das Verschwinden Ihrer Tochter zu reden. Können Sie uns trotzdem erzählen, was damals vorgefallen ist?«, fragte Kolanski, nachdem sich der Angesprochene einfach auf die Sachen auf der Couch gesetzt hatte, als wären sie nicht da. Kolanski suchte nach einer weiteren Sitzmöglichkeit. Er hatte Hemmungen, Rudolf Pöllers Beispiel zu folgen und sich auf der völlig überfüllten Couch niederzulassen.

Pöller deutete auf eine Tür. »Dort drinnen steht Schnaps. Den brauch' ich jetzt, weil … Wollen S' auch einen?«

Die Beamten lehnten ab.

»Aber ich brauch' unbedingt ein Stamperl«, sagte er, was eine Aufforderung war, dass ihm jemand besagten Alkohol bringen sollte.

Kolanski nickte, und Wurmer öffnete die Tür. Ein Schwall abgestandener Luft quoll aus dem dahinterliegenden Raum ins Wohnzimmer, vermischt mit dem Geruch verdorbener Lebensmittel. Rasch griff Wurmer nach der am Küchentresen stehenden Schnapsflasche und kam damit zurück. Hinter ihm fiel die Tür wieder ins Schloss. Kolanski bemerkte, dass der Kollege die Luft angehalten hatte.

»Ein Glaserl brauchst wahrscheinlich eh net«, sagte Wurmer an Pöller gerichtet, während er ihm die Flasche reichte. Gierig griff der Mann danach und nahm ein paar Schlucke, als handelte es sich um Wasser, das ihn vor dem Verdursten rettete.

»Was wollen S' denn wissen?«, fragte er, nachdem er getrunken und sich den Mund am Ärmel abgewischt hatte.

»Wie das damals gewesen ist, als die Eva verschwunden ist.«

»Sie ist plötzlich net mehr dag'wesen, wie vom Erdboden verschluckt«, antwortete Pöller. »Und zwar, nachdem sie den Roland ang'zeigt hat, was sie nie hätt' tun sollen. Dann wär' sie heute noch am Leben. Der Roland hat ihr nach der Anzeige die Hölle heiß g'macht, hat sie bedroht, gestalkt oder wie man da sagt. Ständig hat er sie ang'rufen. Und er hat sie grün und blau g'schlagen, net nur einmal. Jede Woch'n ist sie so daherg'kommen! So ein Dreckskerl! Und dann war sie plötzlich weg. Bis heut' weiß keiner, wo sie ist. Wo er sie verscharrt hat.« Pöller führte die Flasche erneut zum Mund.

»Haben Sie etwas gesehen oder gehört, das Ihre Behauptungen untermauert?«

»Untermauert?«, echote Pöller abfällig. »Ich weiß das, ich bin der Vater! Dass sie net mehr lebt, ist für mich so klar wie dieser Schnaps.« Pöller hielt den Alkohol in die Höhe. »Das hätt' sie uns nämlich nie ang'tan, dass sie einfach so g'gangen wär'. Niemals, verstehen S'?«

Kolanski nickte. »Beweise dafür gibt es aber keine, oder?«

»Ich brauch' keine Beweise! Ich weiß das auch so. Ich spür, dass sie net mehr lebt. Da drinnen!« Mit seiner freien Hand hieb sich der Mann mehrmals auf die Brust.

»Wenn Roland Petrovsky Eva tatsächlich getötet hat, dann ist er jetzt zur Rechenschaft gezogen worden«, sagte Heinze.

»Wie? Was soll das heißen?« Es war Rudolf Pöller anzusehen, dass er keine Ahnung hatte, wovon Heinze sprach, obwohl es in allen Zeitungen gestanden hatte und sogar im Fernsehen darüber berichtet worden war. Aber wahrscheinlich interessierte sich Rudolf Pöller nicht mehr dafür, was in der Welt da draußen geschah, war er doch zu sehr mit sich selbst und seiner Schnapsflasche beschäftigt.

»Roland Petrovsky wurde ermordet«, erklärte ihm Kolanski.

»Ihr verarscht mich, oder?« Pöller blickte aufmerksam zwischen Kolanski und Heinze hin und her.

»Nein.« Kolanski schüttelte den Kopf.

Der Vater der Vermissten schlug die Hände vors Gesicht und gab sonderbare Geräusche von sich. Dann fing er an, schallend zu lachen. Als er sich wieder gefangen hatte, sagte er: »Wenn das meine Elfriede noch erleben hätt' dürfen.« Seine Mimik änderte sich abermals und Tränen rannen ihm über die Wangen. Ein Weinkrampf schüttelte seinen vom Alkohol ausgemergelten Körper. Pöller rutschte von der Couch und weinte hemmungslos.

»Ich glaube, wir brauchen einen Arzt. Keine Ahnung, was der in seinem Dusel alles anstellt. Der ist ja völlig fertig«, sagte Kolanski.

Wurmer holte sein Handy aus der Tasche und wählte die Nummer des ortsansässigen Mediziners, der versprach, sofort herzukommen. So lange mussten die Beamten noch ausharren. Wurmer sperrte vorsichtshalber Pöllers Gewehr in den Kofferraum seines Polizeiautos.

»Glaubt ihr, dass er uns etwas vorspielt?«, fragte Heinze, nachdem der Arzt eingetroffen war und Pöller ein Beruhigungsmittel verabreicht hatte.

»Nein, das denke ich nicht«, antwortete Kolanski.

»Könnte er nicht trotzdem der Mörder vom Petrovsky sein? Ein Motiv hätte er.«

»Ich hab den Rudi seit Langem net mehr nüchtern g'sehen«, warf Viktor Wurmer ein. »Genauer g'sagt, seit die Elfriede tot ist. Früher hat er zwar auch schon g'soffen, aber seit seine Frau nimma lebt, ist es ganz schlimm g'worden. In diesem Zustand ist es für ihn unmöglich, nach Bad Kreuzen zu fahren und jemanden zu töten, glaubt mir. Der kann sich ja kaum auf den Beinen halten.«

»Die Kollegen von der Streife haben schon öfter Personen mit über zwei Promille aufgehalten«, erwiderte Heinze. »Zumindest in Wien und Umgebung kommt das immer wieder mal vor.«

»Ich kann mir auch nicht vorstellen, dass er es gewesen ist«, schloss sich Kolanski dem Rohrbacher Kollegen an. »Was mich zur nächsten Frage bringt: Also, der Vater ist ein Säufer und nicht in der Lage, einen Mord zu begehen. Die Mutter ist bereits gestorben. Gibt es noch jemanden, der Eva Pöller nahegestanden hat?«

»Ja, schon«, erwiderte Viktor Wurmer.

Die Kriminalbeamten sahen ihn erwartungsvoll an. Als Wurmer nicht weiterredete, weil er offenbar mit der Antwort haderte, hakte Kolanski nach: »Ja, und wer?«

»Ich.«

18. KAPITEL

Ein Mann mit einer Mistgabel in der Hand rannte aus dem Bauernhof auf die Kriminalbeamten zu. Die standen noch immer neben dem Düngehaufen, wollten aber gerade zurück nach Linz fahren.

»Was hat er denn dieses Mal ang'stellt?«, bellte der Landwirt und deutete mit dem Arbeitsgerät auf den alten Bauern, der erschrocken herumfuhr. Stern schloss daraus, dass sie den Sohn von Karl vor sich hatten. Das Verhältnis zwischen den beiden wirkte – wie Karl mehrmals hatte anklingen lassen – tatsächlich sehr angespannt.

»Net das auch noch«, sagte der Altbauer leise und trat hinter den Chefinspektor. Stern gewann den Eindruck, als würde er sich vor seinem eigenen Fleisch und Blut verstecken.

»Ihr Vater hat uns bei den Ermittlungen geholfen.« Mit seiner Antwort versuchte Stern, Karl vor dessen Sohn gut dastehen zu lassen.

»Mein Vater hat was?«, entfuhr es dem Landwirt ungläubig. »Wie denn das? Ansonsten hat er nur Blödsinn im Schäd'l und treibt Unfug wie ein Lausbub.«

»Geh! Das stimmt gar net!«, wehrte sich Karl gegen die Vorwürfe des Sohnes.

»Sicher stimmt das!«, echauffierte sich der Jungbauer.

»Oder wie ist das vorige Woche g'wesen mit der Milch, die sauer g'worden ist, weil du sie net g'kühlt hast?«

»Die war doch für die Ferkel …«

»Geh, Vater, red net so einen Schmarrn! Die kriegen schon das richtige Futter. Die brauchen keine Extraportion Milch, die wir stattdessen verkaufen können.«

»Aber ich hab bloß g'dacht, …«

»Nix hast du g'dacht! Und wie war das mit den zehn Laib Brot, die alle hart g'worden sind?«

»Die hab ich der Mühlenerin nur deswegen abg'kauft, weil sie mich so ang'jammert hat, dass das Geld in dem Monat net fürs Nötige reicht. Was hätt' ich denn sonst tun soll'n? Sie hat zwei kleine Kinder und keinen Mann.«

»Und was sollen wir mit zehn Laib Brot machen? Hast du dir das auch einmal überlegt?«

»Die Schweinderl mögen's ja eh …«

»Ah geh, Vater!«

»Ihr Vater hat uns angerufen, weil ihm etwas Verdächtiges aufgefallen ist«, bekam Karl nun auch Schützenhilfe von Dominik Weber. Dieser war mit dem Plastiksack in der Hand eigentlich schon auf dem Weg zum Wagen gewesen, hatte jedoch wegen des verbalen Schlagabtauschs zwischen Vater und Sohn kehrtgemacht.

»Was Verdächtiges? Ja, was denn?« Die Neugierde des Sohnes war geweckt. Mit einem kräftigen Hieb rammte er die Mistgabel in den neben ihm liegenden Haufen, wo diese wie ein Mahnmal stecken blieb.

»Wir haben eine tote Katze hier bei Ihnen auf dem Hof gefunden«, erläuterte Grünbrecht.

»Eine tote Katz'?«, echote der Landwirt. »Die gibt's bei uns immer wieder! Wir hab'n ja auch mehr als genug davon, und da passiert's schon mal, dass so ein Viech krepiert.« Ein Grinsen breitete sich auf seinem Gesicht aus, wohl aus Schadenfreude, da er glaubte, dass der Hinweis seines Vaters damit wertlos wäre. »Und deswegen kommen so viele Leut' von der Polizei? Wegen einer toten Katz'?«

»Die Katze wurde vergiftet«, behauptete Stern, obwohl es dafür noch keine Beweise gab. Doch das herablassende Gehabe des Jüngeren gegenüber seinem Vater störte ihn.

»Wie der Petrovsky?«, kombinierte der Landwirt sofort. Als niemand etwas erwiderte, fragte er: »Und Sie glauben jetzt, dass mein Vater das getan hat? Dass er den Petrovsky und die Katz' vergiftet hat?«

»Geh, Schmarrn!«, wehrte sich Karl nun auch gegen diese Beschuldigung und trat hinter Stern hervor. Anscheinend fühlte er sich in der Gegenwart so vieler Polizisten sicher. Stern vermutete, dass es schon mal zu Handgreiflichkeiten zwischen Vater und Sohn gekommen sein musste, wenn sich der Altbauer derart verhielt.

»Ihr Vater hat damit nichts zu tun«, sagte er, obwohl er sich dessen nicht ganz sicher war. Für ihn war klar, dass Karl jede Menge wusste, was Land und Leute anbelangte. Ob das ebenso die Geschehnisse rund um den Mord an Roland Petrovsky beinhaltete, konnte er nicht sagen. Nun wollte er ihn aber erst einmal vor dem Sohn in Schutz nehmen, denn irgendwie tat ihm der Alte leid. Kein Wunder, dass Karl lieber seine Zeit im Wirtshaus verbrachte oder in der Gegend herumstreifte.

»Und wer war es dann?« Mit verschränkten Armen stand der Jungbauer neben seiner im Düngehaufen steckenden Mistgabel und sah die Beamten lauernd an.

»Das versuchen wir herauszufinden«, antwortete Stern.

»Und dabei soll euch die tote Katz' helfen?«

»Wenn wir Glück haben, finden wir in dem Kadaver dasselbe Gift wie in der Leiche vom Petrovsky. Dann müssen wir nur noch in Erfahrung bringen, wem die Katze gehört und wo sie das Gift zu sich genommen hat«, erklärte Weber.

»Wo ist das Vieh? Ist es eine von unseren?«, wollte der Jungbauer wissen.

Weber öffnete den Sack. Ein Schwarm Fliegen strömte heraus, ebenso der typische Geruch von verwesendem Fleisch.

Der Mann hielt sich die Hand vor Mund und Nase und warf einen Blick hinein. Angewidert wandte er sich ab und sagte: »Nein, das ist keine von unseren. Das ist die Katz' von der Kräuterhex'!«

19. KAPITEL

Revierinspektor Viktor Wurmer saß auf jenem Stuhl, auf dem sonst die Bürger Platz nahmen, wenn sie auf die Polizeiinspektion in Rohrbach kamen und etwas anzeigen wollten. Und dort, wo gewöhnlich er seinen Hintern platzierte, hockte Gruppeninspektor Hermann Kolanski, der sein Gegenüber misstrauisch anstarrte.

»Ich weiß, dass ich gleich zu Beginn was sag'n hätt soll'n«, versuchte Wurmer, sein Versäumnis zu erklären, dass er gut mit Eva Pöller bekannt gewesen und es deshalb nicht auszuschließen war, dass er ein persönliches Interesse in der ganzen Geschichte verfolgte.

»Wieso haben Sie es nicht getan?«, hakte Kolanski nach.

Wurmer zuckte mit den Schultern. »Keine Ahnung. Zuerst dachte ich, dass es keine Rolle spielt ... und dann war es plötzlich zu spät. Ich weiß auch net, ich hab net darüber nachg'dacht.«

»Wie gut kannten Sie Eva Pöller wirklich?«, fragte Kolanski.

»Gut, sehr gut sogar. Bevor sie mit dem Petrovsky zusammeng'kommen ist, sind wir ein Paar g'wesen.« Wurmer lehnte sich in seinem Stuhl zurück und verschränkte die Arme vor der Brust. Er schien auf die Reaktion zu warten, um abschätzen zu können, was sein Gegenüber von dieser Information hielt.

»Hat Eva Sie wegen ihm verlassen?«

Wurmer lachte auf und sah aus dem Fenster. »Ja, hat sie.«

»Wie lief die Trennung ab?« Kolanski wollte nun alles wissen.

»Net so schön«, gab Wurmer zu.

»Was heißt das?«

»Ich hab es halt net wahrhab'n woll'n, dass sie mich für den Roland verlässt. Sicher, er hat damals schon einflussreiche Freunde g'habt, und sein Vater ist ein mächtiger Mann g'wesen, das ist er übrigens immer noch. Und erste Erfolge als Marketingmanager hat der Roland ja auch schon vorweisen können. An seiner Seite hätt' die Eva ein sorgenfreies Leben erwartet, hat sie g'meint. Das wär' mit mir net so g'wesen. Ein Polizist in den Anfangsjahren, Sie wissen selber, was man da verdient. Dann die vielen Nachtschichten und Wochenenddienste …« Wurmer blickte verbittert drein. »Da hab ich net mithalten können.«

»Und dafür haben Sie ihn gehasst«, brachte es Kolanski auf den Punkt.

»Mög'n hab ich ihn gewiss net«, antwortete Wurmer.

»Und als die Eva dann auch noch verschwunden ist …«

»Aber das ist doch acht Jahre her!«, rief Wurmer dazwischen, weil er ahnte, worauf das Gespräch hinauslief. »Warum soll ich so lange warten, um mich am Roland zu rächen?«

»Besser spät als nie«, warf Heinze ein, der bislang die Vernehmung schweigend verfolgt hatte.

»So ein Schmarrn! Ich bin Polizist und kein Mörder.« Wurmer verschränkte wieder die Arme vor der Brust. »Und ich bin ein Kollege von euch!«

»Wo waren Sie vorgestern Abend, Herr Kollege?« Kolanski ließ sich nicht beirren. Natürlich empfand er es als unangenehm, einen aus ihren Reihen zu befragen, aber dieser hatte aufgrund seiner Liaison mit Eva Pöller ein Motiv, Roland Petrovsky zu töten. Auch wenn der Zeitpunkt eher dagegensprach, da hatte Wurmer schon recht.

»Wurde da der Petrovsky umg'bracht?«

»Beantworten Sie meine Frage!«

»Da hab ich Dienst g'habt«, erwiderte Wurmer.

»Wir werden das nachprüfen und herausfinden, wo sich Ihr Handy in jener Nacht überall eingeloggt hat«, sagte Heinze.

Wurmer starrte Heinze fassungslos an. »Echt jetzt?«

»Echt jetzt«, bestätigte Kolanski.

»Wenn S' meinen, dass Ihnen das weiterhilft«, sagte Wurmer sichtlich verärgert. »War es das?«

»Waren Sie alleine im Dienst?«

»Nein, mit dem Georg.«

»Wie noch?«

»Was, wie noch?«

Kolanski seufzte. Die Freundlichkeit, mit der der Kollege sie am Vormittag empfangen hatte, war kindlichem Trotz gewichen. »Wie heißt dieser Georg mit Familiennamen?«

»Henerbichler.«

»War es eine ruhige Nacht?«

Wurmer schien zu überlegen. »Ja. Wir sind ein bisserl herumg'fahren, um unsere Präsenz zu zeigen, wie es so schön heißt, und danach war'n wir auf der Inspektion bis zum Dienstende.«

»Okay, wir überprüfen das …«

»Bin ich etwa ein Verdächtiger?«, brauste Wurmer auf.

»Betrachten Sie es mal so: Wir wollen Sie als Verdächtigen ausschließen, denn ein Motiv, Ihren Nebenbuhler von damals zu ermorden, haben Sie sehr wohl. Schließlich weiß bis heute niemand, was mit Eva Pöller tatsächlich passiert ist.«

Wurmer beugte sich nach vorn über den Tisch. »Sie vergessen, dass mit dem Tod von diesem Arschloch niemand mehr erfahren wird, was damals wirklich vorg'fallen ist. Denn wenn der Kerl die Eva um'bracht hat, dann kann er jetzt keinem mehr sagen, wo er ihre Leiche verscharrt hat.«

Kolanski beugte sich ebenfalls nach vorn. »Es besteht ja durchaus die Möglichkeit, dass Sie genau das von ihm erfahren wollten, er es Ihnen aber nicht gesagt hat. Infolgedessen sind Sie durchgedreht und haben ihn getötet.«

»Oder er hat es Ihnen gesagt und Sie sahen daraufhin keine Verwendung mehr für ihn und haben ihn deshalb kaltgemacht«, sagte Heinze.

»Mit Gift?« Wurmer lächelte, und die Kriminalbeamten mussten zugeben, dass ihre Theorien allesamt einen Haken hatten. Denn wenn es sich tatsächlich so zugetragen hätte, wäre es doch viel wahrscheinlicher, dass Wurmer Petrovsky im Affekt getötet hätte. Erschossen, erwürgt oder erschlagen.

»Um von Ihnen abzulenken.«

»Ich hab den Petrovsky net um'bracht, aber ich weine ihm auch keine Träne nach«, sagte Wurmer abschließend. Seine Redebereitschaft war erschöpft, das spürten die Ermittler. Er lehnte sich wieder zurück.

»Na gut, wir überprüfen Ihre Angaben, dann sehen wir weiter.« Kolanski erhob sich vom Stuhl des Kollegen.

»Bin ich verhaftet?«, fragte der.

»Nein, sind Sie nicht. An Ihrer Stelle würde ich Rohrbach allerdings nicht verlassen.«

*

Die Gruppeninspektoren Kolanski und Heinze traten vor die Polizeiinspektion in Rohrbach. Die Hitze hatte ihren Höhepunkt erreicht und das Thermometer auf 33 Grad Celsius klettern lassen.

»Und? Glaubst du, dass Wurmer Petrovsky ermordet hat?«, wollte Heinze von Kolanski wissen.

»Nein, das kann ich mir nicht vorstellen. Warum hätte er das jetzt nach acht Jahren noch tun sollen?« Kolanski blickte sich um. Der Ort war wie ausgestorben. Jeder, der konnte, suchte Schutz in gekühlten Räumen.

»Keine Ahnung, aber möglich wäre es. Ich besorge uns die Genehmigung für die Anfrage beim Mobilfunkbetreiber. Dann wissen wir, in welchen Funkzellen sich Wurmers Handy in der Mordnacht eingewählt hat. Und wir müssen mit diesem Georg Henerbichler reden, der mit ihm in dieser Nacht zusammengearbeitet hat«, sagte Heinze.

»Henerbichler übernehme ich«, erwiderte Kolanski und wählte sogleich die Nummer der Dienststelle. Henerbichler habe gerade frei, teilte ihm der zuständige Kollege mit. Nachdem Kolanski erklärte, dass es um die Überprüfung eines Alibis in einem Mordfall gehe, erhielt er Henerbichlers Privatnummer. Dieser befand sich mit seinen Kindern gerade im AquaRo, dem Erlebnisfreibad in Rohrbach, wo Kolanski auch gern gewesen wäre. Im Hintergrund war das ausgelassene Geschrei von vergnügten badenden Menschen zu hören. Nach dem Telefonat, das kaum drei Minuten gedauert hatte, steckte Kolanski sein Smartphone wieder in die Hosentasche.

»Und?« Heinze war neugierig.

»Er sagt, dass er und Wurmer zusammen Streife gefahren sind, um Präsenz zu zeigen, und dass sie etwa ab Mitternacht bis zum Ende ihres Dienstes auf der Inspektion gewesen sind«, erzählte Kolanski.

»Das sind doch haargenau Wurmers Worte«, fiel Heinze auf.

»Vielleicht, weil es so gewesen ist.«

»Oder weil sie sich abgesprochen haben«, mutmaßte Heinze.

»Was ist mit den Bewegungsdaten vom Handy?«

»In zwei bis drei Stunden haben wir sie. Aber ich gehe schwer davon aus, dass sie lediglich dazu dienen werden, Wurmers Alibi zu bestätigen«, mutmaßte Heinze. Er war nicht gerade zuversichtlich, einen Treffer zu landen.

»Okay, dann fahren wir zurück nach Linz. Mal sehen, was Stern und Grünbrecht inzwischen herausgefunden haben.«

20. KAPITEL

Stern und Grünbrecht fuhren zur Hütte der Kräuterhexe Katharina Wunderfall. Dieses Mal nahmen sie die Straße dorthin und stiegen nicht wie bei ihrem ersten Besuch durch die Wolfsschlucht hinauf. Als das Gebäude aus Holz in Sichtweite rückte, sahen sie, dass Katharina Wunderfall sie ebenso entdeckte. Sie ließ das, was sie gerade in Händen hielt, fallen und rannte davon.

»Das darf doch nicht wahr sein!«, rief Stern und deutete durch die Windschutzscheibe auf jene Stelle, wo Wunderfall eben noch gestanden hatte.

»Die haut ab!« Grünbrecht stellte das Auto hinter dem weißen Lieferwagen ab, sprang hinaus und lief der entschwindenden Kräuterhexe hinterher.

Stern folgte ihnen in seinem Tempo. Er hasste es, wenn Verdächtige die Fliege machten. Als er dann endlich um die Ecke der Hütte bog, wäre er beinahe über einen Eimer Wasser gestolpert. Er blieb stehen und sah, dass jemand mit roter Farbe »Mörderin! Verschwinde!« auf die Hüttenwand gesprüht hatte. Das hatte Wunderfall vorhin also versucht, wegzuschrubben.

Stern blickte sich um. Von Grünbrecht und der Kräuterhexe fehlte jede Spur. Die waren längst im Wald verschwunden.

»Scheiße!«, fluchte er. Was auch immer der Grund

für Wunderfalls Flucht war, es sah nicht gut aus. Erstens waren Flüchtende beinahe zu allem fähig, zweitens wirkte es wie ein Schuldeingeständnis, wenn jemand beim Anblick der Kriminalbeamten die Beine in die Hand nahm. Stern holte die Glock aus dem Holster, zog den Schlitten zurück und folgte den Frauen in den Wald.

»Grünbrecht?«, rief er.

Niemand antwortete. Es konnte doch nicht sein, dass die beiden in so kurzer Zeit schon außer Hörweite gelangt waren, dachte er und lief noch ein gutes Stück weiter den Hang hinab.

»Grünbrecht!«

Wieder erhielt er keine Antwort. Er lauschte. Irgendetwas musste doch zu hören sein außer dem Plätschern des Wassers im steinigen Bachbett und dem Gezwitscher der Vögel in den Bäumen. Ob sie nach oben gerannt waren? Oder talabwärts?

»Grünbrecht!«

»Wir sind hier!«, drang es leise aus der Schlucht.

Sterns Herz schlug schneller. Einerseits war er erleichtert, die Stimme seiner Kollegin zu vernehmen. Andererseits sagte das noch nichts über ihren Gesundheitszustand aus. Hoffentlich war alles in Ordnung. Nach den schlimmen Ereignissen um Edwin Mirscher beim letzten Fall war die Angst, dass es wieder einen von ihnen erwischen könnte, sein ständiger Begleiter. Stern stolperte den Hang hinunter, dabei suchten seine Augen die Umgebung ab. Er hoffte, die Gruppeninspektorin unversehrt auszumachen …

Und dann sah er sie. Die zwei Frauen kamen die Schlucht herauf in seine Richtung. Wunderfall ging vorn,

Grünbrecht dicht hinter ihr. Doch irgendetwas stimmte nicht. Etwas war anders als vorhin.

»Was zum Teufel …?« Stern verstummte, als die Frauen nahe genug waren und er trotz seiner Fehlsichtigkeit erkennen konnte, was ihn störte.

»Sag besser nichts!«, giftete Grünbrecht ihn an.

»Aber …«

Der Blick der Gruppeninspektorin brachte Stern erneut zum Schweigen.

»Es tut mir ja leid«, sagte Katharina Wunderfall. Erst jetzt bemerkt Stern, dass ihre Hände am Rücken in Handschellen steckten. »Es ist meine Schuld. Wir sind die Böschung hinunterg'rutscht …«

Grünbrecht schnaubte. »Hinuntergerutscht? Ich würde sagen, Sie haben mich gestoßen!« Die Gruppeninspektorin war mit Erde und Baumnadeln beschmutzt, da half auch abschütteln und abreiben nichts. Ihre Jeans war verdreckt, ihr T-Shirt seitlich aufgerissen. Wahrscheinlich war sie an einem Ast hängen geblieben. Hände und Ellbogen waren braun von der Erde und in ihren Haaren hingen vertrocknete Blätter und Baumnadeln. Ein sehr ähnliches Bild bot Katharina Wunderfall.

»Ich hab Sie net erkannt. Ich dachte, ihr seid diejenigen, die letzte Nacht meine Hütte beschmiert hab'n«, rechtfertigte Wunderfall ihre Flucht.

»Und kommen am helllichten Tag zurück, um was zu tun?«, fuhr Grünbrecht sie an.

Wunderfall zuckte mit den Schultern. »Keine Ahnung, vielleicht um dem Geschreibsel auf der Hütte mehr Ausdruck zu verleihen? Was weiß denn ich, was in dem Gehirn von einem vor sich geht, der so was macht?

Darauf hab ich echt keinen Bock g'habt, sondern bin davong'laufen.«

»Ich hab die Schmiererei auf der Hütte gesehen. Haben Sie einen Verdacht, wer das gewesen sein könnte?«, fragte Stern und steckte seine Glock wieder in das Holster.

Wunderfall schüttelte den Kopf. »Nein, keine Ahnung. Aber wenn ich den erwisch …«

»Was dann? Bringen Sie ihn dann auch um?«, fragte Grünbrecht zynisch. Wie es aussah, hatte die Gruppeninspektorin der Kräuterhexe ihren kleinen gemeinsamen Unfall im matschigen Waldboden noch nicht verziehen. »Oder stoßen ihn in die Schlucht, damit er sich das Genick bricht?«

Wunderfall schwieg. Sie funkelte nun ihrerseits die Gruppeninspektorin mit bösem Blick an. In ihrem Gesicht spiegelten sich Hass, Wut und Zorn. In diesem Moment traute Stern ihr alles zu, sogar einen Mord.

»Frau Wunderfall, Sie stehen in Verdacht, Roland Petrovsky vergiftet zu haben. Wir nehmen Sie jetzt mit auf die Dienststelle.«

21. KAPITEL

Kolanski und Heinze fuhren auf der Rohrbacher Straße Richtung Linz. Der Asphalt flirrte. Vor den Fenstern zog die dürstende Landschaft an ihnen vorbei, in der die andauernde Trockenheit erste Schäden hinterlassen hatte. Dürre Wiesen und braune Rasenflächen in den Gärten boten ein Bild, welches man in Österreich normalerweise nicht kannte, aber an das man sich aufgrund der Klimaerwärmung wahrscheinlich gewöhnen musste.

Kurz vor Walding erreichte die Gruppeninspektoren ein Anruf von einem Kollegen aus der Technik, den sie gebeten hatten, den Weg von Wurmers Handy in der Mordnacht herauszufinden. Kolanski nahm das Gespräch über die Freisprechanlage entgegen.

»Hallo, Stefan! Hast du schon etwas für uns?«

»Natürlich, wie versprochen«, antwortete der Kollege.

»Und wo ist Wurmer nun überall gewesen?«

»Wo *er* gewesen ist, kann ich euch leider nicht sagen, das müsst ihr ihn selber fragen. Sein Handy hat sich jedenfalls die ganze Nacht über nicht vom Fleck bewegt.«

»Was heißt das?«, fragte Heinze irritiert.

»Das heißt, dass sich das Handy von Viktor Wurmer die gesamte Zeit, in der er Dienst hatte, entweder auf der Polizeiinspektion in Rohrbach oder ganz in der Nähe davon befunden hat. So genau kann man es nicht eingrenzen, aber die Funkzelle, in der es eingeloggt war, legt den Schluss nahe.«

Kolanski betätigte den Blinker und hielt rechts am Fahrbahnstreifen an. »Hab ich dich richtig verstanden? Wurmer war in dieser Nacht in der Inspektion und ist nicht Streife gefahren?«, bellte er.

»Zumindest nicht mit seinem Handy«, antwortete der Kollege ruhig.

»Danke, Stefan!« Kolanski unterbrach die Verbindung und blickte durch die Windschutzscheibe hinaus auf die Straße. Mehrere Autos fuhren an ihnen vorbei. »Würdest du dein Handy vergessen, wenn du Streife fahren musst?«, fragte er Heinze.

»Wenn ich es vergesse, würde ich zurückfahren und es holen. Man weiß ja nie, wer einen anrufen möchte. Vielleicht der Chef, dann ist es besser, wenn man rangeht«, erwiderte Heinze.

»So würde ich es auch machen«, schloss sich Kolanski ihm an und wendete den Wagen. »So ein Scheißkerl!«

»Wenn wir Glück haben, ist Wurmer noch auf der Inspektion«, sagte Heinze.

»Am besten, wir nehmen ihn mit nach Linz und vernehmen ihn dort. Vielleicht macht ihn das ein wenig gesprächiger.« Kolanski klemmte das Blaulicht aufs Autodach und raste zurück nach Rohrbach.

22. KAPITEL

»Ich schlage vor, wir beginnen mit Katharina Wunderfall«, sagte Grünbrecht. Ihr ramponiertes Äußeres hatte sie Kolanski und Heinze nach deren Rückkehr aus Rohrbach – mit Viktor Wurmer als Verdächtigen im Schlepptau – lediglich mit den Worten »Das war die Kräuterhexe« erklärt. Mehr hatte sie nicht erzählen wollen. Aufgrund ihrer schlechten Laune hatten die Kollegen nicht nachgehakt, sondern ihrerseits berichtet, warum sie Wurmer verdächtigten und wie sie ihn nach einem heftigen Wortduell ins Auto verfrachtet und mit nach Linz genommen hatten.

Nun ging es darum, wen von den potenziellen Tätern sie als Erstes vernahmen.

»Wenn wir mit Viktor Wurmer beginnen, ersparen wir uns vielleicht das Verhör der Kräuterhexe und können schneller Feierabend machen«, widersprach Heinze. »Wurmer hat uns nämlich weismachen wollen, dass er in der Mordnacht mit seinem Kollegen Streife gefahren ist, derweilen hat sein Handy – den Bewegungsdaten nach – wahrscheinlich die ganze Nacht über in der Polizeiinspektion in Rohrbach gelegen. Wurmer kann demnach überall gewesen sein, auch in Bad Kreuzen. Er hätte genügend Zeit gehabt, Roland Petrovsky umzubringen. Ein Motiv hat er außerdem: Er war in Petrovskys Ex-Freundin verliebt, diese Eva Pöller, die vor acht Jahren verschwunden ist. Die beiden waren sogar mal ein Paar.« Heinze schien wild entschlossen zu sein, der Gruppeninspektorin dieses Mal die Stirn zu bieten. Anscheinend hatte er die Nase voll, von ihr ignoriert, gedemütigt oder verbal attackiert zu werden. Er hatte die Hände in den Hosentaschen vergraben, was wohl locker und lässig aussehen sollte. Stern aber fiel auf, dass der Kollege nervös war.

Grünbrecht stellte sich vor Heinze hin. »Und Wunderfall hat wahrscheinlich ihre eigene Katze vergiftet, um den Blauen Eisenhut zu testen, bevor sie ihn Petrovsky verabreicht hat. Sie ist die Täterin!«, war sich die Gruppeninspektorin sicher.

»Jetzt prügelt euch nicht«, ging Kolanski dazwischen.

»Kolanski hat recht«, schloss sich Stern ihm an. Er hatte die alten Zeiten vermisst, wo jeder einen Tipp abgegeben hatte, wer denn nun der Täter sei. Meist waren sie einer Meinung gewesen, manchmal hatten ihre Vermutungen aber ganz weit auseinandergelegen. Dieser Augenblick fühlte sich beinahe an wie früher, als Edwin Mirscher noch gelebt hatte. »Wir beginnen mit Wunderfall«, entschied er kurzerhand. »Allerdings nicht, weil ich eher glaube, dass sie den Mord begangen hat«, sagte er an Grünbrecht gewandt, »sondern weil ich sie für unschuldig halte.«

»Und ihre Katze?«, begehrte die Gruppeninspektorin auf. »Wer war das dann? Wer soll denn wissen, dass die Katze ausgerechnet ihr gehört, wenn nicht sie selbst?«

»Der Sohn vom Karl hat es gewusst.«

»Mal abgesehen von dem …«

»Finden wir es heraus!«

Stern begab sich in Begleitung von Grünbrecht in den Verhörraum, in dem Wunderfall bereits auf sie wartete. Die Inspektoren nahmen Platz, und Stern sprach Datum, Uhrzeit und die Namen der Anwesenden in das Aufnahmegerät. Kolanski und Heinze beobachteten die Vernehmung vom Nebenraum aus durch eine verspiegelte Glasscheibe.

»Frau Wunderfall, haben Sie eine Katze?«, begann Stern mit der Befragung.

»Ja«, antwortete die Kräuterhexe irritiert. »Aber sie kommt seit Tagen net mehr nach Hause. Ich weiß net, wo sie steckt.«

»Macht sie das denn öfter, dass sie länger weg ist?«

»Nein, eigentlich net.« Wunderfall sah verständnislos zwischen den Inspektoren hin und her. »Warum interessiert Sie meine Katze? Ich dachte, Sie verdächtigen mich, dieses Arschloch umgebracht zu haben.«

»Weil wir Ihre Katze gefunden haben«, antwortete Grünbrecht anstatt ihres Chefs.

»Das ist gut!« Auf dem Gesicht von Wunderfall zeichnete sich ein Lächeln ab. Über diese Nachricht war sie sichtlich erfreut. »Ich dachte schon, meiner Luzi wär' was zug'stoßen … Warten Sie! Ihr geht's doch gut, oder?«

»So kann man das leider nicht ausdrücken«, antwortete Stern, der plötzlich Mitleid mit der Frau verspürte. Für manche Menschen war es ähnlich schlimm, ein Haustier zu verlieren wie ein Familienmitglied. Oder einen lieben Freund. Stern dachte an Miro und überlegte, wie es ihm wohl ginge, wenn die alte Streunerin plötzlich nicht mehr da wäre.

»Sie ist tot«, sagte Grünbrecht.

Für einen Augenblick schwieg Wunderfall. »Ich hab es befürchtet«, gab sie zu. »Sie ist noch nie so lange wegg'wesen. Wo habt ihr sie g'funden?«

»Das *wo* spielt eigentlich keine Rolle«, wollte Stern nicht gleich alles preisgeben. Schließlich bestand die Möglichkeit, dass Wunderfall ihre Katze selbst getötet und auf dem Misthaufen entsorgt hatte. »Viel tragischer ist, *wie* die Katze umgekommen ist.«

»Und? Wie ist sie g'storben?«

»Sie wurde wahrscheinlich vergiftet. Unser Gerichtsmediziner prüft das nach, aber vorerst gehen wir davon aus.«

»Mein Gott!«, entfuhr es Wunderfall. Sie griff sich an die Stirn, und es war ihr anzumerken, dass die Nachricht sie schockierte. »Das waren bestimmt dieselben, die meine Hütte beschmiert hab'n.«

»Das sehe ich anders«, widersprach Grünbrecht. »Wir glauben, dass die Person, die Petrovsky umgebracht hat, das Gift vorher an der Katze getestet hat. Und diejenigen, die Ihre Hütte verunstaltet haben, sind überzeugt, dass Sie diese Mörderin sind.«

»Das ist doch krank!«, entfuhr es Wunderfall.

Die Beamten erwiderten nichts, und als die Kräuterhexe ihre Blicke bemerkte, schien sie die Zusammenhänge zu begreifen.

»Und Sie denken jetzt auch, dass ich das g'wesen bin?« Ungläubig riss sie die Augen auf.

»Waren Sie es?«, stellte Stern eine Gegenfrage.

»Natürlich net!« Wunderfall war sichtlich aufgewühlt. Vielleicht machte sie dadurch einen Fehler, plauderte etwas aus oder verwickelte sich in Widersprüche, falls sie tatsächlich die Mörderin von Petrovsky war. Und die von ihrer Katze.

»Sie haben ein Motiv, Frau Wunderfall«, ließ Stern nicht locker. »Gloria Petrovsky hat Ihnen von den jüngsten Misshandlungen durch ihren Ehemann erzählt, da haben Sie rotgesehen und sie von ihrem Leiden erlösen wollen. Da Sie nicht ganz sicher waren, wie viel Sie von dem Gift des Blauen Eisenhutes benötigen, damit es zuverlässig wirkt, haben Sie es an Ihrer Katze getestet. Dann sind Sie zu Petrovsky, haben als vertrauensbildende Maßnahme eine Torte mitgenommen, die Sie zuvor mit dem Gift präpariert haben, und haben ihn erledigt. Da er schon mal versucht hat, Ihnen an die Wäsche zu gehen, wussten Sie, dass er Sie nicht zurückweisen würde.«

»So ein Schmarrn!« Katharina Wunderfall starrte Stern entsetzt an. »Ich würd' doch nie meine Luzi vergiften! Für was für ein Monster haltet ihr mich?«

»Wir halten Sie nicht für ein Monster, Frau Wunderfall. Sie waren verzweifelt und wollten Ihrer Freundin helfen, bevor deren Mann sie zu Tode prügelt«, sagte Grünbrecht einfühlend, was Stern überraschte. Vor einer halben Stunde war die Gruppeninspektorin noch ziemlich sauer auf die Kräuterhexe gewesen. Doch bei Vernehmungen bewies sie ihr Geschick. Wie ein Chamäleon verwandelte sie sich von einem Augenblick in den anderen in einen guten oder bösen Cop, was halt gerade vonnöten war, um die Menschen zum Reden zu bewegen.

»So, wie Sie das sagen, klingt es plausibel, aber ich war's net«, entgegnete Wunderfall energisch.

»Ich hätte es gemacht«, behauptete Grünbrecht. »Ich hätte dieses Arschloch zur Strecke gebracht.«

Wunderfall erwiderte nichts, sondern sah sie misstrauisch an.

»Wenn Sie Petrovsky getötet haben, gibt es dafür mildernde Umstände«, versuchte Stern, die Redebereitschaft von Katharina Wunderfall am Laufen zu halten.

»Ich war's trotzdem net«, bekräftigte die Angesprochene ihre Aussage. »Auch wenn ich noch so sehr in euer Bild als Täterin passe. Ich geb ganz sicher nix zu, was ich net g'macht hab.«

»Das verlangt niemand. Aber wir wollen den Täter fassen und müssen jeder Spur nachgehen«, erklärte Stern.

»Ich würd' ja gerne behaupten, dass ich das versteh', doch das ist leider net der Fall, wahrscheinlich, weil es mich selber betrifft. Außerdem möchte ich Anzeige gegen diese Schmierfinken erstatten, die meine Hütte verschandelt haben, wenn ich schon hier bin. Und genauso gegen denjenigen, der meine Luzi vergiftet hat.«

»Darum kümmern sich die Kollegen.« Stern seufzte und beendete die Vernehmung mit der aktuellen Uhrzeit und dem Ausschalten des Aufnahmegerätes.

»Und die Schmiererei? Was ist damit?«, fragte Wunderfall.

»Wenn Sie Glück haben, finden wir denjenigen, der dafür verantwortlich ist. Dann können Sie ihn meinetwegen auf Schadenersatz verklagen«, antwortete Stern und verließ mit Grünbrecht den Vernehmungsraum. Sie gesellten sich zu den Kollegen im Beobachtungszimmer nebenan. »Und? War sie es?«, fragte er.

»Schwer zu sagen«, meinte Kolanski.

»Motiv, Gelegenheit – alles da«, zählte Grünbrecht auf. »Und sie hat kein Alibi!«

»Hören wir uns an, was euer Verdächtiger zu sagen hat«, forderte Stern Kolanski und Heinze auf, Viktor Wurmer in den Verhörraum bringen zu lassen. Nun würden er und Grünbrecht die Befragung durch die verspiegelte Glasscheibe verfolgen, da Kolanski und Heinze viel besser über den Stand der Dinge in Bezug auf Wurmer Bescheid wussten. Das verschaffte ihm Zeit, um über das eben Gehörte nachzudenken.

Draußen im Flur waren plötzlich laute Stimmen zu vernehmen. Sie schienen näher zu kommen. Von dem Tumult neugierig geworden, öffnete Stern die Tür und sah, wie ein Beamter versuchte, Gloria Petrovsky, Silvia Burgstaller und deren Tochter Evelyn am Weitervordringen zu hindern. Als die Frauen Stern entdeckten, drängten sie in seine Richtung, deuteten und riefen durcheinander. Der Uniformierte hatte alle Hände voll zu tun, die Damen nicht durchzulassen.

Stern trat herbei und fragte: »Was ist denn hier los?« Aber eigentlich konnte er sich denken, was die Frauen hergeführt hatte.

»Wir haben gehört, dass ihr die Katharina festgenommen habt!«, rief Silvia Burgstaller ihm über die Schulter des Beamten zu, der versuchte, eine menschliche Barriere zwischen ihnen und dem Chefinspektor zu bilden.

»Ja, und dafür gibt es gute Gründe«, versicherte Stern.

»Welche denn?«, forderte Gloria Petrovsky zu erfahren.

»Sie steht unter Verdacht, Ihren Ehemann ermordet zu haben, Frau Petrovsky«, antwortete er, wenn auch widerwillig. Der Auftritt der Frauen verlangte ihm jedoch Respekt ab. Die Truppe hielt zusammen wie Pech und

Schwefel, und wenn eine von ihnen tatsächlich die Mörderin war, würden die Kriminalbeamten es nicht leicht haben, diesen Ring zu durchdringen und die Richtige unter ihnen herauszufischen.

»Das ist Blödsinn!«, winkte die Witwe ab.

»Herr Chefinspektor, glauben Sie wirklich, dass Katharina meinen Schwiegersohn ermordet hat?«, schlug Silvia Burgstaller plötzlich einen anderen Tonfall an. Sie trat näher an Stern heran, woran der uniformierte Beamte sie zuerst hatte hindern wollen, es nach einem Zeichen von Stern aber schließlich zuließ, sodass der das Parfum riechen konnte, das Burgstaller reichlich aufgetragen hatte. Dabei klimperte sie verführerisch mit den getuschten Wimpern.

»Äh …« Stern, der die neue Taktik durchaus durchschaute, war dennoch für einen Moment sprachlos. Außerdem spürte er die Blicke der Kollegen im Rücken, die indessen ebenfalls vor die Tür getreten waren und das Schauspiel bestimmt amüsiert beobachteten.

»Ich bitte Sie, Herr Chefinspektor. Katharina könnte niemals auch nur einer Fliege etwas zuleide tun. Wenn das rauskommt, dass Sie sie verhaftet haben …«, Burgstaller tippte mit dem Zeigerfinger gegen Sterns Brust, als wüsste er nicht, wer gemeint war, »… dann …«

»Was dann?«, hakte er nach, da Burgstaller eine kunstvolle Pause einlegte, in der er ihr auf den rot geschminkten Mund starrte.

»Dann muss Katharina ihre Hütte zusperren, weil niemand mehr ihre Kräuter kaufen will. So ein Geschäft braucht Vertrauen, verstehen S'? Wenn Sie aber sagen, dass sie eine Giftmischerin ist, wird das Konsequenzen für Katharina haben. Wollen Sie schuld daran sein?« Drei Augenpaare schmachteten den Chefinspektor an, der nicht wusste, wie er darauf reagieren sollte.

Deshalb trat Grünbrecht näher und übernahm das Wort. Sie war gegen den weiblichen Charme immun. »Meine Damen, Sie gehen erst mal in ein nettes Café und kommen in zwei, drei Stunden wieder. Bis dahin sind wir mit den Vernehmungen fertig und können Ihnen vielleicht schon sagen, ob Sie Ihre Freundin mit nach Hause nehmen dürfen oder nicht.« Grünbrecht gab dem Beamten den Auftrag, die Frauen bis vor die Tür des Landeskriminalamtes zu begleiten. Mit lautem Schnattern bewegte sich der aufgebrachte Trupp Richtung Ausgang.

Stern war erleichtert. Doch irgendwie war er es auch nicht. Er blickte Silvia Burgstaller hinterher, bis sie um die nächste Ecke bog und aus seinem Sichtfeld verschwand. Die Frau hatte Courage und ein feuriges Temperament. Sie wäre genau die …

»Chef? Kommst du?«, riss Grünbrecht Stern aus seinen Gedanken.

»Äh … ja.« Der Chefinspektor folgte den Kollegen in den Beobachtungsraum, wo sie durch die verspiegelte Glasscheibe beobachteten, wie Viktor Wurmer zur Vernehmung gebracht wurde. Wurmer trug noch immer seine Uniform. »Wir beide machen das«, änderte Stern seine Meinung und deutete auf Kolanski. Niemand erhob dagegen Einspruch.

»Grüß Gott, Herr Kollege. Ich bin Chefinspektor Oskar Stern von der Mordgruppe, Gruppeninspektor Hermann Kolanski kennen Sie ja bereits«, begrüßte Stern beim Eintreten den Verdächtigen.

»Herr Chefinspektor!« Viktor Wurmer stand auf und nahm eine gerade Haltung an.

»Setzen Sie sich«, sagte Stern und schaltete das Aufnahmegerät ein. »Sie wissen, warum Sie hier sind?«

»Net wirklich! Die feinen Herren haben mich von der Inspektion abg'holt und g'tan, als wär' ich ein Schwerverbrecher. Sie wollten mir aber net sagen, weswegen sie mich mitg'nommen haben«, zischte Wurmer in Richtung Kolanski.

»Wir wollten das lieber im LKA besprechen«, erwiderte der Gruppeninspektor ruhig.

»Ja? Wieso denn? Ich find', ich hab eine Erklärung verdient.«

»Ihr Diensthandy lag in der Nacht, in der Roland Petrovsky ermordet wurde, laut den Bewegungsdaten des Mobilfunkbetreibers und der Analyse unserer Technik die ganze Zeit über auf der Inspektion, während Sie angeblich mit einem Kollegen Streife gefahren sind. Ist Ihnen das Erklärung genug?«, wurde Kolanski laut.

Wurmer lächelte. Damit hatte er gerechnet, das sahen die Kriminalbeamten ihm an. »Dann hab ich es halt dort liegen lassen, als wir weggefahren sind. Hab's wohl vergessen.«

»Georg Henerbichler, mit dem Sie vermeintlich unterwegs gewesen sind, sagt allerdings, dass Sie nicht dabei gewesen sind, als er in Rohrbach und Umgebung Streife gefahren ist«, half Stern dem Gedächtnis des Befragten auf die Sprünge.

Sie hatten Henerbichler noch einmal angerufen und ihn mit der Handyortung von Wurmers Smartphone konfrontiert. Daraufhin hatte er ihnen die Wahrheit gesagt und auch, dass Wurmer von ihm verlangt habe, eine Falschaussage zu tätigen.

»Was ist los? Sie sind ja plötzlich so schweigsam«, stichelte Kolanski.

»Ja … äh …«

»Raus damit! Wir erfahren es sowieso!«, sagte Stern, um den sichtlich um einen Ausweg ringenden Kollegen zum Reden zu motivieren.

Viktor Wurmer rieb sich die Hände, als wäre es in dem Raum plötzlich eiskalt geworden. Langsam senkte er den Kopf und fuhr sich über die Stirn. Ein paar Augenblicke wollte Stern noch zuwarten, damit der Mann die richtige Entscheidung treffen konnte, was er ihnen erzählen würde. Die Wahrheit oder eine Lüge. Sollte er die Lüge wählen, würde Stern ihn noch stärker unter Druck setzen und mit der Internen drohen.

»Es ist nicht so, wie es scheint …«, redete Wurmer noch immer um den heißen Brei herum.

»Dann sagen Sie uns, wie es ist!«, schrie Kolanski und hieb mit der Faust auf den Tisch.

»Ich …«

»Ja?«

»Ich kann nicht«, stieß Wurmer leidend aus.

»Wie, Sie können nicht? Ist es Ihnen lieber, als Mörder verdächtigt zu werden, als dass Sie uns sagen, was wirklich los ist?«, hakte Stern nach, um sicherzugehen, dass er Wurmer richtig verstanden hatte.

»Nein, das net, aber ich kann halt net sagen, warum ich die ganze Zeit auf der Dienststelle g'wesen bin«, kam es leise zurück.

»Mein Gott, jetzt stellen Sie sich nicht so an! Das wird

schon nicht so schlimm sein«, fauchte Kolanski, dem der Geduldsfaden zu reißen drohte.

»Dafür könnt' ich meinen Job verlieren …«

»Wenn Sie uns nicht gleich sagen, was los ist, verlieren Sie ihn sowieso«, machte Stern Wurmer klar.

»Ich … ich kann net.« Wurmer ließ die Schultern hängen und starrte auf seine verkrampften Hände. Dann sah er die Inspektoren wie ein unartiger Junge an, der in der Schule etwas angestellt hatte, es nun seiner Mutter beichten sollte und nach einer Ausrede suchte. »Ich hab den Roland net umg'bracht. Das müsst ihr mir glauben!«

»Dann sagen Sie uns endlich, was Sie gemacht haben, Herrschaftszeiten noch mal!«, brauste Stern auf.

Wurmer sagte kein Wort mehr.

»Scheiße!«, fuhr Kolanski ihn an. »Vielleicht sind Sie es ja gewesen, der Eva Pöller vor acht Jahren umgebracht und irgendwo im Wald verscharrt hat – und nicht der Petrovsky!«

Wurmer starrte auf die gegenüberliegende Wand. Nach endlos scheinenden Augenblicken fing er an, lautlos zu weinen.

*

»Wir müssen herausfinden, was mit Eva Pöller damals wirklich geschehen ist. Ich schlage vor, wir starten einen Aufruf in den Medien, dass sie sich bei uns melden soll – für den Fall, dass sie doch noch am Leben ist«, sagte Stern, als sie wieder im Beobachtungsraum standen und durch die verspiegelte Glasscheibe auf das Häufchen Elend starrten, das noch vor wenigen Stunden ein aufrechter Polizist gewesen war.

»Einen Versuch ist es wert«, meinte Grünbrecht.

»Hermann, diese Journalistin von den OÖ. News, mit der du mal etwas hattest …«

»Das werde ich wohl nie mehr los.« Kolanski seufzte.

»Wer sich mit einer Verdächtigen einlässt, muss ewig dafür büßen.« Grünbrecht grinste ihn an.

»Sie war nicht verdächtig«, stellte Kolanski richtig. »Leona war eine Freundin des Mordopfers.«

»Und sie war verdächtig, auch wenn du das nicht hören willst«, erwiderte Stern. »Außerdem ist sie Journalistin und hat jedes Wort, das du ihr ins Ohr geflüstert hast, in der nächsten Ausgabe ihrer Zeitung abgedruckt.«

»Das konnte ich ja nicht wissen!«, brauste Kolanski auf.

»Aber jetzt wissen wir es.« Stern sah den Gruppeninspektor eindringlich an.

»Okay, ich rede mit ihr.« Kolanski gab sich geschlagen.

»Sehr gut.« Stern war zufrieden, er hatte allerdings auch nichts anderes von Kolanski erwartet. »Wir machen Feierabend. Es ist ein langer Tag gewesen.«

»Was ist mit der Wunderfall und dem Wurmer?« Grünbrecht rechnete damit, dass die Bad Kreuzener Damen jeden Augenblick wieder auftauchen könnten. Wenn Stern die Kräuterhexe über Nacht im Landeskriminalamt behalten wollte, sollte er das den weiblichen Musketieren selber erklären.

»Die bleiben hier«, entschied Stern. »Morgen wissen wir vielleicht mehr. Vielleicht löst so eine Nacht in einer Zelle bei dem einen oder anderen so manche Erinnerungsblockade und ein Vögelchen zwitschert uns am nächsten Morgen ein Lied.«

Im Flur war schon wieder lautes Gerede zu hören. Die Frauen schienen pünktlich zurückgekehrt zu sein.

»Das erklärst du denen aber«, sagte Grünbrecht und deutete zur Tür.

»Natürlich.« Stern wandte sich ab und verließ lächelnd den Beobachtungsraum.

23. KAPITEL

Hermann Kolanski rief Leona Sipacher an. Obwohl die Affäre zwischen ihnen alles andere als harmonisch zu Ende gegangen war, hatte er noch immer ihre Telefonnummer in seinem Handy gespeichert. Die Journalistin zeigte sich über den Anruf überrascht, hatte sie doch den Gruppeninspektor durch ihre freizügige Auslegung, wie sie sich eine Beziehung zwischen ihnen beiden vorstellte, verletzt, obwohl sie nie einen Hehl daraus gemacht hatte, dass sie keine feste Bindung hatte eingehen wollen. Kolanski hatte das trotzdem anders gesehen. Er hatte gedacht, dass sie ein Paar wären und dieser Umstand Sex mit anderen Partnern ausschließe.

Sie verabredeten sich in einer Stunde im Stadtbräu Josef auf der Linzer Landstraße. Beide bestanden darauf, dass es kein Date, sondern ein berufliches Treffen sei.

»Ich freue mich, dass du mich ang'rufen hast«, sagte die Journalistin, die vor Kolanski im Josef eingetroffen war und einen Platz im schattigen Gastgarten gewählt hatte. Mittlerweile waren die Temperaturen erträglich und die Menschen kamen aus ihren Wohnungen heraus, um ein wenig die Landstraße hinauf und hinunter zu flanieren und einen angenehmen Abend zu verbringen. Ob jener von Kolanski auch vergnüglich werden würde, würde sich erst noch herausstellen.

»Ich hab das nicht ganz freiwillig gemacht«, gab er zu.

»Das hab ich mir schon g'dacht. Trotzdem freut es mich, dich wiederzusehen«, erwiderte Leona und strich über seinen Unterarm.

»Ich hab eine Bitte an dich«, sagte Kolanski, ohne auf den Höflichkeitsaustausch einzugehen. Er entzog ihr den Arm und lehnte sich zurück. Dass er sich seinerseits freute, die Reporterin wiederzusehen, nach allem, was sie ihm angetan hatte, konnte er nicht gerade behaupten.

»Und die wäre?« Leona nippte an ihrem Glas Grünen Veltliner aus der Wachau.

»Wie du weißt, ermitteln wir im Mordfall Roland Petrovsky …«

Leona Sipacher nickte. Natürlich hatte sie Kenntnis davon, sie hatte ja selbst bereits darüber geschrieben. Allerdings hatte in dem Artikel nur das gestanden, was die Presseabteilung des Landeskriminalamtes bislang freigegeben hatte.

»Das, was ich dir jetzt erzähle, ist absolut vertraulich.«

»Und damit kommst du ausgerechnet zu mir?« Leona zog überrascht die Augenbrauen hoch.

»Mein Chef will es so«, antwortete Kolanski.

»Oskar Stern. Ich erinnere mich an ihn.« Leona lächelte.

»Also, ich schlage dir folgenden Deal vor: Wenn du etwas schreibst, das uns bei der Aufklärung hilft, verspreche ich dir die Exklusivstory, sobald der Fall abgeschlossen ist. Du bekommst ein Interview mit Stern, dem leitenden Ermittler in dieser Sache.« Kolanski hoffte, dass Sipacher auf das Angebot eingehen würde. Dann wäre seine Mission erledigt und er könnte gehen.

Die Journalistin trank ihr Glas leer und fuhr sich mit

der Zunge über die Lippen. »Dieses Angebot ist verlockend, Hermann. Aber ich muss leider ablehnen.«

Kolanski war überrascht. Er hätte wetten können, dass die Frau, die ihm gegenübersaß, alles für eine gute Story tun würde. So wie sie es ja schon einmal getan hatte.

»Wieso …? Ich dachte …«

»Ich will dieses Interview mit dir!«, überraschte sie ihn schon wieder. »Und zwar in einem Ambiente, das ich aussuche.«

Kolanski überlegte. Die Entscheidung fiel ihm nicht leicht. Dann winkte er dem Kellner und bestellte für Leona ein weiteres Glas Weißwein und wählte für sich das gleiche. »Okay, sollst du haben. Ein Interview mit mir an einem Ort, den du bestimmst.«

»Du hast mir noch net g'sagt, was ich für dich schreiben soll«, hakte Leona nach.

»Roland Petrovsky ist vor acht Jahren von Rohrbach nach Bad Kreuzen gezogen. Bevor er das getan hat, hat seine damalige Freundin ihn angezeigt und ist verschwunden. Er hat sie verprügelt und vergewaltigt, das sagen der Polizist, der ihre Anzeige zu jener Zeit aufgenommen hat, und der Vater der jungen Frau«, erzählte Kolanski. »Bis heute fehlt jede Spur von Eva Pöller – so hieß Petrovskys Freundin. Es haben damals polizeiliche Untersuchungen stattgefunden, doch die haben nichts ergeben. Petrovskys Vater, der ein hohes Tier in der Politik ist, ließ die Akten zur Verschlusssache erklären. Aber der Vater von Eva und der Polizist, der übrigens mit Eva Pöller befreundet war, verdächtigen Roland Petrovsky, etwas mit ihrem Verschwinden zu tun zu haben.«

»Hat Petrovsky seine jetzige Ehefrau auch g'schlagen?«, fragte Leona nach.

»Ja, hat er. Wir hängen es nicht an die große Glocke, da dieser Mann in den führenden Kreisen von Wirtschaft, Politik und Sport angesehen war und der Dienststellenleiter Druck macht. Die haben es nicht so gerne, wenn man einem von ihnen ans Bein pinkelt. Stern will damit warten, bis der Fall abgeschlossen ist.«

»Wenn er Frauen g'schlagen hat, war er ein Schwein!«, stieß Leona verächtlich aus, und Kolanski wusste nun, dass sie tun würde, was er sich von ihr erbat.

»Ich möchte, dass du in den OÖ. News einen Aufruf schreibst, dass sich Eva Pöller bei uns melden soll – wenn sie denn noch lebt. Außerdem wäre es toll, wenn du diese Bitte an deine Berufskollegen von den anderen Medien weitergibst, damit der Aufruf landesweit erscheint. Machst du das?«

»Natürlich. Für dich mach' ich alles, Hermann. Ich hoffe, du weißt das.« Leona sah wild entschlossen drein.

»Ich kann mich erinnern, dass das nicht inkludiert hat, dass du nicht mehr mit anderen Männern ins Bett gehst, aber trotzdem danke.« Kolanski war irgendwie erleichtert. Das erste Zusammentreffen seit dieser unleidigen Geschichte war erheblich besser verlaufen, als er befürchtet hatte.

»Du wirkst, als hättest du mit einem Nein g'rechnet«, brachte Leona seine Gefühle auf den Punkt.

»Ich muss gestehen, ich war mir nicht sicher«, gab Kolanski zu.

Leona lachte und strich sich die Haare hinter die Ohren. »Ich war mir auch nicht sicher«, erwiderte sie und nahm einen Schluck Wein.

Kolanski tat es ihr gleich, sagte jedoch nichts.

»Ich ruf schnell ein paar Leute an.« Leona stand auf und zog sich in eine etwas ruhigere Ecke des Gastgartens zurück. Dort telefonierte sie und gestikulierte dabei mit den Händen. In ihrem weißen Top und dem wadenlangen, weiten Rock in derselben Farbe sah sie bezaubernd aus, fiel Kolanski auf. Er konnte den Blick nicht von ihr abwenden und erinnerte sich an die gemeinsame Zeit, die zwar nur kurz, aber dafür umso heftiger gewesen war. Leidenschaftlich. Dann, nach Minuten, kam Leona zurück an den Tisch.

»Erledigt. Der Aufruf erscheint morgen in der Printausgabe. Online geht er in einer halben Stunde raus«, sagte sie und setzte sich wieder.

»Danke.«

»Bringst du mich bitte nach Hause?«

»Wenn du möchtest ...« Kolanski betrachtete Leona, fand aber nichts an ihr, was ihn störte. Was ihn abhalten würde, es zu tun.

»Ja, ich möchte es. Du weißt ja, in der Dunkelheit sollte keine Frau alleine durch die Stadt laufen.«

»Ich dachte, du wohnst in Pregarten«, erinnerte sich Kolanski, wo er Leona das erste Mal getroffen hatte. Nach der Hochzeit auf der Burgruine Reichenstein, bei der sie die Zubraut gewesen war, hatten Edwin Mirscher und er sie in ihrem Haus in Pregarten befragt. Sie hatte dort gemeinsam mit ihrer Mutter nach ihrer Scheidung gelebt.

»Nicht mehr. Ich hab jetzt eine Wohnung in Linz.«

»Ein Landmädchen in der Stadt.« Kolanski lächelte.

»So in etwa.« Leona erwiderte seinen freundlichen Blick.

»Okay.« Kolanski winkte dem Kellner und zahlte die Zeche. Dann verließen sie gemeinsam den Gastgarten vom Josef und schlenderten die Linzer Landstraße hinunter bis zum Hauptplatz, bogen rechts ab in Richtung Pfarrplatz und gingen weiter in die Lederergasse. Vor dem Gebäude, in dem Leonas Wohnung im ersten Stock lag, blieben sie stehen.

»Danke, dass du mich herg'bracht hast«, sagte die Reporterin und lehnte sich mit dem Rücken gegen die Eingangstür.

»Gerne.« Kolanski machte keine Anstalten, sie allein zu lassen.

»Wenn du möchtest …«

»Ja, ich will!« Mit einem Schritt war er bei ihr, küsste sie. Leidenschaftlich erwiderte sie seinen Kuss, zog ihn hinein in den dunklen Flur des Wohnhauses.

»Aber es ist nix Festes …«

»Das war es doch nie.«

24. KAPITEL

Die Bad Kreuzener Damenrunde echauffierte sich total, als Stern ihr mitteilte, dass Katharina Wunderfall die Nacht in einer Zelle verbringen musste, weil sich die Verdachtsmomente gegen sie bislang nicht entkräften ließen.

»Das geht net, dass die Katharina dableiben muss!«, regte sich Silvia Burgstaller auf. »Wie schaut das denn aus?«

»Das ist mir egal, wie das ausschaut«, erwiderte Stern. »Solange wir nicht wissen …«

»Papperlapapp! Was wisst ihr denn schon? Gar nix! Ihr stochert in der Angelegenheit planlos herum.« Burgstaller wandte sich von Stern ab und ihren Töchtern zu. »Wir machen das ab sofort! Wir nehmen die Sache selber in die Hand!«

»Wie …?« Stern war sprachlos.

»Na, wir ermitteln jetzt mal ordentlich und bringen euch den Täter oder die Täterin«, war sich Burgstaller sicher. Gloria Petrovsky und Evelyn Burgstaller nickten eifrig. Wie es schien, waren die Frauen wild entschlossen, ihrer Freundin zu Hilfe zu eilen.

»Kommt nicht infrage!«, erhob Stern umgehend Einspruch. »Das ist Sache der Polizei …«

»Ihr verhaftet ja nur Unschuldige! Da können wir doch net tatenlos zuschauen!« Silvia Burgstaller trat wieder vor Stern hin.

Er sah die Bestimmtheit in ihren Augen. Ihren Kampfgeist. Die Frau gefiel ihm, das musste er zugeben. Dennoch war er gezwungen, ihr zu widersprechen, was keinesfalls dazu beitragen würde, dass sie ihrerseits Gefallen an ihm fände.

»Sie dürfen das auf gar keinen Fall machen! Sie könnten den Täter unabsichtlich warnen und damit unsere Ermittlungen gefährden. Oder wenn Sie ihm zu nahe kommen, besteht die Möglichkeit, dass er sie angreift, weil er sich in die Ecke gedrängt fühlt. Wir wissen nicht, wie er reagieren wird. Das kann gefährlich …«

»Wir passen schon auf uns auf …«

»Nein! Verdammt noch mal!«, rief Stern lauter, weil die illustre Damenrunde nicht auf ihn hören wollte. Ihr Engagement in Ehren, aber so ging es nun mal nicht!

»Okay«, gab Gloria Petrovsky plötzlich klein bei.

Die beiden Burgstaller-Frauen schienen darüber überrascht zu sein. Doch nach einem kurzen Blickwechsel gaben auch sie nach.

»Dann ermitteln S' jetzt endlich g'scheit und ein wenig schneller!«, forderte Evelyn Burgstaller von Stern.

»Der Chefinspektor macht das schon, gell?«, flötete die Mutter und schob ihre Töchter in Richtung Ausgang. »Na los, Mädels, wir gehen!«

»Aber …« Stern wollte noch etwas sagen.

»Auf Wiedersehen!«, riefen ihm die Damen zu und verließen das Landeskriminalamt mit demselben lauten Gerede, wie sie es betreten hatten.

Stern blickte den entschwindenden Frauen hinterher, deren plötzlicher Meinungswechsel ihn irritierte.

Sie hatten etwas vor, das spürte er. Viel zu schnell hatten sie sich seinem Verbot unterworfen, das machte ihn misstrauisch. Mal abgesehen davon, dass die eine oder andere von ihnen nach wie vor selber unter Mordverdacht stand. Jede Einzelne hatte ein Motiv und kein Alibi. Und dass sie zusammenhielten wie Pech und Schwefel, machte die Sache nicht besser. Er hoffte nur, dass sie keinen Unfug trieben und sich an das hielten, was er von ihnen verlangt hatte.

Danach machte auch er sich auf den Weg nach Hause.

In seiner Wohnung wartete Miro wie gewohnt auf ihn. Während er sie mit frischem Futter versorgte, fragte er sich, ob Kolanski indessen erfolgreich gewesen war und die Journalistin zu einem dringlichen Personenaufruf hatte überreden können. Er unterließ es, ihn anzurufen, immerhin war es kurz vor zehn in der Nacht. Trotzdem wollte er sich noch rasch bei seiner Tochter Barbara erkundigen, wie es ihr und den Kindern ging. Er wählte ihre Nummer, niemand hob ab. Vielleicht war es schon zu spät und Barbara hatte ihr Handy auf lautlos gestellt, weil die Kinder längst schliefen. Stern ließ sich auf die Couch im Wohnzimmer fallen und schaltete den Fernseher ein. Miro gesellte sich zu ihm und forderte ihre Streicheleinheiten.

Um 22 Uhr ertönte die Melodie der Spätnachrichten im ORF. Die Stimme des Sprechers riss Stern aus dem Halbschlaf. Der Tag hatte es in sich gehabt und forderte seinen Tribut. Doch als er hörte, was der Nachrichtensprecher verkündete, war er umgehend hellwach.

»Soeben erreichte uns folgender Aufruf: Eva Pöller aus Rohrbach möge sich bitte bei der Polizei melden …«

Das Foto einer hübschen jungen Frau wurde neben dem Sprecher eingeblendet. Stern fand, dass sie durchaus Ähnlichkeit mit Gloria Petrovsky hatte. Anscheinend hatte Roland Petrovsky einen bestimmten Frauentyp bevorzugt. »… Ihre Hilfe wird für die Aufklärung des Mordes an Roland Petrovsky im oberösterreichischen Bad Kreuzen benötigt. Wer sachdienliche Hinweise zum Aufenthalt von Eva Pöller hat, wende sich bitte an die nächste Polizeidienststelle. Und nun zur Innenpolitik. Im Untersuchungsausschuss kam es heute zu einem Knalleffekt bei der Befragung von …«

Stern staunte. Kolanski hatte ganze Arbeit geleistet, das musste er ihm lassen. Wie immer er es angestellt hatte, dass der Aufruf so rasch auch im Fernsehen verkündet wurde, er war sichtlich über seinen Schatten gesprungen und hatte gemeinsam mit Leona Sipacher seinen Auftrag umgesetzt. Nach allem, was damals vorgefallen war, war ihm das bestimmt nicht leichtgefallen.

Stern schaltete den Fernseher aus und schleppte sich ins Schlafzimmer. Auf eine Dusche verzichtete er, die würde er morgen früh nachholen. Er schlüpfte aus den Klamotten und ließ sie zu Boden fallen. Ohne sie aufzuheben, stieg er ins Bett und schob die Decke an den Rand. Er würde sich nicht zudecken, dafür war es in seiner Wohnung viel zu heiß.

Minuten später schlief er tief und fest.

*

Am nächsten Morgen erschien Stern um 8 Uhr auf der Dienststelle im Landeskriminalamt in der Nietzschestraße. Er hatte den Artikel von Leona Sipacher in den OÖ. News bei einer Tasse Espresso gelesen und war gespannt auf die ersten Reaktionen.

»Was haben wir?«, fragte er beim Betreten des Großraumbüros.

»Dir auch einen schönen guten Morgen«, erwiderte Grünbrecht, ohne von ihrem Bildschirm aufzusehen.

»Guten Morgen«, holte Stern den fehlenden Gruß nach und blickte in die Runde. Außer der Kollegin war nur Heinze anwesend. Kolanski war nicht erschienen, und Stern überlegte, was der Kollege mit der Reporterin gestern noch unternommen haben mochte. Für Kolanski hoffte er, dass er nicht wieder auf die Verführungskünste der Frau reingefallen war.

Aber eigentlich ging ihn das Ganze nichts an.

»Wir haben mittlerweile sieben ernstzunehmende Aussagen von Menschen, die eine Eva Pöller entweder gesehen oder gekannt oder mit ihr gearbeitet haben wollen«, teilte Heinze dem Chefinspektor mit.

»Könnte eine davon die Eva Pöller aus Rohrbach sein, die wir suchen?«

»Möglich wär's, sicher bin ich mir allerdings nicht … Acht!« Heinze deutete auf seinen Bildschirm. Eine Meldung von den Kollegen, die die Anrufe aus der Bevölkerung entgegennahmen, war soeben auf dem Monitor erschienen. »Wir haben acht Eva-Pöller-Sichtungen, und es ist noch nicht einmal halb neun.«

»Wir brauchen unbedingt Unterstützung, um allen Hinweisen nachgehen zu können«, erkannte Stern. »Wo steckt eigentlich Kolanski?«

»Ist noch nicht da«, antwortete Heinze und grinste.

»Was?« Stern wollte wissen, was der Kollege als so erheiternd empfand.

»Nichts.« Heinze wandte sich wieder seinem Bildschirm zu.

»Raus damit!«

»Ich tippe darauf, dass Kolanski die Dame von der Presse … na ja, ihr wisst schon. Dass er sie vernascht hat.«

»Aber geh, nicht doch! Seit dieser Sache beim Mordfall auf der Burgruine Reichenstein sind sich die beiden spinnefeind.« Stern war sich da beinahe sicher, wenngleich er selbst beim Betreten der Dienststelle kurz in Erwägung gezogen hatte, dass Kolanski der Versuchung nicht hatte widerstehen können.

»Was ist denn zwischen Kolanski und der Reporterin überhaupt vorgefallen?«, fragte Heinze nach.

Stern zögerte, die alte Geschichte aufzuwärmen.

»Der Hermann hat sich in die Sipacher verknallt, die hat ihn nur ausgenutzt und gleichzeitig auch noch betrogen«, erzählte Grünbrecht im Stakkatostil.

Heinze wirkte stark interessiert. »Und Kolanski hat sich das gefallen lassen?«

Grünbrecht machte mit ihrem Stuhl eine halbe Drehung und sah Heinze an. »Was heißt, er hat sich das gefallen lassen? Was hätte er denn tun sollen? Sie erschießen? Sipacher hatte gerade bei den OÖ. News angefangen und brauchte eine aufregende Story, um sich zu beweisen. Da ist ihr Kolanski gerade recht gekommen. Sie hat veröffentlicht, worüber sich die beiden im Bett unterhalten haben.«

»Wow! Das ist echt fies!«, entfuhr es Heinze.

»Das ist nicht alles«, redete Grünbrecht weiter. »Wir haben sie bei den Ermittlungen in flagranti mit einem Verdächtigen erwischt. Auf einer wunderschönen Lichtung im Josefstal.«

»Kein Wunder, dass Kolanski nichts mehr mit ihr zu tun haben will«, erwiderte Heinze.

Stern brummte zustimmend. »Und trotzdem hat ihn diese Frau fasziniert.«

»Ich wette hundert Mäuse, dass er es wieder getan hat. Dass er sie wieder aufgerissen hat.« Heinze fischte einen grünen Schein aus der Geldbörse und warf ihn auf den Tisch vor sich.

Stern betrachtete die hundert Euro und zog nach. »Die Wette gilt!« Er legte seinen Schein auf jenen von Heinze. »Was ist mir dir?« Die Frage richtete sich an Grünbrecht.

»Hat euch schon mal einer gesagt, dass ihr kindisch seid?«, erwiderte die Gruppeninspektorin, stand auf und holte hundert Euro aus ihrem Portemonnaie. »Ich sage, sie hat ihn verführt und er hat nicht nein sagen können. Dann sind sie gemeinsam in ihre Wohnung und haben das getan, was Kolanski bitter bereuen wird.« Grünbrecht wandte sich ab und verließ das Großraumbüro. Sowohl Stern als auch Heinze sahen ihr nach.

»Woher will sie so genau wissen, wie das abgelaufen ist?«, fragte Heinze mehr rhetorisch, als dass er darauf eine Antwort erwartete.

»Weibliche Intuition«, antwortete Stern.

»Und du glaubst das?«

»Nicht wirklich. Aber wir werden ja sehen, ob sie recht hat, wenn …«

Die Tür ging auf und Hermann Kolanski trat ein, bestens gelaunt und duftend, als wäre er einer Badewanne mit Rosenwasser entstiegen. In der Hand trug er ein Exemplar der heutigen Ausgabe der OÖ. News. Grünbrecht tauchte direkt hinter ihm wieder auf. Sie hatte sich eine Tasse Grüntee geholt, den sie seit Neuestem literweise in sich hineinschüttete. Bei dieser Hitze war Stern das unverständlich.

»Du warst gestern bei der Sipacher, oder?«, fragte er, obwohl er es bereits wusste, da sowohl der Fernsehbericht als auch die Zeitungsmeldungen dies bestätigten.

»Ja«, antwortete der Kollege und setzte sich hinter seinen Schreibtisch, schaltete den Rechner ein und gab User und Passwort ein, um sich am Server anzumelden.

»Und?«, hakte Heinze nach.

Alle Augenpaare richteten sich auf Kolanski. »Was, und? Die Aufrufe sind doch erschienen.« Er deutete auf die Zeitung, die neben ihm auf dem Schreibtisch lag. »Und wenn ich richtig informiert bin, hat sogar der ORF gestern in den Spätnachrichten was gebracht.«

»Gut gemacht«, lobte Stern ihn.

»Und was ist mit der Sipacher?«, fragte Heinze.

»Du kennst die Frau doch gar nicht«, begehrte Kolanski ob der Neugierde des Kollegen auf.

»Ich hab mehr über sie gehört, als du dir vorstellen kannst.«

Kolanski blickte in die Runde. »Ihr habt ihm die Geschichte erzählt?«

»Ich war's«, gab Grünbrecht zu.

»Was ist das hier? Ein Kaffeekränzchen?«, echauffierte sich Kolanski.

»Ich hab's euch doch gesagt. Er hat nicht nein sagen können«, deutete Grünbrecht Kolanskis überschäumende Reaktion und lachte in ihr Teegeschirr hinein.

»Habt ihr nun oder habt ihr nicht?«, fragte Stern, dem das Herumgerede langsam zu blöd wurde.

»Fragst du mich das allen Ernstes?«

»Ja.«

Kolanski verschränkte die Arme vor der Brust und schnaubte. Dann sah er die drei Hunderter auf Heinzes Schreibtisch liegen. »Ihr habt doch nicht etwa deswegen gewettet?«

Niemand beantwortete seine Frage.

Kolanski sprang auf und ergriff das Geld. »300 Euro! Ich nehme an, jeder von euch hat einen Hunderter dazugelegt.« Mit den Scheinen wedelte er vor Heinze herum. »Was hast du gesagt? Hä? Dass ich die Kleine vernascht habe, richtig?« Mit dem Gesicht kam Kolanski ganz nahe an das von Heinze heran.

»So in etwa«, gab dieser zu.

Kolanski deutete auf Stern. »Du hast gesagt, dass ich standhaft geblieben bin und mich nicht hab verführen lassen.«

Stern nickte.

»Und du bist der Meinung, dass ich die Nacht mit Leona bitter bereuen werde, wenn ich wieder klar im Kopf bin.« Kolanski deutete mit den Geldscheinen auf Mara Grünbrecht, die ihn zustimmend angrinste.

»Ihr täuscht euch alle!«, sagte Kolanski und steckte das Geld in die Brusttasche seines Hemdes.

»Hey!«, begehrte Heinze auf.

Mit einer Handbewegung brachte Kolanski ihn zum

Schweigen. »Wir haben es beide gewollt, und ich bereue nichts! Gar nichts!«

Die Tür ging auf und ein uniformierter Kollege steckte den Kopf herein.

»Was gibt es denn?«, fragte Stern.

»Eine Eva Pöller möchte Sie sprechen.«

25. KAPITEL

Die Frau Mitte 30 saß Stern in seinem Büro gegenüber. Sie war nervös, das sah er ihr an. Dunkle Flecken hatten sich im Stoff ihrer Bluse unter den Achseln gebildet. Noch war es nicht so heiß, dass diese auch das Ergebnis der sommerlichen Hitze sein könnten. Die Temperaturen würden erst am frühen Nachmittag den Höhepunkt ihres unerträglichen Ausmaßes erreichen. Bis dahin galt es, die Kraftreserven aufzutanken und genügend Wasser zu trinken. Ein eben solches bot er seinem Gegenüber an.

»Ja, bitte«, antwortete Eva Pöller, und Stern orderte per Telefon zwei Gläser.

»Haben Sie den Aufruf, dass Sie sich bei uns melden sollen, gelesen oder im Fernsehen gehört?«, wollte er einleitend wissen.

»Ich hab's gestern Abend im Internet entdeckt«, erzählte Eva Pöller. »Zuerst wusste ich nicht, ob ich wirklich will, dass jemand erfährt, dass ich am Leben bin. Aber heute früh hab ich mich dann doch dafür entschieden und bin hergefahren.«

»Wo sind Sie die ganze Zeit über gewesen? Wir haben Sie nicht gefunden. Sie sind vor acht Jahren einfach von der Bildfläche verschwunden. Niemand hat uns sagen können, was mit Ihnen geschehen ist und ob Sie überhaupt noch leben.«

»Ich war die letzten acht Jahre Mariana Mayreder. Als ich von Rohrbach weggegangen bin, hab ich den Namen am Zentralfriedhof in Wien auf einem Grabstein gelesen. Da dachte ich mir, wenn du den nimmst, findet dich keiner. Das hat auch wunderbar geklappt, wenn es sogar der Kriminalpolizei nicht gelungen ist.« Eva Pöller lächelte.

Dem Chefinspektor war sofort klar, dass diese Frau die schrecklichen Ereignisse von damals endgültig hinter sich lassen wollte und ihre Gefasstheit nur zur Schau gestellt war.

»Danke, dass Sie so schnell gekommen sind. Ich denke, dass Sie uns einiges erklären müssen. Alle Welt nimmt an, Sie wären tot.«

»Das tut mir aufrichtig leid, aber es ist nicht anders gegangen. Wenn der Roland gewusst hätte, dass ich noch lebe, hätte er mich aufgespürt und totgeprügelt. Das musste ich verhindern, wie Sie sicher verstehen. Dafür hänge ich zu sehr am Leben, obwohl das in der Zeit mit dem Roland an manchen Tagen nicht so gewesen ist. Ich nehme an, Sie kennen die alte Geschichte?«

»Das tue ich«, erwiderte Stern. »Und Ihre Eltern? Wussten die, wo Sie sind?«

Pöller senkte den Blick. Stern glaubte zu erkennen, dass es ihr schwerfiel, über ihre Familie zu reden.

»Meiner Mutter hab ich es gesagt, aber nicht gleich zu Beginn. Ich hab es ihr erst zwei Jahre nach meinem Verschwinden erzählt, hab sie angerufen, weil ich es nicht mehr ausgehalten hab. Sie hat am Telefon geheult und gemeint, dass sie mich verstehen könne. Dass sie Brustkrebs hatte, hat sie mir jedoch verschwiegen.«

»Hätte das etwas geändert?«

»Möglicherweise. Ich weiß es nicht.«

»Und Ihr Vater?«

»Der hat bis heute keine Ahnung.«

Stern ließ sich das Gehörte durch den Kopf gehen. Wenn Eva Pöllers Vater wirklich nach wie vor glaubte, dass seine Tochter tot war, ermordet von Roland Petrovsky, dann hatte er ein Motiv. Er könnte der Täter sein, wäre da nicht sein Alkoholproblem. Kolanskis Erzählungen zufolge war der Vater bereits am frühen Morgen betrunken, soff den ganzen Tag über Bier und Schnaps und war abends längst nicht mehr fähig, irgendetwas zu tun, geschweige denn aufrechten Ganges das Haus zu verlassen.

»Warum haben Sie Ihrem Vater nicht auch mitgeteilt, dass es Ihnen gutgeht? Es muss für Ihre Mutter unheimlich schwer gewesen sein, es ihm zu verschweigen.«

»Mein Vater war damals schon ein Säufer. Wenn er gewusst hätte, wo ich bin, hätte er es bei seinen Sauftouren durch die Rohrbacher Wirtshäuser bestimmt jemandem verraten. Dieses Risiko konnte ich nicht eingehen. Rolands Familie lebt immer noch dort. Er hätte mich gefunden, da bin ich mir sicher. Er hat damals geschworen, dass er mich umbringt, wenn ich ihn verlasse.« In Pöllers Gesicht spiegelten sich die Erinnerungen an jene schreckliche Zeit, in der sie jeden Tag aufs Neue nicht gewusst hatte, ob sie mit blauen Flecken übersät ins Bett ginge. Ob ihr Freund sie vergewaltigte oder gar umbrachte. Stern mochte sich nicht vorstellen, was diese Frau hatte erleiden müssen, bevor sie Petrovsky – und ihr ganzes altes Leben – hinter sich gelassen hatte.

»Wo sind Sie all die Jahre gewesen?«

»In Wien. Ich bin bei einer Studienkollegin untergekommen, sie hat mich so lange bei sich wohnen lassen, bis ich auf eigenen Füßen hab stehen können.«

»Frau Pöller … Oder soll ich Frau Mayreder sagen?«

Die Angesprochene lächelte. »Pöller passt schon. Dieses Versteckspiel hat ja nun endlich ein Ende.«

»Frau Pöller«, wiederholte Stern. »Haben Sie gewusst, wo Roland Petrovsky die letzten Jahre gewohnt hat? Dass er nach Bad Kreuzen gezogen ist und geheiratet hat?«

»Nein. Ich war froh, wie ich es geschafft hatte, mich von ihm zu befreien, das können Sie mir glauben! Da hab ich mich nicht mehr dafür interessiert, was er so gemacht hat. Mein Gott, das war mir scheißegal! Ich wollte endlich meinen Frieden haben und in Ruhe leben! Der Kerl hat mich vergewaltigt und fast totgeprügelt! Wer weiß, was noch alles passiert wäre, wenn der Viktor nicht dazwischengegangen wäre.«

»Viktor Wurmer?« Stern wurde hellhörig.

»Ja. Viktor war mein Freund, bevor der Roland und ich ein Paar wurden.«

»Haben Sie sich von Viktor getrennt oder er von Ihnen?«

Die Frau senkte beschämt den Kopf. »Ich von ihm, und das tut mir inzwischen leid. Hätte ich damals gewusst, wie brutal der Roland sein konnte, wäre ich natürlich nie seine Freundin geworden. In meinem ganzen Leben nicht!«

»Glauben Sie, dass Viktor den Roland umgebracht hat?«

»Viktor? Nein, der könnte so etwas niemals tun! Der kann ja nicht einmal eine Spinne erschlagen. Er fängt sie und trägt sie raus in den Garten. Aber wie kommen Sie darauf, dass er Rolands Mörder sein könnte?«

»Er hat kein Alibi für die Mordnacht und will uns nicht sagen, wo er gewesen ist«, antwortete Stern.

»Soll ich mit Viktor reden? Mir sagt er es vielleicht.«

Stern überlegte. Es war zwar ungewöhnlich, eine Zivilistin in die Befragungen einzubinden, trotzdem war es einen Versuch wert. Dann dachte er an die drei Bad Kreuzener Miss Marples, die ebenfalls nicht im Dienst der Kriminalpolizei standen. An ihre Entschlossenheit, ihrer Freundin zu helfen und auf eigene Faust Beweise zu finden, die sie entlasteten. An ihren Sinneswandel nach einem eindringlichen Plädoyer von ihm, sich nicht in die Ermittlungen einzumischen, weil es gefährlich sein könnte. Stern schob den Gedanken beiseite, denn nun galt es herauszufinden, was Wurmer ihnen verschwieg. Um die drei Hobbyermittlerinnen würde er sich später kümmern. »Weiß Viktor, dass Sie noch leben?«

»Nein.« Eva Pöller schüttelte den Kopf. »Es wird ein Schock für ihn sein, wenn er mich sieht.«

Stern dachte, dass dieser Moment dann genau der richtige sein könnte, um Viktor Wurmer zum Reden zu bewegen.

*

»Eva?« Viktor Wurmer starrte die Eintretende an, als erschiene ihm die Mutter Gottes leibhaftig.

»Viktor … schön, dich zu sehen«, sagte Eva Pöller und nahm in dem Verhörraum ihrem Ex-Freund gegenüber Platz.

»Eva!«, wiederholte Wurmer mit einem kindlichen Gesichtsausdruck, der Stern allein schon zweifeln ließ, den Mörder von Petrovsky vor sich zu haben. Gemeinsam mit den Kollegen beobachtete er das Zusammentreffen durch die verspiegelte Glasscheibe. »Was …? Wieso …? Wo bist du gewesen? Und wo kommst du jetzt her?«

Viktor Wurmer mussten tausend Fragen durch den Kopf schießen. Fragen, auf die er Antworten haben wollte.

»Ich war in Wien, Viktor, und hab mich dort vor dem Roland versteckt. Außerdem hab ich mich nie richtig bei dir bedankt, dass du mir damals geholfen hast, das möchte ich jetzt nachholen. Danke, Viktor!« Eva fasste über den Tisch nach Wurmers Hand. Der zog sie nicht weg und ließ sie gewähren. Tränen rannen ihm über die Wangen. Offenbar war die Erleichterung groß, seine einstige Liebe wohlauf zu sehen. Oder aber die Erkenntnis, einen Mann getötet zu haben wegen eines Mordes, den dieser nicht begangen hatte, brachte ihn zum Weinen.

»Eva«, sagte Wurmer erneut, als gäbe es nichts Wichtigeres, als ihren Namen laut auszusprechen. Damit sie nicht wieder fortginge. Damit sie bliebe. Für immer. Dann senkte er den Kopf und schluchzte.

»Was ist los, Viktor? Ich hab geglaubt, du freust dich, mich zu sehen.« Eva zog ihre Hand zurück. Wurmers Reaktion verunsicherte sie sichtlich.

»Das hab ich auch gedacht«, raunte Heinze hinter der Glasscheibe.

»Pst!« Grünbrecht verlangte absolute Ruhe, um alles genau zu hören.

»Ich freue mich ja. Riesig, wie du dir denken kannst.« Wurmer wischte mit dem Unterarm über sein Gesicht.

»Aber warum hast du dich net g'meldet? Weißt du überhaupt, dass deine Mutter g'storben ist? Vor Kummer und Gram!« Er blickte sein Gegenüber vorwurfsvoll an.

»Sie hatte Krebs, Viktor«, relativierte Eva den indirekten Vorwurf, schuld am Tod ihrer Mutter zu sein.

»Du weißt davon?« Wurmer schien überrascht.

»Ja, ich war da. Ich war auf ihrem Begräbnis, Viktor. Ich stand ganz hinten bei den Bäumen.« Sie senkte den Blick, die Erinnerung an den Tod ihrer Mutter bedrückte sie sichtbar, und dass sie nicht, wie es einer Tochter gebührte, an der Beerdigung hatte teilnehmen können. Wahrscheinlich hatte ihr niemand sein Beileid bekundet, hatte sie umarmt oder an sich gedrückt und den Kummer, den der Verlust der eigenen Mutter zweifelsohne mit sich brachte, zu lindern versucht.

Für einen Augenblick herrschte Schweigen. Die Inspektoren hinter der verspiegelten Glasscheibe sahen zwei Menschen, die sich viel mehr zu sagen hatten als die wenigen gesprochenen Worte, die wie Vorwürfe klangen. Nur hatten die Jahre es schwierig gemacht, das, was man empfand, dem anderen kundzutun. Sie hatten eine Mauer errichtet. Eine Mauer des Schweigens. Eva Pöller erhob sich und beugte sich zu Viktor hinüber.

»Was macht sie da?«, rief Heinze.

Unruhe breitete sich unter den Inspektoren aus. »Sie flüstert ihm etwas ins Ohr …«, erkannte Grünbrecht.

Dann war der Moment vorüber, noch bevor die Kriminalbeamten hatten eingreifen können. Eva Pöller setzte sich zurück auf den Stuhl.

»Viktor, dir ist schon klar, dass die alles mithören«, sagte sie.

»Natürlich, ich bin Polizist und weiß, wie das abläuft«, erwiderte Wurmer und warf einen verächtlichen Blick auf die verspiegelte Glasscheibe. »Gell!« Sein Ausruf galt den Kollegen vom Landeskriminalamt.

»Sag mir, wo du in der Nacht gewesen bist, als der Roland ermordet worden ist. Bitte, Viktor! Die halten dich für schuldig und verdächtigen dich, dass du ihn umgebracht hast. So ist es ja nicht gewesen, oder?«, stellte Eva Pöller ihrem Gegenüber endlich die entscheidende Frage.

»Nein, ich war's net. Aber ich kann dir auch net sagen, wo ich g'wesen bin!«, stieß Wurmer leidend aus.

»Wieso nicht? Ich verstehe das nicht, Viktor. Wenn du doch unschuldig bist.«

»Gerade dir kann ich es net sagen.« Wurmer sah Eva Pöller an, als wäre er immer noch in sie verliebt.

»Hast du ihn vergiftet, Viktor? Hast du Roland umgebracht?«

Wurmer schüttelte den Kopf. »Nein, hab ich net.«

»Dann sag endlich, wo du gewesen bist!«, verlangte Pöller eindringlich.

»Das kann ich net, Eva.«

»Gehst du lieber ins Gefängnis?«

Wurmer lehnte sich vor. »Ich geh net in den Knast, ich glaub nämlich an die Gerechtigkeit. Und ich hab im Gegensatz zum Roland nix g'macht.«

»Viktor …«

»Nein, Eva. Ich war's net! Ich bin unschuldig! Und jetzt lass mich bitte alleine.« Wurmer wandte sich der Glasscheibe zu. »Bringt's die Eva raus!«, rief er. Sein Gesicht hatte sich in eine ausdruckslose Maske verwandelt. All die Gefühle, die es zuvor noch widergespiegelt hatte, waren verschwunden.

Stern verließ den Beobachtungsraum und öffnete die Tür ins Nebenzimmer. »Kommen Sie, Frau Pöller!«

Die Angesprochene erhob sich. »Pfiat di, Viktor. Sei nicht blöd und sag denen, was du in der Nacht wirklich gemacht hast. Vielleicht können wir …«

»Ja?« Wurmer sah seine Ex-Freundin erwartungsvoll an.

»Ach nichts«, winkte Pöller ab und verließ den Vernehmungsraum.

Draußen am Flur fragte Stern: »Was haben Sie ihm ins Ohr geflüstert?«

»Das geht Sie nichts an!«

»Wir ermitteln hier in einem Mordfall, da geht mich alles etwas an!«

Eva Pöller atmete tief ein und stieß die verbrauchte Luft wieder aus. »Ich hab ihm gesagt, dass ich ihn immer noch mag. Reicht Ihnen das?«

Stern nickte. »Wo waren Sie in der Nacht, als Roland Petrovsky vergiftet wurde?«

»Bin ich etwa auch verdächtig?«

»So wie Sie sich verhalten, kann ich das leider nicht ausschließen.«

»Zu Hause in Wien. In meiner Wohnung.«

»Kann das jemand bestätigen?«

Pöller zuckte mit den Schultern. »Meine Katze.«

26. KAPITEL

»Ihre Katze? Die verarscht uns doch!«, war sich Grünbrecht sicher.

»Immerhin ist sie von alleine bei uns aufgetaucht, das hätte sie nicht tun müssen. Und hätte sie sich nicht gemeldet, hätten wir sie unter dem falschen Namen nie gefunden«, widersprach Heinze.

»Hätte, hätte, hätte … Was, wenn sie nur hergefahren ist, um herauszufinden, wie weit wir mit den Ermittlungen sind?«, warf Kolanski ein. »Ob wir ihr bereits auf die Schliche gekommen sind?«

»Durchaus möglich, aber wir können ihr nichts nachweisen«, sagte Stern. »Wir können überhaupt niemandem etwas nachweisen und müssen alle drei gehen lassen. Die Eva Pöller, die Katharina Wunderfall und den Viktor Wurmer. Gegen keinen haben wir etwas in der Hand.«

»Scheiße!«, fluchte Heinze, der nicht zimperlich mit der Verwendung von Kraftausdrücken war.

»Ja, Scheiße«, schloss sich Stern ihm an und griff den Gedanken von vorhin wieder auf. Die drei Bad Kreuzener Damen gingen ihm nicht aus dem Kopf. »Hat jemand die Telefonnummer von Silvia Burgstaller?«

»Das ist noch so eine Verdächtige«, meinte Kolanski, »genau wie ihre Tochter Evelyn und Gloria Petrovsky. Wir haben in dem Fall mehr Verdächtige, als uns lieb ist, und bei keinem von ihnen können wir beweisen, dass er Petrovsky ermordet oder sonst wie mit dem Mord zu tun hat.«

»Wieso brauchst du die Telefonnummer von der Burgstaller?«, hakte Grünbrecht nach. »Willst du dich mit ihr verabreden?«

»Ach geh, so ein Schmarrn! Ich will mich bloß erkundigen, ob alles in Ordnung ist. Die drei haben gestern anklingen lassen, dass sie selber Nachforschungen anstellen wollen.«

»Das hast du ihnen hoffentlich ausgeredet?« Kolanski sah seinen Chef irritiert an.

»Ich hab es zumindest versucht«, erwiderte er.

»Und ich hab die Telefonnummer von der Burgstaller«, rief Heinze.

»Gut! Gib sie mir bitte.«

Heinze diktierte Stern die Ziffernreihenfolge und dieser tippte sie in sein Smartphone. Dann drückte er auf den grünen Hörer, der Anruf wurde sofort auf die Mailbox umgeleitet. »Sie geht nicht ran. Entweder ist ihr Handy ausgeschaltet oder sie hält sich irgendwo auf, wo sie keine Verbindung hat. Hast du auch die Nummern von Gloria Petrovsky und Evelyn Burgstaller?«

»Glaubst du, dass ihnen etwas zugestoßen ist?«, fragte Grünbrecht.

»Keine Ahnung, es ist nur so ein Gefühl …«

»Ein Gefühl?«, hakte Kolanski sofort ein. »Ich dachte, du magst keine Intuition bei den Ermittlungen. Du brauchst doch immer Fakten.«

»Das ist hier anders, da geht es nicht um Beweise«, brummte Stern. Als ihm Heinze die Telefonnummer der

Witwe vorlas, wählte er sie zeitgleich. Die Verbindung wurde hergestellt, aber auch hier ließ ihn die Ansage der Mailbox wissen, dass dieses Handy nicht erreichbar war. Das Gleiche wiederholte sich mit Evelyn Burgstallers Nummer.

»Das kann kein Zufall sein«, schloss sich Grünbrecht der Meinung ihres Chefs an. »Zumindest eine der Frauen müsste um diese Zeit abheben.«

»Ortet ihre Handys«, trug Stern seinen Mitarbeitern auf.

»Ohne Beschluss?«, fragte Kolanski.

»Ja, verdammt! Selbst Google weiß, wo sich die drei im Augenblick aufhalten«, raunte Stern beunruhigt.

»Ich erledige das.« Kolanski griff zum Telefon und gab den Kollegen in der Technik die Anweisung und die entsprechenden Telefonnummern durch. Bereits nach wenigen Minuten hatten sie ein Ergebnis. »Wir können sie nicht orten. Entweder sind die Handys ausgeschaltet oder aus anderen Gründen nicht erreichbar, weil sie sich in einer Höhle befinden, in einem Tunnel oder dergleichen. Halt irgendwo, wo es kein Netz gibt.«

»Alle drei?«

Kolanski nickte. »Alle drei.«

Sterns Smartphone läutete. Kurz dachte er, dass ihn eine der Frauen zurückriefe, doch auf dem Display leuchtete der Name des Dienststellenleiters. Da musste er rangehen, obwohl er lieber mit den Kollegen die weitere Vorgangsweise diskutiert hätte. Denn dass etwas nicht stimmte, war für ihn mittlerweile so klar wie das Wasser des Kasmüllerbaches in der Wolfsschlucht in Bad Kreuzen.

»Stern!«, bellte er ungehalten ins Mikro.

»Kommen Sie sofort in mein Büro«, verlangte Bormann wie üblich ohne Gruß.

»Kann das nicht warten? Wir haben …«

»Nein! Sofort!« An Bormanns Stimme hörte Stern, dass der Dienststellenleiter außer sich war.

Stern seufzte und sagte: »In zehn Minuten …«

»In fünf!« Dann war die Verbindung unterbrochen.

»Was ist los?«, wollte Grünbrecht wissen.

»Ich muss zu Bormann. Keine Ahnung wieso, aber er scheint fuchsteufelswild zu sein.« Stern stand auf und verteilte weitere Aufgaben, damit sie keine wertvolle Zeit verloren. »Kolanski, du behältst die Handyortung der Frauen im Auge. Sobald sich eines der Telefone ins Netz einwählt, will ich das wissen. Ihr beide«, Stern deutete auf Grünbrecht und Heinze, »fahrt nach Bad Kreuzen und seht vor Ort nach, ob ihr die Damen findet. Da sie fest entschlossen waren, auf eigene Faust zu ermitteln, ist ihnen vielleicht etwas zugestoßen. Möglicherweise liegen sie längst tot in ihren Häusern, weil der Täter sie ebenso vergiftet hat. Oder sie wurden erschlagen, was weiß ich! Alles ist möglich in diesem Fall.« Stern raufte sich die Haare. Er hätte die Inspektoren gerne begleitet, doch er musste ja zu Bormann.

»Du hast recht, alles ist möglich in diesem Fall. Nämlich auch, dass die lustige Damenrunde in einem Flieger sitzt, auf dem Weg in ein Land ohne Auslieferungsabkommen, weil sie gemeinsam Petrovsky ermordet haben«, gab Kolanski zu bedenken.

Der Chefinspektor atmete tief durch. Der Kollege hatte natürlich recht, trotzdem wollte er nicht daran glauben. Die allesamt nicht erreichbaren Handys sprachen dennoch wohl eher für diese Theorie.

»Okay, kontaktiere die Flughäfen Hörsching, Salzburg und Wien und finde heraus, ob Tickets auf ihre Namen ausgestellt wurden.«

»Mach ich, Chef!«, erwiderte Kolanski sofort, da er offenbar merkte, wie schwer Stern diese Entscheidung fiel. Nicht, dass er es sich noch einmal anders überlegte.

»Und wir zwei fahren nach Bad Kreuzen«, sagte Grünbrecht zu Heinze und stand auf.

Stern hoffte, dass sich die beiden ausnahmsweise mal vertrugen und nicht während der Fahrt in die Haare kriegten. Das konnte er im Augenblick genauso wenig brauchen wie eine Darmgrippe. Er selbst machte sich auf den Weg zu Bormanns Büro. Als er die Tür ins Vorzimmer aufstieß, ließ ihn dessen Sekretärin wissen, dass der Dienststellenleiter einen Anruf erhalten habe und seither übel gelaunt sei.

»Was macht die Katze?«, fragte Stern.

»Schnurrt wie eine Dampfmaschine.« Die Sekretärin kicherte.

»Kann ich zu ihm rein?« Der Chefinspektor deutete auf die verschlossene Tür.

»Ja, aber seien Sie vorsichtig, dass er Ihnen nicht den Kopf abreißt. Wäre wirklich schade drum«, flüsterte sie ihm zu.

»Danke für die Warnung.« Stern lächelte. Dann drückte er die Klinke herunter und betrat das Büro seines Vorgesetzten.

Der Dienststellenleiter saß hinter seinem Schreibtisch und tippte etwas in den Computer. »Ah, Stern! Da sind

Sie ja endlich«, sagte er, ohne den Blick vom Monitor zu nehmen.

»Was gibt es denn so Dringendes, dass ich sofort alles stehen und liegen lassen musste?«, fragte Stern gereizt und setzte sich, ohne auf eine Aufforderung zu warten, auf einen Besucherstuhl.

»Der Bürgermeister von Bad Kreuzen hat mich angerufen«, erwiderte Bormann, betätigte mit Schwung die Entertaste und lehnte sich in seinem Chefsessel zurück. Trotz der Hitze trug der Dienststellenleiter Anzug und Krawatte, was in dem einzigen klimatisierten Büro im ganzen Landeskriminalamt leicht auszuhalten war. Aus zusammengekniffenen Augen beobachtete er sein Gegenüber, dem diese Musterung nicht neu war. Jedes Mal, wenn eine höhergestellte Person den Dienststellenleiter kontaktierte, veranstaltete dieser hinterher ein Theater, als inszenierte er die Salzburger Festspiele.

Stern seufzte. »Und? Was wollte er?« Auf diesen politischen Mist hatte er keinen Bock.

Bormann beugte sich nach vorn und stützte sich mit den Ellbogen auf der Schreibtischplatte ab. »Er hat mir gesagt, dass ein paar Frauen in Bad Kreuzen von Haus zu Haus ziehen und behaupten, im Namen der Kriminalpolizei Ermittlungen im Mordfall Petrovsky anzustellen. Wissen Sie darüber Bescheid?« Bormanns Stimme war zunehmend schriller geworden, je länger er geredet hatte.

Stern lächelte. »Ich hab so etwas vermutet.« Immerhin hatte er endlich ein Lebenszeichen von den Frauen, das beruhigte ihn. Wenn sie durch Bad Kreuzen gingen, waren sie wohlauf. Wahrscheinlich hatten sie ihre Handys ausgeschaltet, um bei den Recherchen nicht gestört zu werden. Das Ganze war entweder ein ausgeklügelter Schachzug, damit sie in den Augen der Kriminalpolizei unschuldig wirkten, oder sie hatten tatsächlich nichts mit dem Mord zu tun.

»Was heißt das?«, rief Bormann echauffiert. »Ich muss Ihnen doch nicht erklären, dass Zivilpersonen in Mordfällen nicht tätig werden dürfen!«

»Das ist mir klar. Ich hab den Damen ausdrücklich verboten, auf eigene Faust zu recherchieren«, gab Stern den wesentlichen Inhalt des Gespräches wieder.

»Daran halten die sich aber nicht!«, fauchte Bormann. »Regeln Sie das!«

Stern stand auf und ging zur Tür. Dort blieb er noch einmal stehen und wandte sich um. »Wann wurden Sie vom Bürgermeister deswegen angerufen?«

»Was spielt das für eine Rolle?«

»Wann, Chef!«

»Vor einer halben Stunde. Wieso?« Bormann blickte Stern fragend an.

»Hat er gesagt, wann die Frauen zuletzt gesehen wurden?«

»Was weiß ich …? Gestern … heute … Wieso wollen Sie das wissen?«, regte sich Bormann weiter auf.

»Versuchen Sie, sich daran zu erinnern!« Stern kam zurück und sah seinen Vorgesetzten eindringlich an. Nun war er es, der sich mit den Händen auf dem Schreibtisch abstützte.

»Gestern. Er hat gesagt, dass die Frauen gestern Abend bei ihm gewesen seien und ihn befragt hätten. Das muss sofort aufhören, Stern! Sie wissen doch … Stern?

Stern!«, rief Bormann dem davonlaufenden Chefinspektor nach. Dieser hatte nicht einmal die Tür hinter sich zugemacht.

27. KAPITEL

Stern sprang in seinen Wagen und lenkte den Audi stadtauswärts. Es wäre wohl übertrieben, von Raserei zu sprechen, aber der Chefinspektor stieg beherzter denn je aufs Gaspedal und fuhr auf der Bundesstraße 3 ins untere Mühlviertel. Während der Fahrt hoffte er nicht nur, dass Silvia Burgstaller und die beiden anderen Damen wohlauf waren, sondern auch, dass Grünbrecht und Heinze sich nicht die Augen ausgekratzt hatten. Die Antipathie zwischen den Gruppeninspektoren schien in den letzten Tagen sogar noch angewachsen zu sein.

Vorm Haus von Gloria Petrovsky entdeckte er die Kollegen, die gerade in Grünbrechts BMW steigen wollten, und fand, dass sie eigentlich ein harmonisches Bild abgaben. Zumindest aus der Perspektive eines Außenstehenden. Er parkte den Audi am Straßenrand und gesellte sich zu ihnen.

»Und? Habt ihr etwas rausgefunden?«, fragte er.

»Weder Gloria Petrovsky noch Silvia Burgstaller oder ihre Tochter sind zu Hause. Niemand weiß, wo sie stecken …«

»Die Nachbarn sagen alle dasselbe«, unterbrach Heinze seine Kollegin. »Dass die Frauen gestern Abend durch den Ort gezogen seien und die Leute befragt hätten, ob die etwas wüssten, das Katharina Wunderfall entlasten könnte.«

Das deckte sich mit der Aussage des Bürgermeisters, der Bormann in dieser Angelegenheit angerufen hatte, dachte Stern. »Und? Hat ihnen jemand weiterhelfen können?«

»Soviel wir bislang in Erfahrung gebracht haben, nicht«, antwortete Grünbrecht rasch, bevor Heinze auch nur nach Luft schnappen konnte.

Die Rivalität zwischen den beiden fing langsam an, echt anstrengend zu werden, fand Stern, sagte aber: »Das war ja beinahe klar.« Entweder hielten sich die Menschen aufgrund guter Nachbarschaftsverhältnisse zurück, oder sie wussten tatsächlich nichts. Stern blickte sich um. Hinter manchen Fenstern bewegten sich die Vorhänge. Sie wurden beobachtet. Wenn die Kripo auftauchte, war das Grund genug, um verstohlen auf die Straße zu spähen. Das war in Bad Kreuzen nicht anders als sonst wo.

»Wie geht es weiter, Boss?«, fragte Heinze.

»Das wird uns der Boss zur gegebenen Zeit schon sagen«, erwiderte Grünbrecht bissig.

»Leute, kriegt euch mal wieder ein! Die Situation ist auch ohne euer Gezanke kaum zu ertragen.« Stern fühlte sich durch die ständigen Spitzfindigkeiten genervt.

»Ah! Die Herrschaften von der Kriminalpolizei!«, hallte es hinter seinem Rücken. Der Chefinspektor wandte sich um.

Der Altbauer Karl steuerte wankend auf sie zu. Wie es schien, kam er gerade aus dem Wirtshaus und hatte ordentlich getankt. Irgendwie war Stern froh, den alten Mann zu sehen, der ihn aus der unangenehmen Situation mit den Kollegen rettete. Sonst hätte er sich nämlich gezwungen gefühlt, in den anschwellenden Disput eingreifen zu müssen. Was er wahrscheinlich sowieso tun sollte, allerdings nicht jetzt.

»Karl!«, rief Grünbrecht, als wären sie und der Landwirt die besten Freunde.

Heinze verdrehte die Augen, sagte aber nichts, wofür ihm Stern dankbar war. Wenn diese Sache vorüber war, würde er ein ernstes Wort mit den beiden reden, nahm er sich vor.

»Ist schon wieder jemand in Bad Kreuzen um'bracht worden?«, fragte Karl mit leicht verwaschener Aussprache, die bestimmt mehreren Bieren oder Schnäpsen geschuldet war.

»Nicht, dass wir wüssten«, sagte Stern ausweichend, denn sicher war er sich deswegen nicht. Schließlich war ihnen noch immer unbekannt, wo sich die Damenrunde um Silvia Burgstaller aufhielt.

»Karl, haben Sie Gloria Petrovsky gesehen?«, fragte Grünbrecht den alten Mann.

»Aber sicher doch!« Karl hob eine Hand wie zur Bestätigung und ruderte mit der anderen, um das Gleichgewicht nicht zu verlieren.

»Ja? Und wo?«, drängte Stern den Mann zum Reden.

»Und wann?«, wollte Heinze wissen.

Bevor Karl antwortete, musste er seinen sicheren Stand zurückgewinnen, was eine Weile dauerte. »Ja überall! Die drei Weiber haben alle Bad Kreuzener nach ihrem Alibi g'fragt, sogar mich! Könnt ihr euch das vorstellen?«, wollte er voller Entsetzen wissen.

»Wann ist das gewesen?«

»Gestern, glaub ich … Oder heute?«

»Denk nach, Karl!«, forderte Grünbrecht den alten Mann auf.

»Nein, gestern war's!« Karl erinnerte sich und freute sich darüber.

»Und dann? Was haben die drei dann gemacht?« Stern hasste es, wenn er jemandem jede Information einzeln aus der Nase ziehen musste.

»Nachdem ich ihnen erzählt hab, dass die Katz' von der Kräuterhex' vergiftet worden ist, sind's zum nächsten und zum nächsten und zum übernächsten und so weiter. Nehm ich halt an, weil b'gegnet bin ich ihnen danach net mehr.«

»Wo ist das gewesen? Wo haben Sie die drei das letzte Mal gesehen, Karl?«

»Wie sie da rauf g'gangen sind.« Karl deutete die Straße entlang Richtung der Schulen und hielt sich an einem Gartenzaun fest. Das lange Stehen in seinem angetrunkenen Zustand strengte ihn an. Und der Jüngste war er ja auch nicht mehr.

»Das hilft uns nicht weiter«, erkannte Stern.

»Genau dasselbe hab ich denen g'sagt. Dass die da rumschnüffeln, bringt gar nix. Das bringt nur die Leut' durcheinander.« Der Karl fuchtelte mit dem ausgestreckten Zeigefinger herum. »Ich muss jetzt gehen, ich muss nämlich ganz dringend schiffen. Das, was man oben einfüllt, muss irgendwann unten wieder raus, gell? Dafür brauch' ich keine Kriminalpolizei, um das zu wissen.« Wankend zog der Altbauer von dannen.

»Pfiat di, Karl! Und danke, dass du uns geholfen hast!«, rief ihm Grünbrecht hinterher.

»Bist du mit dem per Du?«, fragte Heinze.

»Hast du etwas dagegen?«, erwiderte Grünbrecht unwirsch.

Sterns Handy läutete. Er zog es aus der Tasche und nahm das Gespräch entgegen.

»Stern!«

»Chef, Kolanski hier.«

»Was gibt es?«

»Viktor Wurmer will auspacken! Er hat gesagt, er will alles erzählen«, verkündete Kolanski die frohe Botschaft. »Anscheinend hat ihm die Nacht in der Zelle klargemacht, dass Schweigen keine Option ist.«

»Ist er noch da? Ich dachte, wir haben ihn, Wunderfall und Eva Pöller laufen lassen.«

»Das wollte ich gerade machen, doch da ist mir Wurmer mit seiner Absicht zuvorgekommen«, erklärte Kolanski. »Manchmal hat man als Ermittler halt auch Glück.«

»Sehr gut!« Stern freute sich. Endlich schienen sie einen Schritt nach vorne zu gelangen. »Übernimmst du das, bitte?«

»Wurmer sagt, dass er nur mit dir reden wird«, teilte Kolanski dessen Bedingung mit.

»Gut, ich bin unterwegs.« Stern beendete das Gespräch und unterrichtete Grünbrecht und Heinze über die neue Situation.

»Wenn Wurmer gestehen will, können wir zusammenpacken und endlich im Pleschinger See baden gehen. Ich hab gehört, dass das Wasser äußerst angenehme Temperaturen haben soll«, freute sich Heinze.

»Abwarten, Kollege«, trat Stern auf die Bremse. »Noch haben wir kein Geständnis. Und solange das nicht der

Fall ist, sucht ihr weiter nach den drei Frauen. Aber vertragt euch! Verstanden?«

Sowohl Grünbrecht als auch Heinze nickten.

*

Stern fuhr zurück nach Linz. Auf der Dienststelle wartete Viktor Wurmer bereits im Verhörraum auf ihn und bat, dieses Mal das Aufnahmegerät ausgeschaltet zu lassen.

»Sie wissen, dass das gegen die Vorschrift ist«, sagte Stern und betätigte den Schalter.

Wurmer nickte. »Trotzdem rede ich nur mit Ihnen, wenn das Ding aus ist.«

Stern seufzte. »Na gut. Ich brauche Ihre Aussage dann zumindest schriftlich, wenn sie für die Aufklärung des Mordes an Petrovsky wesentlich ist, wovon ich derzeit ausgehe.«

Wurmer zögerte.

»Was soll das?«, fuhr Stern ihn an. »Sie kennen das Prozedere genauso gut wie ich. Sie wissen, dass ich das nicht ohne jegliche Dokumentation tun kann. Entweder Aufnahmegerät oder Protokoll. Ihre Entscheidung!«

Wurmer beugte sich nach vorn und sprach laut und deutlich, damit seine Stimme klar auf Band aufgezeichnet wurde. »Ich schwöre, dass meine Aussage nichts zur Aufklärung des Falls Petrovsky beitragen kann, sondern mir lediglich ein Alibi verschaffen wird.«

»Wollen Sie mich verarschen? Ich bin extra von Bad Kreuzen hergefahren, damit Sie Ihre Aussage machen können«, sagte Stern verständnislos.

»Die mache ich auch, aber bitte schalten Sie das Ding jetzt ab.«

Stern betätigte den Ausschaltknopf. »Bitte sehr! Kann ich sonst noch etwas für Sie tun? Einen Kaffee vielleicht? Dazu eine Torte?«

»Das wäre schön«, erwiderte Wurmer mit einem freundlichen Lächeln.

Stern sog genervt die Luft ein. »Was wollten Sie mir nun sagen?« Wenn Wurmer doch nicht auspacken würde, hatte er Wichtigeres zu tun.

»Wo ich in der Mordnacht gewesen bin«, erwiderte Wurmer mit gedämpfter Stimme.

»Und? Wo waren Sie?« Noch war Stern nicht besänftigt.

»Ich war die ganze Zeit auf der Dienststelle«, antwortete Wurmer.

»Das wissen wir bereits.«

»Ich war aber net alleine.« Wurmer kostete es sichtlich Überwindung, darüber zu reden.

»Wer war bei Ihnen?«, hakte Stern nach.

Der Rohrbacher Kollege flüsterte: »Die Frau von meinem Chef, die Christine.«

»Sie haben ein Verhältnis mit der Frau Ihres Chefs?«, wiederholte Stern ungläubig.

»Pst! Nicht so laut!« Wurmer führte den Zeigefinger vor den Mund und lugte hinüber zu der verspiegelten Scheibe, hinter der er offensichtlich Mithörer vermutete.

Doch Stern war es egal, wie laut er redete. »Moment mal! Nur damit ich das richtig verstehe: Sie waren die ganze Nacht in der Polizeiinspektion und haben sich dort mit der Frau Ihres Chefs vergnügt? Und Ihr Kollege, dieser Henerbichler, musste währenddessen allein Streife fahren, damit er Sie nicht stört bei dem, was Sie beide getrieben haben?«

Wurmer nickte.

»Sie sind ein verdammtes Arschloch, Wurmer! Es hat uns wertvolle Zeit gekostet, dass Sie uns das nicht gleich gesagt haben!«, gab Stern entrüstet von sich.

»Das … das tut mir leid«, stotterte sein Gegenüber. »Aber ich dachte, wenn mein Chef davon erfährt … Ich meine, Sie können das vielleicht verhindern, oder? Weil es für den Fall ja nicht relevant ist und Sie denselben Rang haben wie er … wie mein Chef, meine ich.« Wurmer sah Stern hilfesuchend an.

»Das ist nicht Ihr Ernst …«

»Doch! Absolut! Der Kerl bringt mich um!«

»Wenn ich das nicht vor ihm tue.« Stern stand auf und verließ den Vernehmungsraum.

»Moment, ich …«

Hinter sich knallte er die Tür zu. Wurmers Gejammer drang nur noch gedämpft an sein Ohr.

Im Beobachtungsraum erwartete ihn Kolanski. »Der hat die Hosen gestrichen voll«, analysierte der Gruppeninspektor Wurmers augenblickliche Verfassung. »Was tun wir jetzt? Sagen wir es seinem Chef?«

»Nein«, winkte Stern ab. »Das soll er schön selber machen. Lass ihn laufen. Hast du inzwischen Neuigkeiten von Grünbrecht und Heinze gehört?«

Kolanski schüttelte den Kopf. »Dafür hab ich etwas anderes.«

Der Tonfall in Kolanskis Stimme ließ Stern aufhorchen. »Ja? Was denn?« Nachdem die Vernehmung von Viktor

Wurmer nicht das gewünschte Ergebnis gebracht hatte, konnte er dringend gute Nachrichten vertragen.

»Das ist schwer zu erklären, ich möchte es dir zeigen, und dafür müssen wir in unser Büro gehen«, erwiderte Kolanski kryptisch.

»Mach es nicht so spannend, Hermann«, sagte Stern und folgte dem Kollegen ins Großraumbüro. Dort drehte Kolanski seinen Monitor so, dass sein Vorgesetzter eine gute Sicht darauf hatte.

»Was hast du herausgefunden?« Stern glotzte auf den Bildschirm, auf dem eine Landkarte von Bad Kreuzen zu sehen war. Darauf befanden sich drei unterschiedlich farbige Punkte.

»Du bekommst die Kurzfassung. Der Kollege von der Technik und ich haben ewig gebraucht, das, was ich dir gleich erzählen werde, bildlich darzustellen«, begann Kolanski. »Ansonsten könnte ich dir nämlich nur eine Reihe von Zahlen und Koordinaten zeigen.«

»Schieß schon los!« Stern war wie üblich ungeduldig.

»Also, diese Punkte, die da abgebildet sind, sind die Positionen der Handys von Gloria Petrovsky und Silvia und Evelyn Burgstaller gemäß der Ortungsdaten. Jedem Handy wurde eine andere Farbe zugeordnet, damit man sie auseinanderhalten kann. Gestern um 20 Uhr waren die Frauen noch jede bei sich zu Hause. Das sind diese drei Punkte hier.« Kolanski deutete auf den Bildschirm, wo ein grüner, ein gelber und ein roter Punkt statisch verharrten.

»Davor waren sie bei uns in Linz«, erinnerte sich Stern.

»Das passt zeitlich. Dann verlässt Silvia Burgstaller das Haus und geht zu Gloria, bleibt dort eine Weile, bis sich beide auf den Weg zu Evelyn machen.« Auf dem

Bildschirm bewegten sich die Punkte entsprechend der Geschichte, die Kolanski daraus gesponnen hatte, und wurden zu feinen Linien.

»Wie habt ihr das so anschaulich hinbekommen?«, fragte Stern, dem die moderne Technik immer schon ein wenig suspekt gewesen war. Aber die Ansicht jetzt, das musste er zugeben, fand er fantastisch!

»GPS, Google und ein grafisches Programm«, erwiderte Kolanski. »Wenn das GPS deines Handys eingeschaltet ist, können wir es orten. Google zeichnet die Daten auf und speichert sie, und wir können sie unter bestimmten Umständen abrufen.«

»Okay, weiter!«, forderte Stern.

»Silvia und Gloria holten Evelyn von zu Hause ab und gingen anschließend gemeinsam durch Bad Kreuzen. Beinahe bei jedem Haus blieben sie stehen und befragten die Menschen. Siehst du?« Auf dem Monitor bewegten sich der grüne, der gelbe und der rote Punkt über die Landkarte und hinterließen ein Muster.

»Wow! Toll, was heutzutage möglich ist«, sagte Stern, der fasziniert auf den Bildschirm starrte und dort den Weg der Frauen quasi miterlebte. »Wo sind sie anschließend hin?«

Kolanski ließ das Programm im Schnelldurchgang laufen. »Nachdem sie halb Bad Kreuzen durchquert hatten, machten sie bei diesem Haus ihren letzten Stopp.« Kolanski verlangsamte den Ablauf wieder.

»Wer wohnt da?«, fragte Stern.

»Katharina Wunderfall«, erklärte ihm Kolanski.

»Die drei sind also auch zu Wunderfalls Ehemann und haben ihn befragt«, schlussfolgerte Stern.

»Der hat doch das Alibi seiner Frau nicht bestätigt, oder? Weil er angeblich die Warmwasseraufbereitung repariert hat.«

»Genau«, erinnerte sich ebenso Stern. »Wie ging es weiter?« Gespannt starrte er auf den Bildschirm.

»Gar nicht. Die Handys werden nach einer Weile alle ausgeschaltet.«

Auf dem Monitor verschwanden die farbigen Punkte der Reihe nach. Zurück blieb ein bunter Wirrwarr aus Linien, der den Weg der drei Frauen bei ihren Befragungen durch Bad Kreuzen nachzeichnete.

»Was heißt das jetzt?«, fragte Stern konsterniert.

»Das kann alles bedeuten«, erwiderte Kolanski und lehnte sich in seinem Stuhl zurück. »Dass sie sich noch immer dort aufhalten oder dass sie längst von dort weg sind und nur ihre Handys ausgeschaltet haben.«

»Dass sie Opfer sind oder Täter«, übersetzte es Stern in seine Sprache.

Kolanski nickte.

»Aber wieso sollten sie gleichzeitig ihre Handys ausschalten, wenn sie nichts mit dem Fall zu tun haben?«, überlegte Stern. »Das macht doch niemand.«

»Vielleicht haben sie ja etwas mit dem Fall zu tun und sind abgehauen. Oder der Wunderfall hat ihnen ihre Smartphones abgenommen und ausgeschaltet, damit wir die Frauen nicht finden.«

»Kannst du das auch für die Mordnacht machen?«, wollte Stern wissen. »Das mit den Punkten und Linien.«

»Schon, das dauert allerdings«, erwiderte Kolanski.

»Wie lange?«

»Ein paar Stunden …«

»So viel Zeit habe wir nicht. Grünbrecht und Heinze sind eh in Bad Kreuzen. Die sollen zum Haus der Wunderfalls fahren und nachsehen, was dort los ist.«

28. KAPITEL

Grünbrecht drückte auf die Klingel des Hauses. Eine helle Tonabfolge erklang.

»Wir verschwenden bloß unsere Zeit«, sagte Heinze. »Bestimmt hat Viktor Wurmer schon gestanden und wir könnten längst nach Linz zurückfahren.«

»Solange Stern sich nicht meldet, suchen wir nach den drei Frauen«, erwiderte Grünbrecht streng.

»Wieso magst du mich eigentlich nicht?«, fragte Heinze plötzlich direkt.

Für Grünbrecht kam die Konfrontation aus heiterem Himmel. »Wer sagt, dass ich dich nicht mag?«, versuchte sie, einer Antwort auszuweichen, und betätigte erneut die Klingel.

»Ich sag das! Das merke ich ja.« Heinze steckte die Hände in die Hosentaschen. Das machte er jedes Mal, wenn er unsicher war.

Grünbrecht zögerte einen Augenblick und wollte gerade etwas erwidern, als die Tür aufging.

»Ja?« Ein Mann sah die Kriminalbeamten neugierig an, in der Hand hielt er einen schmutzigen Lappen und einen Schraubenzieher.

»Grüß Gott, ich bin Gruppeninspektorin Mara Grünbrecht vom Landeskriminalamt Oberösterreich, das ist mein Kollege …« Grünbrecht deutete auf Heinze.

»Gruppeninspektor Martin Heinze«, stellte der sich selber vor. »Aber wir kennen uns bereits.« Kolanski und er hatten den Ehemann der Kräuterhexe bei der Überprüfung ihres Alibis ja schon befragt.

»Wie kann ich Ihnen helfen?« Max Wunderfall sah zwischen den Inspektoren hin und her. Es war gut möglich, dass er die Anspannung zwischen ihnen spürte.

»Wir …«, begannen Grünbrecht und Heinze gleichzeitig zu reden, verstummten dann aber beide und sahen einander an, bis Heinze seiner Kollegin deutete, sie möge das Wort ergreifen.

»Wir suchen Gloria Petrovsky sowie Silvia und Evelyn Burgstaller. Waren die Damen gestern bei Ihnen?«

Max Wunderfall schüttelte den Kopf. »Nein.«

»Sind Sie sicher? Sonst waren sie nämlich überall. Die drei haben ganz Bad Kreuzen befragt, ob jemand Informationen hat, die Ihre Frau entlasten könnten«, hakte Heinze nach.

»Ich hab zumindest nix mitbekommen. Vielleicht sind sie dag'wesen und haben ang'läutet und ich hab die Klingel net g'hört, weil ich im Keller g'wesen bin. Ich hab dort zu tun g'habt.« Max Wunderfall blickte wieder von einem zum anderen.

»Mussten Sie erneut etwas reparieren?«, fragte Heinze und deutete auf das Werkzeug in Wunderfalls Hand.

»Ja. Das Haus kommt langsam in die Jahre. Immer geht etwas kaputt. Und damit das Ganze net zu teuer wird, richte ich das meiste selber her.« Wunderfall lächelte und war sichtlich stolz auf sein handwerkliches Geschick. Oder froh, dass sie das Thema gewechselt hatten.

»Toll, wenn man dazu in der Lage ist. Ich hab leider zwei linke Hände«, erwiderte Heinze.

»Man tut, was man kann«, blieb Wunderfall wortkarg. Es war ihm anzusehen, dass er keinen Small Talk mit den Kriminalbeamten führen wollte. Viel lieber wäre es ihm wohl, wenn sie ihn in Ruhe ließen und er sich wieder in seinen geliebten Keller zurückziehen könnte.

»Auf Wiedersehen«, verabschiedete sich Grünbrecht, die zu Zwangskonversationen ein ähnliches Verhältnis hatte. »Falls Ihnen die Frauen begegnen, rufen Sie uns bitte an.«

»Oder noch besser: Sagen Sie ihnen, dass sie sich sofort bei uns melden sollen«, fügte Heinze hinzu.

»Das mach' ich. Auf Wiedersehen!« Wunderfall schloss die Tür und die Inspektoren gingen die Einfahrt zurück zur Straße.

»Was jetzt?«, fragte Heinze.

»Die drei sind wie vom Erdboden verschluckt. Ich weiß nicht, wo wir noch nach ihnen suchen sollen«, zeigte sich Grünbrecht ratlos.

»Ich wette mit dir, dass sie längst in einem Flugzeug sitzen und nach Brasilien fliegen.«

»Wieso ausgerechnet Brasilien?«

»Weil es dort schön ist. Ich würde mich dorthin absetzen, wenn ich Dreck am Stecken hätte.«

Grünbrecht schritt, ohne darauf zu reagieren, voran in Richtung des Wagens. Den hatten sie vor dem Haus der Petrovsky stehen lassen, da die beiden Gebäude nicht weit auseinanderlagen.

»Was hab ich denn jetzt schon wieder gemacht?«, rief Heinze ihr hinterher.

»Nichts. Alles in Ordnung.« Grünbrecht ging einfach weiter.

»Warum hab ich dann jedes Mal das Gefühl, dass es dich kränkt, wenn ich etwas sage? Oder dir sonst irgendwie nicht in den Kram passt?« Heinze hatte Grünbrecht eingeholt und sah sie von der Seite an.

Die Gruppeninspektorin blieb stehen und suchte nach den richtigen Worten. »Das liegt nicht an dir, Martin, es liegt an mir.«

»Du weißt ja doch, wie ich heiße«, stellte Heinze fröhlich fest. Aber das war nur gespielt. Dass Grünbrecht ihn von oben herab behandelte, traf ihn zutiefst.

»Natürlich weiß ich das.«

»Das ist immerhin ein Anfang.«

Der Klingelton von Grünbrechts Handy unterbrach das Gespräch.

»Es ist Stern.« Die Gruppeninspektorin nahm das Telefonat entgegen. »Ja, Chef?«

»Ihr müsst sofort zum Haus von Katharina Wunderfall fahren und nachschauen, ob Gloria Petrovsky und die beiden Burgstaller-Frauen dort sind«, kam Stern gleich zur Sache.

»Wir waren gerade bei Max Wunderfall und haben mit ihm geredet. Er sagt, dass er die Frauen nicht gesehen hat«, erzählte Grünbrecht ihrem Chef, was sie erfahren hatten.

»Da ist etwas faul«, erwiderte Stern. »Kolanski hat nämlich herausgefunden, dass die drei gestern dort gewesen sind. Das Haus der Wunderfalls war ihre letzte Station, nachdem sie ganz Bad Kreuzen abgeklappert haben. Anschließend konnten wir die Signale ihrer Handys nicht mehr orten.«

»Scheiße!«, fluchte Grünbrecht und wandte sich um. »Wir sind noch nicht weit weg, wir drehen sofort um.«

»Seid vorsichtig und geht kein Risiko ein!« mahnte Stern die Kollegin. »Wir kommen so schnell wie möglich zu euch.«

Die Gruppeninspektorin beendete das Gespräch und setzte Heinze über den Inhalt in Kenntnis. Mit der Hand auf den Dienstwaffen machten sie kehrt und näherten sich möglichst unauffällig dem Haus.

»Ich bezweifle, dass er uns noch mal die Tür öffnet, wenn er den Frauen etwas angetan hat«, sagte Heinze. »Ich bin mir sicher, dass er uns beobachtet und weiß, dass wir einen Anruf erhalten haben.«

»Vielleicht haben ihn die Frauen dazu gezwungen, uns mit dem Schmarrn, den er uns eben erzählt hat, abzuwimmeln«, erwiderte Grünbrecht und drückte auf die Klingel. Die Glock hielt sie dabei hinter ihrem Rücken versteckt.

»Du glaubst also weiterhin daran, dass eine der Frauen Petrovsky vergiftet hat«, schlussfolgerte Heinze.

»Du nicht? Denkst du, dass er es gewesen ist und jetzt auch noch die drei Frauen umbringen will?«

»Oder bereits umgebracht hat.«

»Wieso sollte er das tun?«

»Ich weiß, das klingt irgendwie abwegig«, gab Heinze zu. »Wir hätten es dann mit einem Serienmörder zu tun.«

»Willst du nicht wetten?«, stichelte Grünbrecht.

»Dieses Mal lieber nicht.«

Als Grünbrecht erneut die Türglocke betätigte, waren hinter dem Haus Motorengeräusche zu hören.

»Hey! Da haut jemand ab!« Heinze sprang die Stufen hinunter, die vom Eingang wegführten, und lief die

Einfahrt zurück. Ein weißer Lieferwagen mit der Aufschrift »Bad Kreuzener Kräuterhexe« fuhr rückwärts vom Grundstück, wendete und raste an den Beamten vorbei, noch bevor sie die Straße erreichten.

»Das ist der Lieferwagen von der Katharina Wunderfall!«, rief Grünbrecht.

»Haben wir die Wunderfall schon gehen lassen?«

»Das weiß ich nicht.«

»Wer sitzt am Steuer?«

»Keine Ahnung …«

»Los! Hinterher!«

Die Inspektoren liefen die Straße hinauf zum Haus der Petrovsky, wo der BMW parkte. Als sie ankamen, wollte jeder von ihnen auf der Fahrerseite einsteigen.

»Ich fahre!«, brüllten sie sich gegenseitig an und zogen am Griff der Fahrertür. Allerdings in verschiedene Richtungen.

»Nicht dein Ernst! Wenn du fährst, ist der Lieferwagen bald über alle Berge!«, keifte Grünbrecht Heinze an.

»Und wenn du fährst …« Heinze verstummte. »Okay, du hast gewonnen.« Dann rannte er um den Wagen und ließ sich auf den Beifahrersitz fallen.

»Danke!«, sagte Grünbrecht baff, da sie nicht damit gerechnet hatte, dass Heinze so schnell aufgab. Sie startete den Motor und stieg aufs Gas. »Ist schließlich auch mein Wagen.«

Die Kriminalbeamten fuhren aus Bad Kreuzen hinaus zur Greinerwaldstraße und stoppten bei der Kreuzung.

»Wohin ist der Lieferwagen gefahren?«, fragte Grünbrecht.

»Dort lang!« Heinze deutete in die entsprechende

Richtung, da er das Heck des Lieferwagens gerade noch um die Kurve verschwinden sah.

Grünbrecht lenkte nach rechts und beschleunigte. Der BMW schoss nach vorn, sodass es Heinze in den Sitz drückte. Er hielt sich an dem Griff über dem Beifahrerfenster fest und starrte auf die immer näher kommende Baumreihe. Die Räder quietschten in der nächsten Kurve und Heinze rutschte in Richtung Mittelkonsole, unfähig, in einer geraden Position zu bleiben. Bangend, ob sich das ausginge, dass sie die Baumreihe verfehlten, hielt er die Luft an und starrte durch die Windschutzscheibe nach draußen. Erst als die Kurve flacher wurde und die Bäume seitlich an ihnen vorbeizischten, ließ er die angehaltene Luft entweichen.

Der Lieferwagen rückte in Sichtweite.

»Wow!«, stieß er aus. »Es war definitiv die richtige Entscheidung, dass du fährst.«

Grünbrecht freute sich über das unerwartete Lob, erwiderte aber nichts. Sie musste sich auf die Straße konzentrieren.

Der BMW folgte dem Lieferwagen. Wie ein Jäger seine Beute nahm er ihn ins Visier. Die Distanz zwischen den Fahrzeugen verringerte sich von Augenblick zu Augenblick.

»Bremsen!«, rief Heinze. Sonst würden sie auf den Lieferwagen auffahren, sich überschlagen und im Straßengraben landen, da war er sich sicher.

»Hast du Angst, oder was?«, stichelte Grünbrecht und konzentrierte sich auf die Strecke. Unbeirrt behielt sie die Geschwindigkeit bei, bis sie zu dem Lieferwagen aufgeschlossen hatten. Dabei rasten sie an einem Schild vorbei, das auf den Eingang der Wolfsschlucht hinwies, wofür sie jedoch keinen Blick übrig hatten.

Plötzlich leuchteten die Bremslichter des Lieferwagens auf. Grünbrecht trat hart auf die Bremse. Mit quietschenden Rädern nahmen die Fahrzeuge die nächste Kurve. Danach beschleunigte der Lieferwagen wieder, dessen Lenker indessen mitbekommen zu haben schien, dass sie ihn verfolgten. Ihn aufhalten wollten. Er ging sogar dazu über, mitten auf der Straße zu fahren, sodass es den Kriminalbeamten unmöglich war, ihn zu überholen. Nur bei Gegenverkehr blieb er auf dem vorgeschriebenen Fahrstreifen. Sobald das Gefährt auf der linken Spur vorüber war, fuhr er wieder in die Mitte und blockierte damit die ganze Straße. Auf diese Weise jagte er die Greinerwaldstraße neben dem Kreuznerbach hinunter. Gott sei Dank führte diese großteils durch bewaldetes Gebiet, sodass keine Menschen querten und auch keine Kinder neben der Fahrbahn spielten.

»Wieso fährt der überhaupt vor uns davon?«, stellte Grünbrecht jene Frage, die sie beide beschäftigte.

»Weil er Dreck am Stecken hat«, schlussfolgerte Heinze.

»Mist!«, rief Grünbrecht. Am Horizont tauchten Häuser auf. »Das ist Grein! Wir müssen ihn irgendwie stoppen!«

Heinze drückte den Knopf für den Polizeifunk und informierte die diensthabenden Kollegen über ihre Situation. Die teilten ihnen mit, dass Verstärkung unterwegs sei. Aber ob sie rechtzeitig bei ihnen einlangen würde, bevor es zu einer Katastrophe käme, vermochte niemand zu sagen.

»Wir können ihn vielleicht von der Straße abdrängen und dadurch zwingen, die Geschwindigkeit zu reduzieren«, schlug Heinze vor.

»Echt jetzt?« Grünbrecht war nicht klar, wie das funktionieren sollte.

»Eine bessere Idee hab ich nicht. Du etwa?«

Die Gruppeninspektorin musste zugeben, dass es auch ihr an einer passenden Lösung mangelte. »Nein, probieren wir es!«

Mit Lichtsignalen machte sie auf sich aufmerksam. Doch das schien den Lieferwagenfahrer nicht zu beeindrucken. Unbeirrt raste er auf die Stadt Grein zu. Grünbrecht versuchte, als der Lieferwagen einen Schwenk nach rechts vollzog, ihn links zu überholen, aber ein entgegenkommendes Fahrzeug zwang sie, stark zu bremsen. Der BMW schlitterte, fing sich jedoch wieder. Ein Mittelklassewagen rauschte laut hupend auf der Gegenfahrbahn an ihnen vorbei. Grünbrecht gab erneut Gas. Für einen Augenblick klebten sie an der Stoßstange des Lieferwagens, scherten aus und schoben sich seitlich nach vorn.

»Und wenn er uns touchiert?«, fragte Heinze.

»Scheiß drauf! Hauptsache, wir verhindern, dass der Kerl abhaut!« Grünbrecht trat das Gaspedal weiter durch und setzte dazu an, sich links am Lieferwagen vorbeizudrängen. Der Transporter kam seitlich näher. Ein knarzendes Geräusch ließ sie wissen, dass der Moment eben eingetreten war, vor dem Heinze gewarnt hatte. Blech rieb an Blech, quietschte, wurde eingedrückt. Die Gruppeninspektorin wich nach links aus und gab Gas, bis sie die Höhe der Fahrerkabine erreichten.

»Max Wunderfall sitzt am Steuer!«, erkannte Heinze.

»Nicht mehr lange«, murmelte Grünbrecht.

Der Lieferwagen kam wieder näher, touchierte den BMW. Grünbrecht hielt dagegen und versuchte, den Transporter nach rechts zu drängen. Mit kleinen Stößen gelang es ihr. Der BMW schob sich an dem Lieferwagen vorbei, zog vor dessen Kühler und wurde langsamer.

»Was ist das?«, rief Heinze und deutete durch die Windschutzscheibe, wo die Straße vor einer gleichmäßigen braungrünen Fläche abrupt endete. Da Heinze nicht ortskundig war, konnte er nicht wissen, worauf sie zurasten.

»Die Donau!«, rief Grünbrecht, der sofort klar war, was das bedeutete.

»Das schaffen wir nie!« Heinze klammerte sich am Griff über der Tür und am Sitz fest.

Grünbrecht trat die Bremse bis zum Anschlag durch. Die Räder qualmten auf dem heißen Asphalt. Von hinten schob der Lieferwagen den BMW weiter vorwärts. Die Greinerwaldstraße mündete in die Bundesstraße 3, die beidseitig in einem 90-Grad-Winkel abging. Doch sie hatten noch zu viel Tempo drauf, schafften es nicht, abzubiegen. Dann hob der BMW ab – mit ihm der hinter ihm fahrende Transporter – und flog die gleich hinter der Straße liegende sanfte Böschung hinab.

Heinze versuchte zu begreifen, was geschah, doch er konnte keinen vernünftigen Gedanken fassen. Ein Schrei drang aus seiner Kehle und er hoffte, dass es nicht sein letzter sein würde.

Grünbrecht klammerte sich am Lenkrad fest und starrte auf die immer näher kommende Grünflache hinter der B3 und vor der Donau. Ein Campingplatz! Mein

Gott, schoss es ihr durch den Kopf, hoffentlich erwischten sie keinen von den Campern. Sie konnte nichts tun, hatte keinen Einfluss mehr auf den Wagen und fühlte sich hilflos.

Die Fahrzeuge landeten in der Wiese des Campingplatzes. Gras und Erde stoben in die Höhe. Aufgrund der lang andauernden Trockenheit umnebelte feiner Staub die Wagen wie eine Wüstenwolke.

Heinze brauchte einen Moment, um zu realisieren, dass er unverletzt war. Von ein paar Prellungen und Stauchungen vielleicht abgesehen.

»Bist du okay?«, fragte er Grünbrecht.

»Ich denke schon«, antwortete die Gruppeninspektorin. »Und wie schaut's bei dir aus?«

»Alles bestens.«

Die Kriminalbeamten öffneten die Autotüren und stiegen aus. Zeitgleich wurde die Tür des Lieferwagens aufgestoßen und Max Wunderfall kletterte heraus.

»Er haut ab!«, erkannte Heinze.

Grünbrecht lief auf Wunderfall zu und packte ihn am Arm. Der Kerl war einen Kopf größer als sie und wehrte sich. Die Gruppeninspektorin zog ihre Glock, doch sie stand zu nah an ihrem Widersacher. Dieser schlug ihr die Waffe aus der Hand, anschließend traf sie ein Hieb ins Gesicht. Sie taumelte rückwärts und fiel zu Boden. Wunderfall rannte in Richtung Donauradweg davon.

»Mara!« Heinze eilte zu seiner Kollegin.

»Es geht schon. Los! Schnapp ihn dir!«, verlangte die Gruppeninspektorin.

Grünbrechts Wunsch war Heinzes Befehl. Er sprintete los, hastete dem Flüchtenden hinterher. Vorbei an staunenden Campingplatzbesuchern, deren Würstchen und Steaks auf dem Grill nun verbrannten. Auf halbem Weg zur Donau hatte Heinze den Mann beinahe eingeholt und hechtete ihm nach. Er bekam ihn an der Hose und am Hemd zu fassen und riss ihn mit sich zu Boden. Dann rappelte sich der Gruppeninspektor hoch und hielt Wunderfall die Hände am Rücken fest.

Grünbrecht kam angelaufen. Blut rann aus ihrem Mund. Durch den Schlag war ihre Lippe aufgeplatzt.

»Maximilian Wunderfall, Sie haben uns einiges zu erklären«, keuchte sie und blickte auf den am Boden liegenden Mann.

In der Ferne ertönten Sirenen von Einsatzwagen. Von flussabwärts der Donau tauchten mehrere Polizeiautos auf und blockierten die Bundesstraße 3, dasselbe geschah flussaufwärts. Die rotierenden Geräusche eines Hubschraubers wurden zunehmend lauter.

»Aua! Sie tun mir weh!«, jammerte Wunderfall.

»Mensch, Mara, wir haben eine Mimose gefangen«, erwiderte Heinze. Dann beugte er sich zu dem Dingfestgemachten hinab und zischte ihm ins Ohr: »Das hättest du dir überlegen sollen, bevor du meine Kollegin geschlagen hast, du Arschloch!« Heinze richtete sich auf und legte Wunderfall Handschellen an.

Grünbrecht fand durchaus Gefallen daran, dass der Neue sie eben verteidigt hatte, würde es aber niemals zugeben. Für einen Augenblick huschte ein Lächeln über ihr Gesicht.

»Mara! Martin!« Stern und Kolanski eilten herbei. »Geht es euch gut?«

»Alles bestens!« Grünbrecht freute sich, ihren Chef

und Kolanski zu sehen. Ebenso darüber, dass Heinze und sie den Verdächtigen nicht hatten entkommen lassen.

»Du blutest.« Kolanski deutete auf ihre Lippe.

»Das ist nichts«, winkte die Gruppeninspektorin ab. »Aber wir haben Maximilian Wunderfall erwischt. Er ist vor uns davongefahren und wollte abhauen.«

Stern beugte sich zu dem Mann hinunter, den Heinze noch immer am Boden festhielt, und fragte: »Wo sind Gloria Petrovsky, Silvia Burgstaller und Evelyn Burgstaller?«

»Keine Ahnung«, antwortete der Angesprochene.

»Verdammt noch mal! Ich will jetzt sofort wissen, wo die Frauen sind! Wir haben Kenntnis, dass sie gestern bei Ihnen waren, also halten Sie uns nicht für dämlich!«, schrie Stern ihn an.

»Ich weiß nicht, wovon Sie reden«, erwiderte Wunderfall.

»Ich schlage vor, wir bringen ihn aufs Landeskriminalamt und verhören ihn dort«, meinte Kolanski.

»Okay, machen wir das«, sagte Stern, obwohl er dem Mann am liebsten an Ort und Stelle die Antwort herausgeprügelt hätte. Immerhin waren die Frauen seit gestern Abend verschwunden, und es drohte wieder ein heißer Sommertag zu werden, der je nach Ort, wo sich die Frauen befanden, über Leben und Tod entscheiden konnte.

Heinze zog Maximilian Wunderfall auf die Beine und führte ihn in Richtung der Polizeiautos ab, wo ihn die uniformierten Kollegen übernahmen. Sie setzten ihn in einen Streifenwagen, in dem er auf den Abtransport nach Linz warten musste.

Der Polizeihubschrauber hatte indessen den Einsatzort erreicht und kreiste über dem Campingplatz gleich neben der Donau. Stern gab den Kollegen im Hubschrauber ein Zeichen, dass sie keine Unterstützung aus der Luft bräuchten und alles in Ordnung sei.

Aber war es das wirklich?

Noch hatten sie Silvia Burgstaller sowie deren Töchter Evelyn Burgstaller und Gloria Petrovsky nicht gefunden.

29. KAPITEL

Der Polizeihubschrauber flog zurück nach Linz, die uniformierten Kollegen sicherten den Unfallort und scheuchten Schaulustige zurück hinter die Absperrungen. Grünbrecht betrachtete ihren BMW, umrundete ihn. An den Seiten war der Lack zerkratzt, das Blech eingedellt und das Glas von Blinker und Scheinwerfer zerbrochen. Der Seitenspiegel fehlte gänzlich, ihn hatten sie wahrscheinlich während der halsbrecherischen Fahrt verloren. Das Heck war zerbeult, die Stoßstange hing herunter und die Gläser der Rücklichter waren allesamt geborsten.

»Es tut mir wirklich leid, Mara«, sagte Heinze, der sich wegen des ramponierten Zustands von Grünbrechts Wagen mitschuldig fühlte. Immerhin war es seine Idee gewesen, den Lieferwagen abzudrängen und dadurch zu verlangsamen. Die Entscheidung, den BMW vor dem Transporter zu positionieren und als bremsenden Prellbock zu verwenden, hatte Grünbrecht allerdings selbst getroffen.

Grünbrecht winkte ab. »Schon gut. War ja irgendwie nicht zu vermeiden.« Sie stützte die Hände in die Hüften und ließ ihren Blick über den Blechhaufen auf der Campingwiese schweifen. Der Lieferwagen hatte ebenfalls gehörige Schrammen abbekommen. Aber Gott sei Dank hatten sie bei ihrer Landung auf dem Platz keinen der Camper erwischt und jeder von der Freizeitgesellschaft war wohlauf.

»Jetzt kriege ich wenigstens einen neuen Dienstwagen«, fand Grünbrecht auch noch etwas Gutes an der Sache. »Dank ihm!« Sie deutete hinüber zu dem Polizeiauto, das gerade abfuhr und in dem Maximilian Wunderfall aufs Landeskriminalamt nach Linz gebracht wurde. Dort würde ihn ein Arzt untersuchen und feststellen, ob er sich bei dem Unfall verletzt hatte und ob er vernehmungsfähig war. Sobald sie grünes Licht hatten, würden sie mit dem Verhör starten.

Ein Sanitäter ging auf Grünbrecht zu und stellte seinen Koffer neben ihr ab. Er sah sich die aufgesprungene Lippe an und meinte, dass er sie versorgen müsse. Grünbrecht ließ ihn gewähren, lehnte sich mit dem Rücken an ihren demolierten Wagen und ertrug das Brennen des Desinfektionssprays, den er ihr auf die Lippe sprühte.

»Habt ihr das eben gehört?«, fragte Stern.

»Ich hab nichts gehört«, erwiderte Heinze.

Kolanski schüttelte ebenso den Kopf.

»Im amp nimp«, nuschelte Grünbrecht, der gerade ein Wattebausch im Mund steckte, der die Blutung stoppen sollte.

»Pst, leise!«, forderte der Chefinspektor die Kollegen auf.

Ein Poltern war zu hören. Und ein leises Pochen. Es schien aus dem Lieferwagen zu kommen.

»Dort drinnen!« Heinze eilte auf den Transporter zu und zerrte an den Griffen der hinteren Ladetüren.

»Schneller!«, trieb ihn Stern an. Doch die Türen ließen sich nicht öffnen. Anscheinend hatten sie sich bei dem Unfall verformt und klemmten nun.

»Lass mich mal ran.« Kolanski stellte sich neben Heinze. Gemeinsam zogen sie jeweils an einem der Griffe und stemmten sich mit den Beinen gegen die Karosserie, bis sich die Türen mit einem Quietschen öffneten und den Blick auf die drei vermissten Bad Kreuznerinnen freigaben. Silvia und Evelyn Burgstaller und Gloria Petrovsky lagen gefesselt und geknebelt auf der Ladefläche. Erleichterung stand ihnen ins Gesicht geschrieben, als sie die Kriminalbeamten sahen.

»Mein Gott!«, entfuhr es Stern. Leichtfüßig wie ein Kitz sprang er in den Laderaum, eilte zu Silvia Burgstaller und löste zuallererst ihre Fesseln. Als das geschehen war, zog er ihr sanft das Klebeband vom Mund.

Kolanski, Grünbrecht und Heinze warfen einander Blicke zu. Sie kümmerten sich um die beiden anderen Damen. Sobald die Klebebänder allesamt entfernt waren, erfüllte lautes Geschnatter den Innenraum des Lieferwagens.

»Herr Chefinspektor, wir haben Beweise, dass …«

»Wieso hat das so lange gedauert, bis die Polizei …?«

»Wenn wir g'wusst hätten, dass er der …«

»… der Max hat das Katzeng'schirrl …«

»… wir sind schließlich schon seit gestern …«

»… dann hätten wir euch ja gleich ang'rufen und …«

»Ruhe!«, bellte Stern in den aufgebrachten Chor hinein. Und tatsächlich war es augenblicklich still. »So, und nun der Reihe nach.« Er deutete auf Silvia Burgstaller, die mit dem Erzählen beginnen sollte.

»Also, das war so …« Silvia Burgstaller schnappte nach Luft und machte eine kunstvolle Pause, bevor sie die Bombe platzen ließ. »Der Max war's! Er hat den Roland um'bracht!«

»Der Maximilian Wunderfall? Wie kommen Sie darauf?«, wollte Stern natürlich den Grund für diese Beschuldigung wissen. Sie selber hatten den Ehemann der Kräuterhexe erst in Verdacht gehabt, als die Signale der Handys beim Haus der Wunderfalls ausgegangen waren und Katharina Wunderfall zu jener Zeit noch im Landeskriminalamt gewesen war. Aber wieso wussten die Frauen davon?

»Der Karl hat uns erzählt, dass die Katz' von der Katharina auch vergiftet worden ist und dass er sie auf seinem Misthaufen g'funden hat. Dann ist mir was eing'fallen. Wie ich die Kathi besucht hab an dem Tag, an dem der Roland g'storben ist, da ist schon das Katzeng'schirrl wegg'räumt g'wesen. Die Kathi hat sich bei mir darüber beklagt, weil da war ihre Katz' ja erst zwei oder drei Tage net mehr da, und da hat noch niemand g'wusst, dass sie net mehr lebt. Während die Kathi g'hofft hat, dass die Katz' jeden Augenblick nach Hause kommt, hat der Max all das Zeug schon wegg'schafft«, berichtete Silvia Burgstaller von ihrem Verdacht.

»Das macht doch keiner, der darauf hofft, dass sein Tier wieder auftaucht«, legte Gloria Petrovsky nach.

»Das macht nur einer, der ganz genau weiß, dass er auf seine Katz' net mehr warten braucht«, sprach Evelyn die logische Schlussfolgerung aus. »Weil er sie vergiftet hat! Weil er das Gift ausprobieren hat müssen, bevor er es dem Roland unterg'mischt hat! Verstehen S'?«

»Da könnte was dran sein«, pflichtete Stern den Damen bei und spann den roten Faden weiter. »Und daraufhin sind Sie zu ihm und haben ihn damit konfrontiert.« Irgendwie waren die Frauen schließlich in den Fond des

Lieferwagens gelangt, und Stern ging nicht davon aus, dass sie freiwillig hineingeklettert waren und sich selbst gefesselt und geknebelt hatten.

»Sicher doch! Was hätten wir denn sonst tun sollen?« Silvia Burgstaller reckte trotzig das Kinn.

»Uns verständigen«, antwortete Grünbrecht mit dem Naheliegenden.

»Das wollten wir auch, aber erst, nachdem wir mit dem Max g'redet haben«, gab Petrovsky zu. »Wir haben ja net g'wusst, dass der gleich auszuckt.«

»Erzählen Sie uns, wie das abgelaufen ist«, forderte Stern.

»Wir sind gestern Abend zu ihm und haben ihm g'sagt, dass wir glauben, dass er den Roland um'bracht hat«, sagte Silvia Burgstaller mit Blick zu ihren Töchtern, die eifrig nickten.

»Weil er halt schon ewig in die Gloria verliebt ist und sie von ihrem Leiden befreien wollt'«, fügte Evelyn hinzu. Die Angesprochene senkte beschämt den Kopf.

»Dafür kannst du ja nix«, sagte Silvia rasch, ergriff Glorias Hand und tätschelte sie.

»Nein, dafür kannst du wirklich nix«, wiederholte Evelyn mit Nachdruck, als würde es dadurch unumstößlich.

»Was ist dann passiert?«, wollte Stern den weiteren Verlauf des Abends erfahren.

»Der Saukerl hat auf arm g'macht, hat auf die Tränendrüse g'drückt und uns g'sagt, er wolle mit uns über alles reden. Das alleine hätt' uns schon misstrauisch machen müssen, wenn ein Mannsbild behauptet, dass es über was reden will. Dann hat der Max uns irgend so was Betäubendes ins Wasser g'mischt, das er uns an'boten hat. Ich meine, die Kathi hat ja viel von dem Zeugs bei sich rumstehen, die kennt sich damit aus. Das hat der Max nur nehmen und uns ins Wasser geben brauchen. Ist ja so heiß, da muss man viel trinken, und nachdem wir vorher durch ganz Bad Kreuzen marschiert sind, ist der Durst wirklich groß g'wesen. Als wir später wieder zu uns g'kommen sind, haben wir im Lieferwagen g'legen. Und die Teufelsfahrt da runter, die kennen S' eh, da waren S' ja dabei, wenn ich mir Sie so anschau'.« Silvia Burgstaller deutete auf Mara Grünbrecht. Ihre Lippe war mittlerweile erstversorgt worden, doch der Sanitäter hatte angekündigt, dass die Wunde mit ein oder zwei Stichen genäht werden müsse.

»Okay, wir bringen Sie jetzt in ein Krankenhaus«, sagte Stern zu den Frauen.

»Nein, uns fehlt nix!«, winkte Silvia Burgstaller ab und kletterte aus dem Lieferwagen. »Ist ja net so wie bei euch Mannsbilder, die sich zum Sterben niederlegen, wenn's einmal einen Schnupfen haben. Wir sind Frauen, uns haut so schnell nix um, gell, Ladys?«

Evelyn und Gloria stimmten zu.

»Na gut«, gab Stern nur ungern klein bei. Er hätte sich wohler gefühlt, wenn ein Arzt ein Auge auf die Damen geworfen hätte. Schließlich waren sie betäubt worden, hatten eine Nacht im Fond eines Lieferwagens verbracht und waren mit selbigem in einen Unfall verwickelt gewesen. Aber wenn die Frauen behaupteten, dass es ihnen gut ginge, dann wollte er ihnen das glauben. Er und seine Kollegen mussten jetzt ins Landeskriminalamt nach Linz und Maximilian Wunderfall vernehmen.

*

Stern saß Wunderfall nun schon seit einer Stunde im Vernehmungsraum gegenüber, neben ihm Mara Grünbrecht. Ihre Lippe war inzwischen mit zwei Stichen genäht worden.

Ihr Gegenüber hatte bislang alles bestätigt, was Silvia und Evelyn Burgstaller und Gloria Petrovsky behauptet hatten. Dass er sie überwältigt habe, als sie ihn mit ihrer Verdächtigung konfrontiert hatten, und dass er sich mit dem Wegräumen der Katzensachen verraten habe. Da habe er natürlich handeln müssen.

»Und weshalb haben Sie Roland Petrovsky ermordet?«, wollte Stern den Grund aus dem Mund des Täters erfahren, damit der Fall gänzlich aufgeklärt war. Damit die Beweislage vor Gericht hielt. Da durfte natürlich das Motiv nicht fehlen.

»Weil er die Gloria misshandelt hat«, erwiderte Wunderfall, als wäre ein Mord die natürlichste Reaktion darauf. »Und zwar immer wieder. Der hätt' erst aufg'hört, wenn sie tot g'wesen wär'. Früher net.«

»Stimmt es, dass Sie in die Gloria verliebt sind?«, fragte Grünbrecht.

Wunderfall nickte. »Seit Kindesbeinen an. Ich hab die Gloria schon g'mocht, da haben wir noch in der Sandkiste zusammen g'spielt. Sie hat sich dann leider für den Roland entschieden, der plötzlich wie aus dem Nichts aufg'taucht ist und mit seinem Erfolg und seinem Auftreten g'glänzt hat. Aber net alles, was glänzt, ist auch tatsächlich Gold. Der Roland ist ein Blender g'wesen. Er hat die Gloria um den Finger g'wickelt, und wie er sie g'habt hat, hat er sein wahres Gesicht g'zeigt. Und ich hab statt der Gloria die Katharina g'heiratet.«

»Obwohl Sie sie nicht geliebt haben?«, fragte Stern.

»Ich wollt halt net alleine bleiben.« Maximilian Wunderfall zuckte mit den Schultern.

»Ihnen ist schon klar, dass wir Ihre Frau in Verdacht hatten, den Petrovsky ermordet zu haben. Wenn Sie den Fehler mit den Futternäpfen nicht gemacht und in der Folge die Frauen nicht entführt hätten, dann wäre sie unsere Hauptverdächtige gewesen und wahrscheinlich aufgrund der Indizien ins Gefängnis gewandert. War das Ihre Absicht oder bloß Zufall?«

»Nein, das hab ich schon so vorg'sehen g'habt, dass sie schuldig wirkt und alles auf sie hindeutet. Es hätt' ja auch fast geklappt, wenn die Gloria und die anderen beiden Weiber net herumg'schnüffelt hätten. Die Katharina wär' eing'sperrt worden, ich hätt' mich von ihr scheiden lassen und wär' für die Gloria frei g'wesen«, erzählte Wunderfall bereitwillig, wie sein Plan ausgeschaut hatte. Offenbar hatte er erkannt, dass aus einer gemeinsamen Zukunft mit Gloria nichts mehr werden würde.

»Vielleicht hätte die Gloria Sie gar nicht haben wollen, haben Sie darüber mal nachgedacht?«, warf Grünbrecht ein.

»Das wär' mit der Zeit schon noch g'kommen. Ich hätt' mich um sie g'kümmert, weil's ja ihren Mann und ihre beste Freundin verloren hat. Das hätt' schon funktioniert. Irgendwann halt«, war sich Wunderfall sicher. »Aber jetzt? Ich geh in den Knast und die Gloria ist eine freie Frau. Die wird net auf mich warten.«

»Wieso haben Sie Petrovsky vergiftet und ihn nicht erschlagen oder erwürgt?« Auch wenn Stern mittlerweile wusste, dass Gift genauso häufig von Männern als Tatwaffe benutzt wurde wie von Frauen, interessierte ihn die Antwort.

»Da macht man sich net die Hände schmutzig«, erwiderte der Angesprochene lediglich. »Und außerdem ist der Verdacht dadurch gleich auf die Katharina g'fallen. Sie als Kräuterhexe war eine prima Verdächtige. Bei ihr steht das Zeug einfach so herum.«

»Und die Katze? Sie haben Ihre eigene Katze vergiftet.« Von Grünbrechts Gesicht war der Abscheu, den sie dem Mann gegenüber empfand, deutlich abzulesen.

»Das war net meine Katz', die hat der Kathi g'hört. An der hab ich das Gift ausprobieren müssen. Ich hab ja net genau g'wusst, wie es wirkt. So gut wie die Katharina kenn ich mich halt net aus.«

»Und dann haben Sie die tote Katze auf einem Misthaufen entsorgt.«

»Ich hab sie ja schlecht in unsere Mülltonne werfen können. Da hätt' sie die Kathi sofort entdeckt. Und bei der Hitze fängt so ein totes Vieh ja gleich zu stinken an. Ich hab g'glaubt, dass da draußen am Hof niemand sucht und es normal ist, wenn dort mal eine tote Katz' rumliegt. Und stinken tut so ein Misthaufen sowieso, das ist also net auffällig g'wesen.«

»Als Sie mit der vergifteten Torte bei Roland Petrovsky in der Agentur aufgetaucht sind, ist er da nicht misstrauisch geworden?«, fragte Stern weiter.

»Ich hab mich mit ihm ang'freundet und bin die letzten zwei Monate beinahe jede Woche zu ihm, damit es net auffällt«, erzählte Wunderfall. »Ich hab den Saukerl g'hasst für das, was er der Gloria angetan hat. Aber ich hab ja g'wusst, dass es eines Tages vorbei sein wird.«

Stern hatte genug gehört. Die gleichgültige Art, wie Maximilian Wunderfall über den Mord und darüber, wie er ihn seiner Frau in die Schuhe hatte schieben wollen, berichtete, ärgerte ihn. Doch eines wollte er noch wissen. »Wohin wären Sie mit den Frauen gefahren, wenn wir Sie nicht aufgehalten hätten? Was hatten Sie mit ihnen vor?«

»Ich wollt' in die Wolfsschlucht.«

»Um was zu tun?«

»Ich hätt' sie wo hinunterg'stoßen, sodass es wie ein Unfall ausg'sehen hätt'. Beim Ermitteln abg'stürzt oder so. Im Bach ertrunken. Irgendetwas wär' mir schon eing'fallen.«

»Alle drei?«, hakte nun Grünbrecht ungläubig nach. »Auch Gloria, die Sie angeblich doch so lieben und für die Sie den Mord an Roland Petrovsky begangen haben?«

»Nein, die Gloria natürlich net. Die hätt' sich dann bestimmt für mich entschieden, wenn sie g'sehen hätt', welches Schicksal auf sie wartet«, war sich Wunderfall sicher. »Aber die zwei Burgstaller-Frauen schon. Die stecken ja eh ständig beisammen, das weiß in Bad Kreuzen jeder. Das wär' dann auch net ungewöhnlich g'wesen, wenn die zu zweit verunglückt wären. Mutter und Tochter im Tod vereint.« Wunderfall lehnte sich auf seinem Stuhl zurück und verschränkte die Arme vor der Brust. Ein klares Zeichen, dass seine Redebereitschaft erschöpft war. »Was ist mit einem Anwalt? Ich hab doch ein Recht auf einen, oder?«

»Natürlich«, antwortete Stern, schaltete das Aufnahmegerät aus und verließ mit Grünbrecht den Vernehmungsraum.

30. KAPITEL

Mara Grünbrecht stand auf dem Parkplatz vor dem Landeskriminalamt in Linz und starrte auf ihren BMW, die Arme in die Hüften gestemmt.

»Das ist kein neues Auto«, sagte sie bestürzt.

»Nein, ist es nicht«, bestätigte Stern.

»Aber wieso ist das kein neues Auto?«, fragte Grünbrecht und deutete auf den BMW.

»Bormann hat gesagt, dass sich die Reparatur noch lohnt, also hat er den Wagen herrichten lassen. Vielleicht beim nächsten Mal.« Kolanski grinste seine Kollegin an. Ausnahmsweise trug er heute mal weder Jeans noch T-Shirt, sondern eine feine Stoffhose und ein weißes kurzärmeliges Hemd.

»Was heißt hier beim nächsten Mal? Ich hab nicht vor, das zu wiederholen«, entrüstete sich die Gruppeninspektorin und musterte den Kollegen. Sein Erscheinungsbild war auffällig anders. Auch waren seine Haare kürzer.

»Ich schon.« Heinze trat neben sie und begutachtete zusammen mit den anderen Grünbrechts reparierten Wagen. »Hat doch Spaß gemacht, oder?«

»Ja, das hat es«, gab Grünbrecht zu. »Und … es tut mir leid, dass ich dich anfangs so angepflaumt habe«, entschuldigte sie sich.

Heinze nickte und ließ die Worte auf sich wirken. »Danke.«

»Du weißt ja von … Edwin. Er ist …« Grünbrecht umklammerte den Ring, der an der Kette um ihren Hals baumelte und den Edwin Mirscher ihr in seinen letzten Stunden als Symbol seiner Liebe an den Finger gesteckt hatte.

»Mara, du brauchst dich nicht zu rechtfertigen. Es ist völlig okay, ich verstehe das. Und ich verspreche dir, ich werde nicht versuchen, seinen Platz einzunehmen. Das kann ich gar nicht. Was ich so gehört habe, war er ein wundervoller Mensch.«

»Danke.« Grünbrecht lächelte Heinze an. »Und das mit deiner Tochter, dass du sie nicht öfter siehst, tut mir leid.«

Heinze atmete tief ein. Es war offensichtlich, dass ihn allein der Gedanke an sein Kind schmerzte. »Daran bin ich selber schuld. Wäre ich damals nicht so ein Arschloch gewesen, wäre heute alles anders.«

»Ich glaube nicht, dass du ein Arschloch bist, Martin«, sagte Grünbrecht.

»Das kannst du leider nicht wissen«, erwiderte der Gruppeninspektor. »Aber ich wette, dass du es herausfinden wirst. Hundert Mäuse?«

Grünbrecht lachte.

Es machte den Eindruck, als wäre zwischen den Kollegen alles klar. Das freute Stern.

»Aber die andere Wette hätte ich gewonnen«, sagte Heinze zu Grünbrecht.

»Welche Wette denn?«, fragte Stern, der schon befürchtete, dass die alte Rivalität zwischen den beiden nun doch neu aufflammen könnte.

»Dass Maximilian Wunderfall der Täter ist. Ich hab ihm jedoch nicht zugetraut, dass er auch die drei Frauen ermorden wollte. Also hab ich nicht gewettet«, erläuterte Heinze und ärgerte sich sichtlich darüber.

»Nur zwei von ihnen standen auf seiner Todesliste!«, korrigierte Grünbrecht ihn. »Silvia und Evelyn Burgstaller. Gloria hätte an seiner Seite glücklich leben sollen. Wie krank muss ein Mensch sein, um so etwas zu glauben?«

»Ziemlich krank, würde ich meinen«, erwiderte Kolanski.

»Maximilian Wunderfall hat außerdem die Hütte von seiner Frau angesprüht, um den Verdacht gegen sie noch weiter zu erhärten«, wusste Grünbrecht.

»Tatsächlich?«

Die Gruppeninspektorin bestätigte. »Er hat genügend von dem Zeug in der Werkstätte in seinem Keller. Wir haben denselben Sprühlack bei der Hausdurchsuchung sichergestellt.«

»Ach übrigens: Eva Pöller hat angerufen«, erzählte Kolanski.

»Was wollte sie?«

»Sie hat gesagt, dass sie bei ihrem Vater gewesen sei und der es nicht hat glauben können, dass sie noch lebt. Er will einen Entzug machen und hat sich in eine Klinik einweisen lassen. Eva überlegt sogar, ob sie zurück nach Rohrbach ziehen soll.«

»Was ist mit Viktor Wurmer?«, fragte Heinze.

»Der hat sich nach Linz versetzen lassen«, berichtete Stern. »Ich hab ein gutes Wort für ihn eingelegt, er fängt in einer Woche in der Polizeiinspektion in Linz-Dornach an.«

»Und sein Chef?«

»Der ist ausgerastet, wie er es vorausgesagt hat.«

Kolanski blickte auf die Uhr. »So, ich muss weg ...«

»Hey! Wo willst du hin? Wir haben etwas zu feiern. Der Fall ist abgeschlossen, der Verdächtige sitzt in Untersuchungshaft und der Papierkram ist erledigt«, erwiderte Stern. Normalerweise gingen sie nach Abschluss eines Falls ins Josef, um ein Glas Bier zusammen zu trinken.

»Ich hab gleich ein Interview mit Leona Sipacher. Das musste ich ihr zusagen, damit sie den Aufruf wegen Eva Pöller landesweit einfädelt. Sie hat ihren Teil eingehalten, jetzt bin ich dran«, erwiderte Kolanski und grinste.

»Was dir sichtlich schwerfällt«, ätzte Heinze.

»Das erklärt, warum du dich so aufgebrezelt hast.« Grünbrecht tippte Kolanski auf die Brust.

Der Gruppeninspektor setzte seine Sonnenbrille auf. »Eines darf ich euch noch verraten, bevor ich gehe.«

»Ja? Was denn?«

»Morgen erscheint ein Interview mit unserem Landeshauptmann Finntaler in den OÖ. News. Darin distanziert er sich von Roland Petrovsky und sagt, dass das Verhältnis zu ihm rein beruflich gewesen sei. Wenn er gewusst hätte, dass Petrovsky seine Frau misshandelt, wäre dieser Beratervertrag nie geschlossen worden. Er verurteilt Petrovskys Handeln aufs Schärfste. Wäre schön, wenn andere Politiker das auch tun und nicht immer versuchen würden, alles unter den Tisch zu kehren. Gloria Petrovsky hat Leona ihre Einwilligung gegeben, dass sie das schreiben darf. Sie hat mir erzählt, dass sich Gloria sogar darüber freue, dass endlich die Wahrheit über ihren Ehemann ans Tageslicht kommt.«

»Das ist gut«, sagte Stern.

»Bis dann Leute! Wir sehen uns morgen!« Kolanski verabschiedete sich und verließ die Gruppe.

»Viel Spaß!«, rief Heinze ihm nach.

»Und was machen wir?« Grünbrecht blickte abwechselnd die Kollegen an.

»Wir können im Pleschinger See baden gehen. Ganz ungezwungen, nur unter Kollegen«, schlug Heinze vor.

»Gute Idee«, erwiderte Grünbrecht zur Überraschung aller. Vor allem sie selber hatte am wenigsten damit gerechnet, dass sie dieses Angebot annehmen würde. So erschien es zumindest Stern. »Bist du mit dabei, Oskar?«, fragte sie ihn, vielleicht weil sie nicht mit Heinze allein sein wollte.

»Im See zu baden ist nicht mein Ding«, erwiderte er.

»Sollen wir vielleicht was anderes …?«

»Nein, macht ruhig«, unterbrach Stern die Gruppeninspektorin.

»Okay. Wer fährt?« Grünbrecht schien keineswegs über Sterns Absage enttäuscht zu sein.

»Nachdem du die Verfolgungsjagd übernommen hast, bin jetzt ich dran«, erwiderte Heinze und deutete auf seine Harley-Davidson, die ebenfalls am Parkplatz des Landeskriminalamtes stand. Die beiden verabschiedeten sich von Stern, stiegen auf das Motorrad und fuhren vom Gelände.

Stern setzte sich in seinen Audi und ließ den Motor an. Sofort schaltete er die Klimaanlage auf höchste Stufe und lenkte den Wagen Richtung Gerichtsmedizin. Dabei dachte er an Silvia Burgstaller. Die Frau gefiel ihm, er fühlte sich zu ihr hingezogen. Dann stellte er sich vor, dass sie bei ihm wäre. Ein wohliges Gefühl durchflutete seinen Körper. Ob Miro, die alte Streunerin, eine neue Mitbewohnerin dulden würde? Würde er selbst überhaupt Gefallen daran finden, wenn jemand zu Hause auf ihn wartete, während er Kriminalfälle löste? Würden nicht schon bald Vorwürfe ausgesprochen werden, dass er zu wenig Zeit hätte und nie da wäre? Oder Forderungen gestellt, dass er dies oder jenes anders machen müsste?

Er kam zu dem Schluss, dass sein Leben gut war, so wie es war. Vielleicht war er inzwischen zu alt, um sich an jemanden an seiner Seite zu gewöhnen.

Vor dem beigen Gebäude mit den blauen Fenstern und Türen hielt er an. Ein Blick gen Himmel ließ ihn wissen, dass sich etwas zusammenbraute. Er stieg aus, betrat das Gebäude und ging den Flur entlang bis zum Obduktionsraum. Musik drang an sein Ohr. Er öffnete die Tür und sah, wie sich Weber über eine Leiche beugte und ein Organ aus dem Bauchraum holte, es wog und in ein Aufnahmegerät ein paar Worte diktierte.

»Grüß dich, Weber!«

Der Gerichtsmediziner fuhr herum. »Mensch, Stern! Hast du mich erschreckt! Beinahe hätte ich die Leber fallen lassen.«

Stern verzog angewidert das Gesicht. »Dann bin ich froh, dass du es nicht getan hast.«

»Was willst du?«, fragte Weber und steckte den Kopf wieder in den geöffneten Leichnam.

»Ich wollte dich fragen …« Stern verstummte. Dass der Gerichtsmediziner nebenbei an einem Toten herumhantierte, brachte ihn aus dem Konzept.

Weber kam erneut zum Vorschein und hielt seine Hände in die Höhe. An den Handschuhen klebte Blut. »Ja? Was wolltest du mich fragen?«

»Ob du mit mir in der Wolfsschlucht kneippen gehen willst«, rückte Stern mit der Sprache heraus.

»Ist das dein Ernst?« Weber schien ihm nicht recht über den Weg zu trauen.

»Ja, mein voller Ernst. Da ich dir das schon mal vermiest habe, dachte ich, ich bin es dir schuldig«, erklärte Stern. »Und es tut mir aufrichtig leid.«

Weber trat mit seinen blutigen Handschuhen näher. »Das freut mich, Oskar. Ich bring das noch schnell zu Ende und dann können wir los.«

»Gut, ich warte so lange draußen auf dich. Nichts für ungut, aber hier drinnen …« Stern deutete auf Webers blutverschmierten Schurz und die Leiche.

»Alles klar.« Der Gerichtsmediziner ging zurück an seine Arbeit, und Stern verließ das Gebäude.

Inzwischen hatte es zu regnen begonnen. Dunkle Wolken schoben sich über das Blau des Himmels und warfen ihren Ballast ab. Es dauerte nicht lange und ein Blitz fuhr vom Himmel herab, dicht gefolgt von einem Donner. Doch noch immer war es unerträglich schwül.

Stern zog sein Handy aus der Tasche und wählte die Nummer seiner Tochter. Er wollte wissen, wie es ihr und den Kindern ging. Er hielt sein Gesicht nach oben und genoss die Kühle, die in Form der ersten Tropfen auf seine Haut traf. Er war froh, dass die Hitze endlich vorüber war. Der Wetterbericht hatte für den nächsten Tag Regen und Temperaturen um die 25 Grad Celsius angekündigt.

»Papa?«, meldete sich Barbara.

»Schatz, wie geht es dir?«, fragte Stern, froh, ihre Stimme zu hören.

»Mir geht es gut.«

»Wie geht es den Kindern?«

»Wie üblich, Papa. Tobias kann es kaum erwarten, bis du ihm alles über den Bad Kreuzener Mordfall erzählst. Er fragt mich ständig, wann er wieder zu dir kann. Ich fürchte, er wird der nächste Chefinspektor in unserer Familie«, berichtete Barbara. Stern konnte hören, dass sie lächelte.

»Und Melanie? Hat die Pubertät schon nachgelassen?«

»Die hat gerade ihren Höhepunkt erreicht. Sie will sich doch glatt tätowieren lassen!«, regte sich Barbara auf.

»Ein Tattoo? Wo?«

»Das willst du nicht wissen, Papa!« Barbara klang entrüstet.

»Soll ich mit ihr reden? So von Opa zu Enkelin?«

»Das wäre toll.«

»Mache ich gerne.«

»Danke, Papa.«

»Ich hab dich lieb«, sagte Stern zu seiner Tochter.

»Ich hab dich auch lieb, Papa.«

»Sag den beiden, dass ich sie morgen abhole!«

»Tobias wird sich freuen«, antwortete Barbara.

»Und Melanie nicht?«

»Willst du, dass ich dich anlüge?«

»Nein, Schatz. Alles klar. Wir sehen uns morgen.«

Stern hatte nicht bemerkt, dass Weber hinter ihn getreten war. Der Gerichtsmediziner starrte in den wolkenverhangenen Himmel. Der Regen wurde stärker, und Stern suchte Zuflucht im Eingang des Gebäudes.

»Ich glaube, ich spinne!«, rief Weber empört. »Jetzt ist es wochenlang extrem heiß und trocken gewesen und genau heute, wo wir kneippen gehen wollen, fängt es an zu regnen!« Fassungslos deutete er auf den Asphalt, auf den der Regen niederprasselte und in feinen Tröpfchen aufstob. Der Himmel war dunkelgrau. Hin und wieder jagte ein Blitz auf die Erde herab und zerriss die aufgeladene Atmosphäre. Das Grollen des Donners war kilometerweit zu hören.

»Ich hab eine Idee«, sagte Stern und zog seine Schuhe aus.

»Was machst du? Da wirst du binnen weniger Minuten nass bis auf die Haut.« Weber warf Stern einen Blick zu, als wäre der nicht ganz klar im Kopf.

»Das wolltest du doch, oder? Nass werden.«

»Aber nicht so!«

»Ist es nicht egal, wie?« Stern trat hinaus auf den warmen Asphalt des Parkplatzes und streckte die Arme wie ein Prediger zur Seite. In einer Hand baumelten die teuren Kalbslederschuhe. Sein Gesicht richtete er gen Himmel. Dicke Tropfen klatschten auf seinen Körper. »Herrlich! Los! Probier es aus!«

»Ach, was soll's!« Weber tat es ihm gleich und stellte sich neben ihn.

Als Stern seine Füße sah, lachte er: »Du hast ja noch deine Socken an.«

»Und?« Weber grinste wie ein Junge, der im Begriff war, etwas Verbotenes zu tun.

»Nichts und. Passt schon.«

Stern und Weber querten den Parkplatz und marschierten die Johann-Metz-Straße hinunter Richtung Industriezeile. Der eine barfuß, der andere in Socken. Über ihnen zuckte der Himmel in Weltuntergangsstimmung und dicke Tropfen fielen auf ihre Häupter. Dennoch – oder vielleicht gerade deshalb – waren die Männer bestens gelaunt.

EPILOG

Gloria Petrovsky blickte aus dem Fenster. Das erste Mal seit sieben Jahren tat sie es, ohne Angst zu haben, dass Roland die Straße hoch und nach Hause kommen könnte.

Sie hatte es geschafft, sie war endlich frei!

Es war ein langer Weg gewesen.

Als Roland begonnen hatte, sie zu schlagen und sich an ihr zu vergehen, hatte sie schon bald ihrer Freundin Katharina bei jedem ihrer Besuche ihr Leid geklagt, wohl wissend, dass deren Mann Max alles mithörte. Maximilian Wunderfall war seit Kindesbeinen an in sie verliebt. Bestimmt hätte er sie auf Händen getragen, wenn sie sich damals für ihn entschieden hätte. Aber sie hatte Roland geheiratet. Den fremden, erfolgreichen, gutaussehenden Roland Petrovsky.

Das war der größte Fehler ihres Lebens gewesen.

Sie hatte ihn korrigiert.

Wenn sie bei Katharina gewesen war, hatte sie ihr von den Misshandlungen durch ihren Ehemann berichtet. Und als das noch nicht zum gewünschten Erfolg geführt hatte, hatte sie angefangen, von den Vergewaltigungen zu erzählen. Sie hatte gewusst, dass Max sie belauschte, dass er versuchte, einen Blick auf sie zu erhaschen. Sie hatte diese Blicke auf ihrem Körper gespürt, hatte sie eingefangen und erwidert, wann immer es ihr möglich gewesen war. Wenn es Katharina nicht aufgefallen war. Sondern nur ihm. Wie das Phantom der Oper war er herumgeschlichen und hatte jedes ihrer Worte aufgesogen. Hatte sie beobachtet und wahrscheinlich von ihr geträumt. Bis er es nicht mehr ausgehalten hatte, ihr Leid, ihren Kummer, ihre Verzweiflung. Und das hatte sich Gloria zunutze und ihn zum Mörder gemacht.

Zu jenem Zeitpunkt war sie dazu übergangen, nicht mehr nur von den Misshandlungen zu reden, sondern auch über ihre Fantasien. Wie froh sie wäre, wenn Roland unter der Erde läge. Wie sie tanzen würde, wenn er endlich das Zeitliche segnete. Wie sie sich erkenntlich zeigen würde, wenn ihm jemand den Garaus machen würde und sie dann frei wäre für das, was das Leben ihr bis zu jenem Zeitpunkt vorenthalten hatte.

Ganze vier Jahre lang hatte es gedauert, bis Maximilian Wunderfall so weit gewesen war, dass sein Drang, sie zu besitzen, größer gewesen war als sein moralisches Empfinden, dass Roland Petrovsky ebenso ein Recht hatte zu leben.

Er hatte ihn ermordet.

Für sie!

Ohne dass sie ein einziges Mal darüber gesprochen hatten. Ihr Plan hatte funktioniert.

Es regnete endlich. Dicken Tropfen wuschen den Staub der vorangegangenen heißen Wochen von der Landschaft. Alles glänzte silbrig im Nass des Himmelswassers. Die Natur sog die Feuchtigkeit gierig auf und Samen begannen, in der Erde zu keimen. Pflanzen bekamen neue Triebe. Die Dürre war vorüber. Für das Land und für Gloria.

DANKSAGUNG

Allen, die mir mit Rat und Tat zur Seite stehen, bis ein Buch fertig ist, gebührt mein Dank. Am meisten dem Gmeiner-Verlag, der gemeinsam mit mir die Oskar-Stern-Reihe in die Buchhandlungen und Onlineshops bringt. Nicht alle wollen namentlich genannt werden, aus den verschiedensten Gründen, die ich respektiere. Dennoch sage ich DANKE. Die damit gemeint sind, wissen es.

Einer jedoch weiß es nicht. Zwergi, unser Kater.

Er hat stets dafür gesorgt, dass ich nicht zu lange vor dem Computer ausgeharrt und regelmäßig meine Muskeln aufgelockert habe. Mit ihm bin ich bei schwierigen Szenen durch den Garten gewandert und habe überlegt, wie es im Krimi weitergehen könnte. Wie ich meine Ideen in den Plot integrieren könnte. Sein weiches Fell unter meinen Fingern war Beruhigung und Inspiration zugleich gewesen, besonders wenn er während des Schreibens auf meinem Schoß gelegen hat. Miro, Sterns alte Streunerin, geht auf ihn zurück. Ich war der Meinung, dass jeder eine treue Seele an seiner Seite haben sollte, auch Oskar Stern.

Beim Schreiben dieses Bandes hat uns Zwergi verlassen. Nach 22,5 Jahren ist er über die Regenbogenbrücke gegangen und hinterlässt eine Lücke in unserem Leben. Aber auch so viele schöne Erinnerungen. Danke für so vieles.

Die Informationen über Giftpflanzen und ihre Wirkung, speziell über den Blauen Eisenhut, habe ich Großteils aus Klaudia Blasls Buch »111 Tödliche Pflanzen, die man kennen muss«. Wenn jemand dieses Thema interessiert, kann ich das Buch sehr empfehlen.

Chefinspektor Oskar Stern ermittelt:

1. Fall: Mühlviertler Blut
ISBN 978-3-8392-2238-6

2. Fall: Mühlviertler Rache
ISBN 978-3-8392-2515-8

3. Fall: Mühlviertler Grab
ISBN 978-3-8392-2741-1

4. Fall: Mühlviertler Kreuz
ISBN 978-3-8392-0063-6

5. Fall: Mühlviertler Gift
ISBN 978-3-8392-0288-3

weitere:
Todesdorf
ISBN 978-3-8392-0203-66

GMEINER SPANNUNG

WWW.GMEINER-VERLAG.DE
Wir machen's spannend